U0826084

雪隐之门

毛文风 著

毛可一 绘

北京时代华文书局

图书在版编目（CIP）数据

雪隐之门 / 毛文凤著；毛可一绘．—北京：北京时代华文书局，2021.10
ISBN 978-7-5699-4274-3

Ⅰ．①雪… Ⅱ．①毛… ②毛… Ⅲ．①诗集—中国—当代 Ⅳ．① I227

中国版本图书馆 CIP 数据核字 (2021) 第 142475 号

雪隐之门
XUE YIN ZHI MEN

著　　者｜毛文凤
绘　　者｜毛可一

出 版 人｜陈　涛
责任编辑｜周海燕
装帧设计｜程　慧　贾静洁
责任印制｜訾　敬

出版发行｜北京时代华文书局 http://www.bjsdsj.com.cn
北京市东城区安定门外大街 138 号皇城国际大厦 A 座 8 楼
邮编：100011　电话：010-64267955　64267677
印　　刷｜河南金桥印务有限公司
（如发现印装质量问题，请与印刷厂联系调换）
开　　本｜710mm×1000mm　1/16　　印　　张｜49　　字　　数｜469 千字
版　　次｜2021 年 12 月第 1 版　　印　　次｜2021 年 12 月第 1 次印刷
书　　号｜ISBN 978-7-5699-4274-3
定　　价｜99.00 元

版权所有，侵权必究

◆ 默默有语话文凤

默默

1

虽然吾辈已逾知天命，但并不是每年岁末都应该晦气地惆怅，2018 年 12 月 31 日那天，我就喜上眉梢。

那天，我从西双版纳飞临六朝古都南京，受命出任第九届“新星星艺术奖”宣奖嘉宾；那天的晚宴上，与神交了五年的南京正东堂主人施国公在 1912 会馆握手言欢。施国公乃南京奇人、闻人，一直心仪鄙作史诗三部曲，尤其是第一部《宇悄悄地反对宙》，他更是不吝垂青。也正是巧合，那天施国公正好在一次媒体采访中提及其中的序诗：凤突然偎依凰 / 羊的呼，反对狼的吸 / 恨的沙漠，反对爱的草原 / 在黑与白之后 / 宇悄悄地反对宙 / 凰狠狠地推开了凤。

这个年代，知音难寻，甚是欢喜。所以说，天命之时有天命之时的欢喜。

施国公果然是一个大气场大格局的金陵闻人。那天，经施国公引荐，我得以“重逢”了诗人文凤兄。说是“重逢”，其实之前我们根本就未曾相见，哪怕文凤兄曾在上海的华东师范大学哲学系读博，我们也无缘得见。神奇的是，在手机里找出文凤兄年少时的照片后，我禁不住大吃一惊。那不也是年少的我吗？形神貌如出一辙，两张年少时的照片放在一起，犹如照镜子一般。就这样，我与文凤兄这个失散多年的“兄弟”，终得以相见，且一见如故。

2

并不是所有冬天都是寒冷的，2018 年最后一日的冬天就很温暖。

温暖 1：那天文凤兄先是滴酒未沾，原来，那天他是来为好饮的施国公出任车夫的。然而，性情中人的文凤兄在重逢兄弟的欣喜之余，毅然端起了酒杯，开始与我把酒言欢，且一口一杯地豪饮。这叫什么？这就叫古风犹存，这就叫名士风范！

温暖 2：酒酣耳热忘头白，席间，施国公热情地介绍文凤兄，说文凤兄一直从事出版业和文化产业，1907 年，晚清最后一次刊印过全套浩瀚的《大藏经》以后，《大藏经》在中国就没有再版过。事业有成以后，近二十年来，文凤兄一直在组织专家重修《金陵大藏经》，并发下鸿鹄之愿，立志在有生之年重新刊印《金陵大藏经》，弘扬佛法。我曾闻，现代高人巨匠中，自称年轻时代全部研习完《大藏经》的，唯有大居士南怀瑾和大侠金庸。文凤兄的宏愿，让我顿时肃然起敬。那岂止是肃然起敬啊。吾辈不及啊。

3

在温文尔雅的儒商面具之下，文凤兄隐藏着一张隐逸诗人的伟岸面目。从 20 世纪 80 年代起，文凤兄就秘而不宣地开始诗歌创作，且只作为茶余饭后的爱好，把诗歌视为一种“精神高尔夫”，从不示人，不以此来作为沽名钓誉的工具。

那天，在手机上匆匆浏览了文凤兄的两首天籁般的即兴之作后，我顿时恍然大悟，并不是每首诗都要像贾岛那样，蹙眉皱额地苦吟一年才能圆满。文凤兄谦虚地告诉我，这些诗歌都是他在繁忙的商务之余，在办公室、酒桌上或临睡前的即兴之作。文凤兄的美学观点我甚是认同，文凤兄认为“小说”要富养，“诗歌”必须穷养。钻石磨久了，虽然会越磨越精致，但肯定会因此而显得小家子气。

境界已至，已高，已宽，已深，那么，任何一首妙不可言的杰作，就会随时随地从心底流出，在笔下璀璨。这也是王国维在《人间词话》里推崇备至的诗学“境界说”。

残雪地，一声接一声獒叫
守夜人的手电筒在梅香上晃动

节选自长诗《麦田》

西北风呀，让我们一起奔跑吧
去看山涧里的玫瑰是不是一个人在独自开放
没有让蜂蝶进门

节选自长诗《麦田》

马厩里早就没有了干草
可耶稣又该如何诞生呢
玛利亚的疼痛一浪高过一浪
如同海水和沉船，相互拥抱又相互淹没

节选自《下水道》

这些吉光片羽，均是从文凤兄的新作中随意采撷的。我想，我再假模假样地扮一个什么诗歌点评家，干一些画蛇添足的蠢事，那是会被万千读者耻笑的，他们会讥讽地说：美妙的诗句，你当我们没有能力领会啊？

4

并不是每一个诗人都必须是中文系毕业的，这点我非常认同。文凤兄当年就读的就是哲学系。可是，理性思维的缰绳并没能桎梏他那感性野马的奔腾，在文凤兄不断问世的珠玑诗行里，我们读到的是一个依然率真，却又犀利地直达世界本质的诗人形象。这完全有赖于文凤兄当年在哲学系的思辨熏陶，在诗章《下水道》和《麦田》里，我们就能略窥一斑。文凤兄这匹诗坛野马轻松驾驭语言的能力，那也是当今诗界诸多庸常之辈力拔山河兮也无法企及的，我就是这么坚信。

世界一片混沌

我看到你站在雪中央，依稀的背影在夜奔

节选自长诗《麦田》

亲爱的啊，我们如何才能让我们的生活如天地开花般自在

让小狼翻着肚皮打滚，吃饱了，晒晒图腾

节选自《下水道》

5

但是，任何一个杰出的诗人，都必须拥有一颗天真的、悲悯的心。德国诗歌巨匠席勒曾把诗人分为两种：一种叫“天真诗人”，另一种叫“忧伤诗人”。在席勒的眼里，他本人就属于“忧伤诗人”，而同时代的歌德就属于“天真诗人”。席勒认为，忧伤诗人一生的作品往往很少，而“天真诗人”如

歌德，一生的作品浩瀚如海，且佳作巨作迭出，始终对人生、生命、自然作着不倦的吟诵。我窃认为，文凤兄当与歌德和泰戈尔一样，也是一位“天真诗人”。据我所知，文凤兄密藏在电脑里的诗歌，不说浩如云海，也堪称众彩缤纷了。

其实，伟大的“天真诗人”还必须另外具备一份悲悯的情怀。举目四顾，当今诗坛上，尚有悲悯情怀的诗人，实在是凤毛麟角。而文凤兄就是一个胸怀里随时跳动着一颗悲悯心的至圣诗人。

三千里路云和月
一念就是那十字路口的幡
在风中摇摆，替汗血马招魂

歌里的音符呢
一个个跌倒又爬起来
在风沙中纸醉金迷

节选自《驿站》

老家的白鹅摇摇晃晃地和土豆一起进了锅
柴火在锅底噼噼啪啪地跳起来
如同巫女在赤炭上舞蹈
天地野合，闪电和雷鸣就是和音

节选自长诗《麦田》

大雄宝殿的门槛上有很多蚂蚁在搬家
风雨里，梦想不归途

节选自《驿站》

一条中世纪的船卡在了溪流里，落满了花
水从周围绕着走

流动的盛宴是寂寞的

飘浮在空中的酒瓶回不了家
如同一幅油画横七竖八地躺满了人
从地狱吹来的风呀，把我带向何方

节选自《大道》

6

随后的震撼，就像余震一样经久不息。移居美国的诗歌理论家里纪，早在20世纪80年代就曾断言：同时代的重要诗人早晚都会相见的，如同歌德与席勒，如同泰戈尔和鲁迅，如同庞德和艾略特。2018年的最后一天，我与文凤兄的相见，如同大地震般震撼了我，而且，随后的余震又经久不息。飞回西双版纳以后，在阵阵余震中，我一气呵成，抒写了一首向文凤兄致敬的小诗——《新年致好兄弟毛文凤》。

好兄弟，让我们转回脸
一起再把目光朝向人间
朝向大地，朝向苍生
朝向一只把羽毛开得凋零的孔雀
去数清野猫在黑夜里孤独的睫毛
去听清豹子在上帝脚下残忍的呼吸

好兄弟，我们必须再低一点，矮一点
去抚摸巴格达岸边少女的残骸
为大马士革的断垣残壁垂泪
与喀布尔为就要爆炸的人体炸弹一起心惊肉跳
佛祖笑着拈在手上的百花
已经变成茫茫沙漠里的铁树

好兄弟，让我们骑上白马
再一起去朝西慢慢跋涉
去找回被阿修罗藏起来的乌托邦的导航图
那些明目流盼才是一座座火焰山
那些巧笑遮手才是千沟万壑
闭上双目，大同世界才会重新鸿蒙

我们的心里只有观世音目光里悲悯的晨钟
永远没有昙花瞬间怒放时敲响的暮鼓
好兄弟，我们的无能和脆弱
其实才是这个世界最后的坚强

我想，这应该是一首冬日里的温暖赠诗，如同王维的“劝君更尽一杯酒，西出阳关无故人”，如同李白的“桃花潭水深千尺，不及汪伦送我情”，但是，我想，这更是一首白雪里的火焰诗，权当一份不成敬意的贺礼，预祝文凤兄的新诗集横空出世！

◆虚幻之旅

万冰

文凤兄的诗集《雪隐之门》即将出版，很认真地嘱我为之写上一段文字作序，对此，我实在诚惶诚恐。虽然我习诗多年，可为一位亦兄亦友的诗人写序，却是破天荒的第一次，怕难以表述到位，误了春秋。好在我对文凤兄平日里还是颇有几分了解，故胡言几句倒也不怕得罪。

收录在诗集中的作品，大抵都是文凤兄近几年的平日之作，或在旅程，或在深夜，或在短暂闲暇，时有灵感即刻挥毫而就。在第一时间，我便成了他的微信读者。他的诗，我并不认为符合当下诗的主流，反倒有些另类，甚而有些呓语只有他本人才能知晓含义，但这些都不能够妨碍他的才华展现。我一直认为诗歌追求的是实感、真切，然后孜孜不倦地去探寻人性中无边际的光明与黑暗，而非是形式主义。

文凤的诗，体现出一种形而上学的孤寂与思索，时而显微深沉，时而奔突豪放，回肠荡气中既有博大、粗犷、孤寂，但又不失氤氲江南的细腻与柔情。每每读到诗中的好句好段时，我常不禁暗叹：中国文字之魅力如此令人神往！所以很难用合适的语言来评论文凤兄的一字、一句、一段的感受，因为真正的好诗，往往只可意会而不可言传。

文凤时常保持一种敬畏而严肃的写作状态，对诗意、诗性与个人情感之间的互联性的思索表现出一种独特的孤独的体验状态。他的诗歌形式既有铁汉豪情的大气，又不失阴柔温婉之美。从他的诗歌当中我们也可看出他的哲学思考对诗歌的影响，进而推进出诗歌的哲学思辨色彩，正是这种基于他个人的情感体验和对于诗歌本体的独特感受和理解，造就了他井喷式的诗歌创作。他的诗歌语言干净，意境优美，通篇似乎无刻意雕琢、陈腐艰涩之意，再仔细读一下他诗集中的小标题，几乎都将数字“十二”嵌入当中。“十二”可以看作一年的十二个月，包含了春夏秋冬、万物更迭，似乎也暗暗隐喻了人的一生。为此，他独行于人生悠长的小阶，落入万丈红尘之世，一直在体验中苦于求索人生的方向，尽力让灵魂之舟贴近生命之本真，渴求生命轮回真谛。

佛曰：有情才有生，有性不会老，有情才有病，有情才致死。文凤兄大抵是契合这一佛谒的。为情所生，为情至死。当红尘远去，唯有爱之永恒，有情有义是他最真实的写照。读文凤的情诗，好似是一场伤感与温柔的遭遇，我常被他欢快中又略带伤感的琴弦拨动着思绪，他虔诚追求心灵的净地，尽力让每一行步履都无憾于今生，一如他在《我们这个时期的爱情》中所言：你背靠黄墙灿烂地微笑 / 如未来佛的脸庞 / 涟漪般的笑容层层推进 / 打动着暮鼓 / 也感染着晨钟 / 我背起你的一世韶光 / 把水流的寂寞坐断。在这个红尘如泥的世界里，文凤是孤独的，也是豁达的，在他的情种世界里，他又是浪漫的。

通过联想和想象去体味诗人写诗时的心境、情感，去发掘诗歌的意境，是文凤诗歌的一大特点。文凤在把握好诗歌语言的精美性和韵律美时，常于无意间做得恰到好处，如《赫拉的天空》：赫拉在这个冬天 / 又一次拒绝了宙斯的表白……不再与太阳争辉。无论哪一段语言都很精练，看似寻常口语，但都经过了洗练磨砺，不露雕琢的痕迹，是随着诗人的情感律动自然抒写出来的。“有了温度的羽毛”“落了满玉盘”这样的语句，不经过锤炼是无法得到的。诗中的旋律和节奏也是很分明的，正是这种语言的精练和韵律的美，才使得这首诗充满了柔情，很好地表达了诗人对故情的眷恋和珍视，以及重回旧地寻梦的惆怅、苦闷和落寞。

探寻诗歌的意蕴美，是文凤诗歌的另一大特点。文凤兄也善于借歌咏某一景、某一物，运用某一种表现方法来寄托某种意蕴。比如，他的《赫尔墨斯的七弦琴》这首诗，以“赫尔墨斯的七弦琴”展开想象和联想，作为全诗的抒情线索，通过想象逐一再现了黑暗、森林、石壁、火堆、泥潭、衣服……他借助想象的眼睛逐一抚摸，炽热情感的不断喷涌，泼成了诗，流成了句。诗中寄予的意蕴也就逐渐清晰地呈现出来：只有入到诗人深蕴于字里行间的情感、精神、风骨时，才能领略到诗人的匠心巧运，才能领略到诗歌的意蕴美。

营造氛围创造意境也是文凤诗的一大特色。诗是现实的写照，诗是内心真实的反映，如在《黄昏的马拉松》一诗里，我们可以看到作者从夜里突然“想你了”到“残忍的丁香花开在紫藤架上”，再到“黑压压的乌鸦在聒聒地叫”，这些无一不是梦想的意境映见现实。诗越写越简朴，似信手拈来，有时又近白话。可漫不经心的组合，却成了最贴近上帝的吟唱！《诸神的挽歌》中，那一组从胸腔流出的“众神”，文凤拿捏有致，恰到其妙，风格独特，不拘以往史诗的描绘，而是从神的个性入手，加之个性化的描绘，让人耳目一新。文凤诗中甚至出现小意境的诗，如《阿瑞斯的耻辱》，诗中没有恢宏场景的铺陈，而是由老家的蚊帐引出招蜂惹蝶，再到一条光光的鱼，至狂欢，叶是挡不住的风情，一切皆因自然而起，结尾一句是无奈也是点睛之笔。从这些诗中，我已知文凤兄已经不再自我，随着远古的先人，开始关爱芸芸众生，印证生命轮回的意义。

善于捕捉诗歌意象美和形象美也是他诗歌的一大亮点。文凤兄在诗歌创作中，善于从生活中捕捉意象和形象，并刻画它们，赋予其美感。比如他的《护城河上的荷》，描绘了一幅江南河景的阴沉图景："幼儿园改成祠堂后面一片蛙鸣/应和满天繁星"，运用象征、暗示的手法来抒情，使得这首诗在朦胧的意境中表达了一种幽微精妙的感情，而这种感情是耐人咀嚼的。如果我们把诗人的写作背景联系起来思考，就可看到这首具有深层的时代意义的悲剧主题。

反观文凤兄的诗歌在思辨中活学活用，注重精神上内心自我的对话和思考，诗风也婉转缠绵、沉郁深厚，音调柔美凄怆，抒写诗人对生活的感受和对人生的思索。文凤兄常常采用托物寄兴的方法，语言呈现出纯正朴实的新风。他的抒情诗和叙事诗的基本主题是歌唱青春和爱情。他的诗富于想象，语言自然流畅，善于委婉曲折地表达细腻真挚的感情，或移情于景，或借景抒情，具有一种独特的"幽婉"风格。他的诗歌具有浓郁的浪漫主义色彩，构思巧妙，语言精练、严谨，充满激情，富有创造性，注重抒发自己的内心世界，表现出微妙的情绪和抽象的感情，独具一种朦胧美。

文凤兄信佛教，又工哲学，佛教讲究的是因

果报应，探究今生与来世，他潜行于此，又困于此，常觉无路可逃。不过，我认为逝去的岁月，皆成空杯，昨日的华灯，亦已谢幕，明日之旅还有待探寻。文凤兄其实比我们更清楚，世间万物，花开花谢，春去秋来，四季轮换，一切随缘。只不过当他立于时光之畔，依旧参不清、看不明，不由思绪良多。因为人生就是一本无法读懂的书，他深情发出无路可逃的感慨我想也就不奇怪了。我看文凤兄来世今生，如人生一头是诗，另一头是佛，那支撑他的应是这个孤独而又残缺的现实，活在人生虚幻的旅程，寄身于红尘滚滚的世界，却又想寻得一份净地，淡泊于世，实在太难为他了，大抵他也只能轻推这雪隐之门，从忧郁文字中寻求一份淡淡而又绵柔的幸福了。

目录

三

沉沦

四

天命

九 原罪

十 创世纪：诸神之罪

十一 黑暗之花

十六 虚无

十七 临终关怀

十八 爱莫能助

十九 逆天

二十 故乡

二十一 有光

二十二 泡影

一 今夜

◆今夜，我们走过神道◆今夜，我只想陪你◆今夜，我们同游太虚◆今夜，身体如鲜花般盛开◆今夜，推开前世的门◆今夜，没有光◆今夜，我们携手取暖◆今夜，你是我的星辰◆今夜，我是你眼边的泪◆今夜，有猫在朝圣◆今夜，你破戒唱首歌◆今夜，你是我的新娘◆今夜，你是一枚南飞的雪

◆今夜，我们走过神道

今夜
我们走过神道
牵手连接的
是几个世纪的相望
那是麒麟和麒麟
獬豸和獬豸的泪眼
在梅的暗香里迷茫

满夜的芬芳如繁星般涌入
我们柔软的心

轻轻地
和香色迷离的夜
相拥在山的梅亭里
几根斑驳的红柱
把春风的夜撑起
等待檐下的风铃那不经意的流响
相应草丛里花开的私语
满心欢喜地诉说
一个船桅与海的秘密

翻过生锈的铁篱
托起你的轻盈
如同雪落在花的心
绵长而又忧伤的期待里
浮动着春的灵
曾经的风雨在你手上划过
石化成道边凝望的神兽
为心中的那块净土

守护

手心里积攒着
穿越时烙下的沉沉香痕
那被你诱惑的千年印记

今夜
我们走过神道
我们张开双臂
呼唤明月照洒山冈
让麒麟不再孤独
让獬豸仰起独角
赶走那潮水般的寂寥

今夜
我们走过神道
神道为我们喝彩
喜悦如同花儿般绽放
石像破涕　千年微笑
如羚羊挂角

从此
极目沧桑的青石路上
我们不再谈论内衣的颜色
便生生世世地拥有了你

黑夜在神道上如黑水般叹息
越过裸露石筋的槛
越过规矩

被一群柔软的落叶吃进嘴里

水水的

如种子发芽

如昙花绽放

◆今夜，我只想陪你

你说
你的前生
是个僧人
而我便是那暮鼓晨钟
日夜萦绕着你
在你转着经筒
惘然地看着远方的时候
为你守候夕阳西沉
玛尼堆上飘动着的一缕缕幡
还有那黎明时分
地平线上升起的一抹抹红
这幡里黑里红里哟
藏着我们生命的冲动
和佛看我们时的悲悯

我们伸出双手匍匐大地
我们跪下双膝背负蓝天
香雾弥漫的圣殿上
串串香火声排着长长的队列
悄然划过天际
那是群群高僧口诵真言转世往生的咒语

斜阳下
我们放开胸怀
拥抱念青唐古拉
金戈铁马闪着耀眼的冷
那是青藏高原的万年寒冰
在观湖

夕照里
我们阖闭六感
亲吻纳木错湖
龙楼凤阙映着深邃的蓝
那是湖底世界的太古极光
在祈祷

我们捧起一泓圣水
向着神山的倒影卜算
阳光洗过秋水
如如不动一叶雪莲

我偷来金瓶为你的来世掣签
我转湖念经为你的前世超度
只为今夜能和你梦里相遇

你说
你是因为爱上一个叩长头的姑娘
动了凡心流了泪
今生才来了人间
化身姑娘走一遭
体会那冰天雪地里朝圣时的温暖
和十指冰缠的孤独
而我愿是那前世的姑娘
今生也化身男儿
找寻你呵护你
把你前世带来的格桑花
种在你的手心　开在你的心里
让我的手和你的手

让我的心和你的心
纠缠在一起
今生今世不分离
生亦长相守　死当同携归

无论你的来世
变成了什么
我愿是陪伴你的风
吹皱一池春水
在层层涟漪里
观映你的前世今生
让你在如许的夜里
想起如许的我

无论你的今生是不是那个姑娘
我愿化作一枚磨得发亮的纽扣
在你飘逸的纱衣裙角
烙上我的印记
如同在光光的额头烧上一个淡淡的戒痕
让你来世一眼就认出我

无论你的前世是什么
我愿化作一张古琴
在你千万次的弹奏里
被你抚摸和你合为一体
让你切切地感受我

无论今天的夜晚是否沉醉
无论我们的来世又会变成什么

亲爱的

我都要在今夜陪伴你

◆今夜，我们同游太虚

有一个上古传说
在一个群山点头
樱花烂漫的地方
一条千年鲤鱼
为了让干涸已久的土地
重新生根发芽开花结果
偷着挖开天河的水坝
被发怒的罗地干布
永远地封闭在
冰黑的南山泉底

湖水盈盈
漾起层层涟漪
倾诉泥土对鲤鱼的思念
杨柳依依
不舍年年春色
相望鲤鱼对泥土的眷恋
我面向湖水
紧抱你无力的娇羞
寻找你短促的呼吸
风空空荡荡地从远古吹来
夜虚虚实实地把我们包裹
风夜流光　我对着树魂水魄
默祷

我如果是那千年鲤鱼
我不会去天河
我会拔出一片片鱼鳞
用鲜血湿润你

我会吐出一口口气息
用血沫相濡你
我要用我的生命和
千年的修行
感动天庭和神灵
幻化成风水火土
和有灵的万物一起守护你
让你唇齿之间不忘我

你背靠着杨柳
挣扎着我的紧抱
躲寻着我的寻找
你说你要化身一座石桥
经五百年风吹
受五百年日晒
只为我偶尔游过时
能有一片荫翳让我停留
能让我想起前世
曾如此爱恋你

我撑起如云的帐篷
在起伏的山峦间
收藏春色的雨水
滋润枯叶
你慌乱地摆弄着
被风撩起的裙裾
在我的肩膀上留下
如同勋章般深深的印痕
默许

生命的勇往直前

流星闪过夜空
惊醒
悬崖边
孤独盛开着的一朵虞美人花

你轻轻地告诉我
虞美人其实就是项羽的女人
一个为了夫君的乡愁而自刎
在四面楚歌里舞蹈的女人
鲜血染红了大地
大地生出了花朵
花朵绽放着鲜血
生离死别成就了爱情的圆满

日光穿越晨曦
彩虹横跨山谷
新月摇曳翠竹
如此灿烂清晰　如此伸手可及
我用双手拢起你的秀发
我用舌尖划过你的指缝
在你如水的颤抖里
我便拥有了你
把几个世纪的等待
融化在蓝天　同游在太虚

五月的蔷薇哟
再一次如同繁星般开满了天际

◆今夜，身体如鲜花般盛开

今夜
我们放心出笼
与夜色一起飞舞
湖水拥吻星空
云烟澄净山川
金银花香照大地
古树虬枝
挣扎着伸出水面
诉说夜雾流岚的温柔
你羞涩地
在水道上画下地图
告诉我
北斗七星的方位
指引我们来世不再如断桥般曲折

我们在千年老树前朝拜
我们让河灯在夜水中游走
炙热的灵魂在晚课的诵音里
如达摩过江之苇叶
漂来荡去
几个世纪的等待与寻觅
月沉风圆
把生命之光和欲望之火
点燃

我们也曾在鬼脸城下打听过春色
我们也曾在夹竹桃前迷离过黎明
我们无数次行走在长满苹果的河流
今夜

我们却被河水一次次沁没
你疲惫地嘟哝着儿时骂人的土话
释放潮水回落的眷恋与慵懒
挤满房间的激情
随着九华山泉
沉入你的嘴唇
一点一滴的
你如饥似渴地吸吮着入口的绵延
那是流动的夜的精灵
那是寂静的月的洒净
浑然一体地融化着我们
演绎肉身成佛的神圣与辽远

我们见佛就叩首　逢神就烧香
我们在放生池前许下不世情愿
我们在登山神道上锁下万年心扉
烟雾缭绕处
我们赤脚行走
我们亲吻大地
我们羽化升仙
群山为我们显像
浮云簇拥着我们
远方的山湖如一条长长的玉带
包裹着我们
期许我们能如水般缠绵
如山般沉稳
如风雷般激荡

天地阖

我们依然可以笑对生死

让喜悦如花开一样

弥漫旷野的呼唤

◆今夜，推开前世的门

夜晚高尔夫球场的草肥了又瘦
我们徘徊在城市的边缘
月色迷离
风梳过细雨
让夜滴洒在你的唇间
我猜中车牌的尾数
你淡出心中的秘密
今年的雨季还没有走完
夏天就已经深深地扎下了根

你躺在病床上听着秋日的私语
起愿今后的雨季再不会让自己淋湿
等待午后的彩虹
让屋檐下的水走完

湖边的竹子弯了又直
你戴上竹帽
拉着我走过古城巷陌
情人节的夜
冬天躲在你梅花般的肚兜里
叮叮当当地笑

客栈里摆满了来自四面八方的伞
流了一地花花绿绿的水

雨水漫过青石绕过天井
在维多利亚海港
做短暂的驻留

老家院子里
父亲栽下的枇杷树开花结果
让沉重的春色满园子轻佻地跑
中和节龙抬头
春天急匆匆地敲开生命之门
把笑脸尘封在你的身体里

◆今夜，没有光

层层涟漪在叶的波澜里飘零
我们彼此呵护着水的呼吸
那是黎明在夜的亵衣上寻欢
天亮的时候
我们簇拥阳光　我们托起希望
我们杨柳依依　我们心乱神迷
我们
紧闭双眼走过皇天后土
我们
放空心情捕捉命运的邂逅
山风诉说着英雄的悲凉
深入神兽的残雨
露出枭雄的苍茫
我们十指相扣
大踏步地迈向远方
如同项羽火烧阿房宫的豪情
顷刻间樯橹烟灭
也在所不惜

寝陵殿上　安放了
相互搀扶的脚印
和心灵彼此的交割

在神兽交流着光与影的妥协里
我们爬过残荒　穿越烽烟
卧听血色黄昏中战马的嘶鸣
和长城砖砾里孟姜的哭喊
看君王的起伏跌宕
念山河的岁月悠然

长草的古堡里　我们云游天下
刀枪入库，水草霍霍

我们古堡花烛如海浪惊涛拍岸
看石缝里小树顽强地生长
笑谈畅意斜阳落入群山逶迤

漆漆的夜里你拉着我的手
走过长长的隧道廊坊
一个没有烛光的庆生
让我忆起
在母亲身体里
包裹着的黑暗的温暖
和黑暗中第一次偎依时的水流成河
那是无数世纪冰河的接续
才有今夜
我们在漆黑的咖啡馆里消磨
你喃喃低吟
圈起
舌尖上游走的千山暮雪
让
层层涟漪在夜的波澜里壮阔

◆今夜，我们携手取暖

我们从很远的地方赶来
飞过苍茫
走过鬼谷栈道
大地在脚下苍茫
天空在头顶云流雾岚
风从远古吹来
喜悦心与佛祖的约会

我们在三世佛前祈祷
我们在舍利瓶前执手凝望
我们在高僧的点化下
抚摸着佛手的七彩流光
亲证菩提树下遥远的阴凉

我伸出双手捧起你的凤眼流声
亲吻你挂在睫毛上的串串云珠
那是群山之巅老树的精魂
那是皓月之下浮云的灵魄
千年古刹的钟声敲开重重迷雾
让晶莹剔透的光烙在我们心上
提醒我们佛缘已深深种下
来世再也无法分开

微岚吹乱了你的长发
团云打湿了你的心
你藏在雾中的黑色双眸
越过梦幻
湿漉漉地向我走来
我们折叠一叶叶纸鹤

飞向虚空
感天念地让爱情
如云雾缭绕般无法分离

我们也曾在古城的街头徘徊
听青石板巷拉长疲惫影子的声音
感受雨伞和雨水相逢在雨巷的欣喜与怅然
我们也曾在路边咖啡馆里点了一杯长长的卡布奇诺
看春天的雨季把情欲变得扑朔迷离
体会千年码头迎来送往的欢笑与悲怆
我们依偎夜半的河边石栏
等待竹筏上老渔翁那一声声寂寞的吟唱
船边的鱼鹰在花天酒地里穿梭
拨开灯光桨影
换来回家的路

你说你要插上南红顶簪
给来世戴上银铃
如袋鼠般把生命兜在胸前
梦回远古神游世界
把我一个人丢在酒吧的中央
让如雷的乐响曝晒满是霉斑的孤独
让我遥想阳光的屋檐对冬日冰凌的渴望

星影横斜　月光破碎
水帘般的暴雨穿过黑暗
扑向吊脚楼的红灯笼
驳落的客栈石狮满目沧桑
等待着今夜最后一对旅人

烛光享受着夜色又驱逐着夜色
在河灯的且走且停里
渐行渐远
如同风和雨的爱情
在黎明总会照亮神灵返乡的祭坛

天亮时分
我们携手取暖
我们穿过千年涵洞
桥上是车水马龙
桥下是不舍昼夜
空荡荡的秋千在奇风岁月里
空荡荡地穿行
没有停歇

◆

今夜，你是我的星辰

我在凌檐一角
飞渡城墙上
如烟的炮火
马蹄深深呻吟重重
往日里蓬草何在
池塘下小舟恬淡
雾都蒙蒙
月色离迷

胭脂井里泪眼纷飞几千年
鸡鸣寺的早课晚颂
如大海波涛
如一苇渡江
把哀怨化作红尘
让死亡面壁
把爱情织成蛛丝
在风中摇曳
晨生而旦殁

雨无来由地起了又停
停了又起
残阙里
无数英雄
豁蒙楼下指点江山数万载
对月邀影
空空荡荡荡荡空空
风止于烟消处

遥想当年

我们偷偷越过栅栏
在荒芜里在月光下
行走
心惊胆战地听着
千疮百孔的城砖
述说曾经的辉煌和荣光
如同你手腕上淡淡的印痕
那是刀锋掠过　那是火焰踏雪
生命在断崖处开出花朵
让宁清之气
在天地间同和

荷花没谢金桂便已经开了
我们匆忙地走过昨天
用八百里加急的羽毛
在月圆之夜
在群山之巅
和那浩瀚星空合一
树叶不再婆娑
秋虫开始冥想
你打着呼儿沉睡
月映绵绵起伏的山峦
风吹过一马平川
夜光普照
在大海的尽头落脚
隔海相望
草原上潮汐声声

灯影里木鱼震震星辰闪烁

几千里的云和月次第花开

我独自一人

躺在沙发上

听着窗外

车碾过雨水的声音

和月穿越云层的暧昧笑容

◆今夜，我是你眼边的泪

我在银杏树下等你
深秋的雨落进水里
芦苇一片金黄
那是落叶的灵魂
在水面上行走时发出的光
亲爱的人呀
我抬头在人群中找你
你消失的那一瞬间
让我很心慌

遥远的山谷里有高朋满座么
寂静的夜路上有车灯的流响么
我孤独地在湖边等你
空气中弥漫着冰冷的声音

我们被困在村里很久了
我们从很远的地方来
该回去了么
我们能摆脱我们自身么

我梦见我在天上的园子里浇着花
花园很大……小径上挤满了草
我的邻居是一所寺庙
听惯了暮鼓晨钟
听惯了经诵声声
门前的石柱上香雾弥漫
生长起一朵白色的花
我守望着你的容颜
不让风觊觎

我看到你了

在中和节的云里龙在飞舞

在异国他乡万马在奔腾

你长久地坐在海边

看着黄昏一点点消失在街头

手里紧拽着余晖

不让落日回家

亲爱的，你是在等我么

夜风起了

我在天台上不敢离去

生怕错过你让窗帘波澜起伏的瞬间

恒河的沙子哟

前世粒粒在目

我不能陪你在光下行走

不能牵手枫叶谷里看老树青苔

雨打湿了樱花

道上满是你的脚印

一个人的泥泞在夜半唱着歌

我飞身而下

来到你的枕边

婆娑的爱化成了今生的泪

泪干了就是来世么

亲爱的，陵园里的树笔直地伸向夜空

狂野地挣脱地面

爬上树顶我们就能看到星子么

月亮已走到山坳口

你哼着儿歌摇落一地睡香

杏叶　飘零　一地簌簌响着的夜

草地上满是燃烧过的灰烬

一层层地为冬天加冕

紫色的园子里

几个孩子在秋千上荡着春色的光

◆今夜，有猫在朝圣

今夜，钟声从文殊院走来
黑黢黢的　清疏疏的
带着满天星辰
围住墙里漏出的呻吟
石凳子上是黄昏时满地夕阳的倒影
我们跨过道道门槛
簇拥春色
让滞留了一个下午的欲望
从茶马古路直冲云端
让雨水哗啦啦下来

黛瓦上的爬墙虎努力地舒展身姿
如同铺向婚房的红地毯
亮晶晶的
对着我们微笑
榕树下的一只黑色小猫
消失在窗口泻出的白色水印里

我吮吸着生命的口粮
和你一起走向川藏
把生命中最奢华的旅程
展开在透明的无边里

二郎山的云霄如梦幻泡影
缕缕阳光露电般地
在云雨中
穿梭

观光台上一对白发老人

面向万年冰川

祈祷

◆ 今夜，你破戒唱首歌

六月是江南的雨季
雨季里有缤纷的落英
落英在雨里打湿了翅膀
粘在地上被车碾成了泥
来年变成蝴蝶绕着墓碑飞
海棠谢了梨花结成了果
樱花让叶把自己覆盖
是死后的重生么
生日里我为你唱着歌
高原上的格桑花开在天际
一只雪白的藏獒在旁边守护

拉卜楞寺的转经筒
横在马路上，如袈裟的背影
向我们的内心走来
那是前年生日的幡
在去年的异乡缠裹住了风
你一个人走在波涛汹涌的海上
让清色的风宁静
旗云飞舞
和临天下

今年的生日你说要离开
转身时把西向的寺门关上
莲花因微笑而开放
因哭泣而结籽
我一个人在漆黑的长廊里赤足
祭坛上红光一片
荒原的狼对着月色在哀号

回不了家的痛
驻扎在心里
多久了阶前的竹叶在含泪起舞
没有了风的方向
没有了雨的依偎

今夜，佛的那根手指断了
我辗转反侧如虚脱般疼痛在空中
你是这个时候说要走的
生日还没来呢
大雨却已经滂沱
野猫在蛙鸣声中叫着春

雨季的夜半是思念
如注的水从天上来
没有尽头
我一个人唱着生日的歌
在街边徘徊
路灯下四个精灵默默地跟着我
没有了三世的加持

青海湖边寺庙前的幡
在夜色中起着风
还记得寺庙里的那个小男孩么
他一个人在空荡荡的佛前
叩着长长的头
空荡荡的眼里
没有风没有幡
没有心跳动的声音

喝一碗酥油茶吧
就可以把前世都忘掉
我们就可以在冰封前开始
我们在湖里骑着白色的马
蓝色的水妖媚着我们的魂
真想就这么走下去
让湖水把我们淹没吧

还记得杂多深山里的天葬台么
盘旋的秃鹫和我们深情地对望
那是生命对于死亡的眷恋
那是慈悲对于敬畏的力量
天葬师的斧头哟
你快快地落下
让我把新生命的大门打开
我执着你的手满是期待
手心里是冷冷的汗

还记得亚丁村前的那片青稞地么
纯洁金黄一眼望不到边
你从仙乃日雪峰走来
我牵着一手夜光
匍匐在央迈勇的耀眼前
把青稞双修成了酒
你醉倒在梦里
呼唤在高原上一起飞升
我把什么都给了你
夏诺多吉的日出哟
金顶可以做证

尼玛堆的青苔不语
雪山客栈的地板可以做证

还记得玉龙山下的黑龙潭么
传说中它是直通昆仑的
那是连接另一个世界的通道
你说过要在白云的古道上
摸索故里在水乡二桥洞里横冲直撞
你说过要在雪山之巅性命双修
在远古的那次天人交战里
你却用眼泪放逐了我

我注定是要被流放的
注定是要被女人伤害得体无完肤

寺庙中间的花坛里
开满了各色各样的花
我给它们浇水
坐在旁边守护
夜来香在窗外唱着迷人的歌
为了花心里的那滴晶莹的泪
我掉落凡尘
在人世间懵懂地前行
直到遇见了你

我们一定是前世有过约定
不然风雨不会骑着马来到我们身边
你说今生都把眼泪流给了我

如果还有来生
我一定努力不再让你流泪
见笑花开
盖住你手腕上的印痕

如果人生可以重来
我一定毫不犹豫地抓住你
把你一起带下来
在你的耳垂做上记号
在你走失时可以找到你
在你迷茫时可以想起我

亲爱的，今夜你可以唱首歌
让我在屋漏的雨水里
不再忘掉你
走的时候回回头
看看我在楼梯口等着你

黑乎乎的天放生着光亮
雨一如既往地漏在楼梯上
滴滴答答到黎明

起床吧，该送孩子们上学了
今天的幼儿园吃的是土豆烧肉

◆今夜，你是我的新娘

奢华是为夜准备的
盛宴是为黑暗布置的
被遮蔽的太阳
被绑架的舌苔
在大地上耕耘劳作
快马加鞭地享受苦难担当轮回

中华门的瓮城里烽火辉煌
光着腿走过的是旧日的情怀
杯觥交错里辉映着
旁观者的目光
满是贪婪和诱惑
在处女般的青苔上游行
笑　嵌在石头缝里
咝咝地透着气
如同蛇面对苹果时溜下的涎

我在黑暗的河流里拉住你的手
我们绕开礁石躲过乌云密布
看月色升起在城墙之上
听远古的炮火绵延
紫山之巅是王者的卫队在厮杀
藏兵洞里是犬马飞奔于声色
结一个小小的界吧
在虚无的空间里你做我的新娘

◆今夜，你是一枚南飞的雪

（一）

黑夜，我只能把星星放在心里
让高原的海子不再透明
无数次风和雨的爱恋
没有了雪的反光

圆月高耸于暗之殿堂
争不过黑的亮
亲爱的人啊
我不能在阳光下度量你的脚步
不能一起看云彩飞舞稻穗金黄
不能一起听空谷回响落叶飘香
静静地
我听不到水的流淌
那
便是我消失在黑夜的前奏

我疲惫地让星星打个盹
你在麦地的悬崖边抵挡诱惑
童时的欢笑在皮带下抽泣
年夜饭热气腾腾
父亲在旁边吐着血
你一个人坐在路灯下听飞鸿踏雪
风冷冷地吹着雨让蜡梅凋零
雪融化一地露出草的凄凉
你无助地握紧冰凌
滴水成冰夜飞尽

老家的墙斑驳夕阳
大运河上的古道哟
谁还记得曾经的沧桑
马蹄声声水飞溅
洗净铅华
堂前燕

这个冬天开得很晚很寂寞
如同大户人家的天井
把亮圈在命里
褪尽青苔没有了悲伤
窗格纸糊着希望
井栏上生长着白色的花
那是带血的欲望

一起洞房花烛一起如花似玉吧
你已如同种子在我心中发芽
没有了新生命的床
亲爱的
你听到小鸟歌唱了吗
阳光打湿了它的翅膀
青青地让它不再单飞

蚂蚁排着长长的队列仰望星空
一池春光滑过
如闪电
如秋叶
如梦幻
如泡影

（二）

漫山遍野的花
从贫瘠的大地上苏醒
冬眠了几个辈子的屋檐
滴水成冰
红的，黄的，白的
如同僧袍
在色达的山谷里呼啦啦作响

风马旗飘扬
蓝的
如同天如同海
秃鹫自由自在地飞
天葬台上的刀
在桀桀地笑
生和死的较量　才刚刚开始

雪线在高原的脊背上游走
如同始皇时期的城墙
还能听到姜女的叫喊
欲望还是爱情
夜半繁星落满红色的房
经筒不紧不慢地转着
是谁第一个拉起了窗的帘

我匍匐在经堂之上
金刚心咒海涛汹涌般涌来
一叶扁舟在水中翻滚

如同墙头的苦菊
在风中摇晃

（三）

你在红色的房子里等我

阳光穿过经筒
穿过帐篷
和露在红色衣服之外
僧人的手
打量我

转角处雪还没有融化
经声不绝
太阳就下起了冰
两个红教的僧人
坐在冰雪上辩着经

山路的尽头是雪的家
经筒的转动是风的灵
我们在坛城里欢爱
神圣的金色
闪着清洁的光

冰雪双修
在九月用雨露封了山

二 醉晚

◆午后◆我们这个时期的爱情◆沦陷◆夜猫的行走◆如兰的逃离◆荷的塘◆夜春风◆莲花冢◆星空沉醉的夜◆江南不叙事◆别了，玛吉阿米◆告别

◆午后

你在十字路口
带着你在路边小店淘来的兔插
等我
和白色的车

风吹过
红灯闪烁
扬起满地烟尘
那是前面的一对情侣
转弯时
留下的情话和青春的呢喃

秋日的午后是喝红茶的
你摆摆手
让阳光行走在落叶里
你手搭额头仰望天空
看秋雁成行
背影里映着归家的路
你轻盈地转着圈儿
把童年的遗憾留在
外婆满是老茧的手心
如同白色的云融化在蓝色的江水里
芦花荡漾
寂寞走过木桥
远方一只小船起伏
撒下网网波光

暮色苍茫的时候
江边的野菊依旧盛开着金色的花

我坐在白色的车里听着
你曾被另一辆白色的车门
夹断指甲的故事

黄昏的江面一片澄红

你说你在前面的十字路口
下车
绿灯闪烁
我继续前行
夕阳拉近距离
车轮碾过白色的斑马线
把你对白色的恐惧
在转弯时
放飞

◆我们这个时期的爱情

我们从斑驳的古城墙边
相约
来楚江天门
走走
看铜佛寺前乱云飞渡
听大雄宝殿急流勇退
江面上一只老了的小船
网起佛首的阵阵经诵
那是耶稣基督和释迦牟尼
第一次交手后的遗留

太平天国的枪炮声里
诗仙负手而立
对着投江的屈原天问

夹竹桃花开一路
布谷鸟在屋檐上呼唤风铃
我们在江边闲庭信步
白色车窗落满夕阳滔滔
你背靠黄墙灿烂地微笑
如未来佛的脸庞
涟漪般的笑容层层推进
打动着暮鼓
也感染着晨钟
我背起你的一世韶光
把水流的寂寞坐断

楚江上的船过往不停
四季流转里的汽笛声声

是姹紫嫣红
是残荷缺月

江边的芦花和芦哨
依旧流响在儿时的天际
青了又黑
黑了又青的苇滩
收获着一茬又一茬的燃烧与等待

白色的航标灯孤独地张望
江水里起伏的
是我们这个时期的爱情

◆ 沦陷

你说我像伊甸园的蛇
总拿着苹果在你眼前晃
你咬紧牙关
抵制着阳光的诱惑

月亮从橄榄叶的缝隙
伸出脑袋偷笑
打湿了一地星尘
你娇喘着被挤开门
留出舌尖的距离
让夜色芬芳不再空荡荡

满是露水的小径
连接着英雄和枭雄的悲凉
迎面走来一对情侣
在孙权墓前的梅花树下
唱着喜悦的歌
手拉手丈量着地宫的方位

一只落单的鸟不紧不慢地叫着
夜光里片片羽毛在飞舞
我站在高岗上吹着口哨应和
引来黎明前的黑
和虚无而空洞的暗

桃花树下
一只黑色猫与一只花色猫
对视而后追逐
草丛里一对飞鸿惊起

让天光端倪

“有一种美好，真好”
清晨，你喃喃地说着情话

◆夜猫的行走

一只白色的食品袋
狠狠地咬住一只黑色的猫
如同一个头部负伤的兵
白色的绷带在夜雨里飘动
黑漆漆的路面上
闪过刺眼的光
溅起满地湿漉漉的叶

白色的边缘是猫撕抓的印
袋子静静地裹住黑夜的头
等待下一个破解的缘
如同一个瞎眼老人摆下的棋局
棋盘上是过往的水滴千年

黑色的风吹走白色的夜
嘶嘶作响的袋还有猫的呜咽
阵阵车声流过
没有停留的灯
猫试探性伸出白色的爪
挡不住回家的人

三千年的烽火重新点燃
夜半的城墙下停满了四面八方的车
那是诸侯们望烽而进的号角
我们行走在一半落叶一半雨水的道
你打开车窗慈悲着黑猫的绝望
我看着你的眼停下车
穿过马路和川流不息的灯
轻轻地揭开白色的袋

黑色的猫甩了甩头上的雨水
一溜烟地穿过马路
消失在漆黑的夜
没有等待没有回头

今夜，我心只为你柔软

◆如兰的逃离

今夜，你长袖善舞我挥汗如雨

一只白色羽兔车灯前逃离
汗水洒落，泥土纷飞
生命在亲吻中沉醉
车轮在泥潭里
陷落
空转着无用的热情
池塘倒影，释迦微笑
我们簇拥在小道上
整理夜色
随手拢来一片星辰
让荒野迷离
捂一口冰冷的山水
喂入你温润的唇
夏花绽放，如风逐浪

细雨打湿一树激情流火
空空蒙蒙里
你用长袖擦去汗水
走下草叶，满地浮光跃金

夜半的爱拉长黎明的影
经文刻在叶片上冥想
水声灿烂，潮汐弥漫
别离前的辉煌
荡漾在晨风的期待里

我意平生飞动

紫金山下苗圃里

花木扶疏　怅然到天明

◆荷的塘

（一）

夜荷的残是说给路灯听的
黑黑的荷杆在冰面上
光脱脱的荣耀……
炊烟袅袅
满是莲子的芬芳苦涩
一层层剥落水珠
泥土里有果实的味道
冬日的阳光叠起荷衣
温暖的，青青的
像老人脸上的皱纹

荷花次第开放把秋天勾栏
打麦场的草垛里虫声一片
灯影憔悴波光绵绵
莲子翘首楚楚
呆呆地望着你来的方向
等待你每年一次的宠幸
你闻到她出浴的声音
鲜活地滑过夜空
结果……
为了明年的花苞
淤泥有了喜悦的孕

花色的鱼在水底吞噬着藕的根
淤泥是水的家
鱼是淤泥淘气的孩子
水和鱼在春天里疯狂地跳跃

奔跑……
让太阳没有了芳香

这个夏天　夜的风围绕那一杆残荷
打转

（二）

残荷边一群盲人在钓着鱼
空空的芦花在冰河里骚动
卷起千堆纹
鱼潜在水底
生满淤泥的草地
一动不动
我停留在岸边
看麦子撒满水面

阳光和黑夜在做着博弈
把残荷的杆拉得很细很长
静静地竖立于冷风里
水面见证着未来
温暖如春的岁月有野鸭游过
它们带走了来年芦苇的芽

我知道鱼中午会游上水面
那是阳光的诱惑
死亡的味道
暖暖的
甜甜的

河对面有个盲者在打量我

（三）

你是一团金黄的火焰
在夏日的黄昏里
燃烧
直直的　风吹皱荷花
打湿一地祠堂
苍茫覆盖大地
河流在云层中闪烁
一枝树干穿越其间
你游走边缘
把雨的羽毛放飞

如夜的湖畔有一只水鸟
驻留
水草依稀
晚霞走出塔林
席席倒影
在石的桥洞中央有你清晰的眼

远山的和鸣掠过蝉衣翼烟
一船的思念在波光里
沉默
你打坐码头听水风起云涌
让黎明叹息杨柳须臾

结尾处山情湖色落入尘埃

簇簇雕栏石砌被古老浸染
钟声回淌　度牒觞觞

两只蜻蜓重叠着在方寸里
向忧愁问好
绕过黑夜绕过路灯
把生命轮回

◆夜春风

为了前世的一个约定
我们从梧桐树下走到木棉花开
让山和海互相守望
痴痴地
无数次在心里把对方拥抱

忠孝东路的人群依旧
我们徘徊在路的尽头
路灯与路灯响起
暮光凄凉
歌声寂寞
君悦的灵异被深深地压在冰冷的符下

夜半的酒吧是饥饿的
三三两两的人群
满脸绯红
打着为人性服务的经幡
把自己和自己灌醉
三月是梧桐毛毛纷飞的季节
二月是木棉叶儿凋零的时分
那是精灵消散于空中
那是血液被大地掏空

你款款地走着醉步
意志坚定地向我恍来
寒夜的茶散发着春天的气息
如同一个丰腴的少妇
在钢管上奔跑跳跃
你大口大口地喝着我为你泡的茶

用每一次短暂的歇息
换来寥若晨星的清醒
你双眼烟波声音迷离
一只漂游了很久的舟
消失在雾蒙蒙的海面
没有了方向
没有了头顶上的灿烂星空
我亲吻着你的额头
湿润着你厚厚的耳垂
寻觅那微熏的唇

冷冷的
你紧闭双眼摇头回应
如同一座冰封的雪山
用终年的积雪
享受并拒却着太阳的光芒与温暖

悬崖边的雪莲悄悄地开放
千年积雪
在山顶上
闪着蓝色的光

冰川不语　雪拥蔚蓝

风狂野地围着山旋转
雪淡定地扬起而后落下
不带走一片花
你说冰雪总会消融
春暖才会花开

泉水叮咚里是飞雪在歌唱
落花在起伏
斜晖掠过苍茫
白云卷起清寒
我匍匐在雪地上
用一腔热血
让春天的枝条在冬天里抽芽

你说春风不度，顺其自然
微笑的嘴唇在我的找寻里躲闪出
优美的弧线和纠结的诱惑
临走的时候
我在你给的拥抱里
缠绵

涵碧楼的凌晨越过日月潭霞光
让阳明山的樱花开得
活色生香

我在山里给水边的你说着长长的情话

◆莲花冢

（一）

阳光还是那个阳光
斑驳地穿过石莲花
走进我的心里
那上面有你的指纹

一叶青草长在了石缝的边缘
心留在空谷
听你浇水的声音
冬天里化成了冰凌

铜殿上夕阳划过
几只白色的鸽子咕咕地叫着
一个红衣童子在青砖上跳步
几个世纪的香火
在屋檐的风铃中遽然湮灭

坐化的缸如同一把雨伞
向隅而立
静静地打发时间
寂寞
绵延千里

是雨水么
有没有和一把骨殖
在黄昏里燃烧
是西风么
有没有散一把骨殖

去恒河里听经

既然阳光进来了
那我得走了
我沉沉地睡去
在黑暗里体会黑暗的滋味

你继续在阳台上高谈阔论吧
我得走了
抓一把芦苇是不能渡江的
阳光会越来越热么
心会越来越冷么

山谷还是那个山谷
冬天的时候树叶都会凋零
叶儿谢了
我终于清晰地看到了你

我得走了
放心吧亲爱的
我会把背影留在西开的寺门里

（二）

有风走过
一池冬水里
飘着一条夕阳照着的船
船里有水
想来那是夏雨的住所

水面是金色的
曾经的富丽堂皇么
曾经的流光溢彩么
我们打着寒噤祭奠秋色满园

收工的钟声响了
裹满玫瑰的秋千
阴影空荡荡
满是婚礼道具的废墟
白色的婚车白色的床
白色的钻戒上面
覆着厚厚冷冷的
白色的尘
曾经的冰清玉洁么
曾经的春江水暖么
山坡上
植荒人给新种的萝卜浇着水
叶儿蔫蔫　土不再飞扬

老树虬枝空落落地漏着光
池塘边的白色小屋
一对老人把着门
去年的圣诞婚礼哟
狂欢后昏睡到如今
我们隔着窗帘
零乱地让残阳从烟囱入场

梅花形制的墓地里
光线穿过仄仄长长的墓道

站在落叶的中间
听血流出的声音
身体撕裂　枪炮隆隆
曾经的血气方刚么
曾经的激情澎湃么
绝望公祭着悲凉
青春长眠在层层的落叶下面
看不到路的底色

卧佛慈悲
双手合十
我们在落叶堆里寻着欢

星空沉醉的夜

今夜，月隐于山色朦胧
星子便如同海的眼睛在其中闪耀
潮水叠起，波光灵动
你拈起如花的喜悦
直入夜心
群山信手拢来一袖清风
湿润着我们的迷离

我们仰望银河
让流星璀璨心扉
我们绽放童年
让青草含露夜花
我们环腰比肩坐闻春暖花开
让棕色布熊打着领结
在车后排
发笑着我们的沉思

寺里灯亮的时候
凉凉的晚课声
如水般晕染
卷起层层绿叶私语

◆江南不叙事

江南的暮年是残荷
风起的时候
叶在漏雨中大声唱着歌
杏儿纷飞落花似相识
光溜溜的枝干上
有只小鸟在喊着归家的路
流水无声　西风摇摇晃晃
夕照里你独自看着窗外
把荷杆的影子
拉得很细
很长

握一握你的黑发
石头便开花结果
低头拉着你的手走过泥泞
阳光生出枝丫
彼岸磅礴万里，秋日无语
踩着你走过的脚印
莲蓬生涩地笑起
亮堂堂的一道白光闪过
又到冬日芦花吹
积雪夜难回

春风浩荡你在车上暖着背
卧佛回光　池塘里星子闪烁
浑然间天地同庐
几只白鹅挡住斜阳
让你回到原来的道
我们在一片残垣中寻着路

断墙里满是新生命的草

华灯初见便有飞蛾涂炭
一只夜莺辍学
流下英雄无数
项羽在乌江边自刎
虞姬在刀尖上舔血
四面楚歌时
刘邦在旁边大口吃着肉

从此
江南成了挥之不去的梦
不再叙事

◆别了，玛吉阿米

无数次想象
夜半
仓央嘉措从布宫的后门
溜出时的心情
月黑风高
抑或
雪夜蔚蓝
总会遇见几个小孩磕着长头
丈量仓央嘉措的凝望
和等待了一天的缠绵
烛光掀开门帘
情欲轻舞温暖
那是玛吉阿米预留在
八廓街拐角的诱惑

一条盲獒，遥望星空
听着一个盲人的马头琴
凄凉如雨滴落在芭蕉
悠长消失在积水的光影里
念想着前世的伙伴

无数次想象
黎明前
仓央嘉措从布宫的后门
溜回时的心情
木门轻叩把一地叹息伏藏
天葬的是
日月同归时坚定的背影
和雪地上歪斜的足印

白的是阳光红的是火焰
高原的神圣哦，为什么
你的激情只能在黑暗里燃烧
灰烬要被捏进糌粑
变成玛吉阿米的点心
在酒后的轻佻里填满饥荒
让山羊驼背着泥土
让宁静被喧嚣引诱
让淡定被虚荣击倒
雪域的情圣哟，为什么
你的桀骜却只能在赤炭上舞蹈
血泡还要被挤入水里
变成玛吉阿米的酥油茶
在饭后的饱嗝里去消化馅饼
让秃鹫在山顶盘旋
让生命不再转世
让灵魂带着镣铐飞升

沉重的是玛吉阿米的肉身

无数次想象
仓央嘉措最后一次的心情
大昭寺的诵经打湿了转寺的路
你把哈达献给盲獒
你把袈裟脱给孩子
黑黝黝的木柱上雕满
魔鬼化身美女的曼妙
你推开布宫大门
把希望留在金顶的灵塔里

释祖等身像一成不变地微笑
目送你红尘不归路
青海湖里消失的是你轻盈的肉身

我从前世走来
寻找似曾相识的庙宇
期望月圆山巅
玛吉阿米和仓央嘉措的约会
大雨浇湿火焰
冰雪覆盖宫殿
我独自走着仓央嘉措夜半的路

看哪，朝圣的人群
大昭寺外叩行了千年
让千年的石板
不再能生长出格桑花
听哪，午后的辩经
哲蚌寺里水转百年
让百年的经筒
不再翻腾起青稞地里的欲望

我徘徊在布宫的后门
用仓央嘉措的诗
送上荆棘编织的皇冠
祭奠
遗落在天葬台上的带血的激荡

仓央嘉措的后人哟……

◆告别

从今天起，我要少爱你一点点
让阳光遮住树叶
雨不再漏下来
黄昏时我独自在山谷唱着歌
儿时你的影子
便如同舌尖的味道
漂浮在水面
台阶上满是青苔
月光洒过
佛音遍地
记忆不停地敲打我的门窗
把雨水放进来
在地板上开出发白的花

白色的花苞围着我
波涛汹涌
我在旋涡中伸出双手
抓住最后一根稻草
让自己浮上来

说一段爱的故事
在我老的时候
让乌鸦不再飞

从今夜起，我要少想你一点点
炉边的火已冷漠如灰烬
送给你的诗散落在空中
你装着打盹
看不到光的影

没有灵魂的人在阳光下没有影
我追逐阳光把影子跑丢
我看着月亮下山
把你的声音忘记

群星璀璨
深夜里
魂的影徘徊在湖边
和残藕丝连
不再留恋你映在窗纱上的曼妙

我是倒在阳光的尽头
不再晚安和黎明
斑马线上
杨柳不再依依
雨雪依旧霏霏

二醉晚

三 沉沦

◆你是婴宁

（一）

你在落叶纷飞中舞蹈
红的是枫叶　黄的是银杏
斑驳的是树的年轮

我的影在车的窗里穿梭
空荡荡的行李
在月台孤零零地仓皇
看到你的脸庞么
那是雪国的寂寞
那是你敲的钟在雪地上的冥想

湿湿的海棠花冒出了芽
生生的梨花别在黑色的袖套上
你满是疲惫满是慌张
狡黠而调皮地结出了涩的果
还记得一年前的下午么
阳光从窗外进来
你的背影走下楼梯
印第安人头上的羽毛
在风中桀桀地笑

地下室拐角处
烟蒂酒盖
还有打皱的纸巾
团团的支棱八叉的
像一棵枯树上的鸟巢
在路边

看着另一棵树上的枯巢

渣土车从旁边经过
扬起满地灰尘
通红通红的
如夕阳中血盆的口
吞噬了鸟
和落下的窝

（二）

一个冬日里有雨的下午
天和地都是湿湿的
你也是湿湿的
两个人的下午茶也是湿湿的
有火，有水，水深而
火热
湿湿的发梢有水珠
晶莹剔透在我们的身体里

你赤裸裸的诱惑岁月
让缠绕不再奢侈
让窗外的风景不再遥不可及

我们在飞奔中歇脚
我们在飞奔中冲上云巅
在一轮一轮冲突中
你今晚可以睡个好觉
不再有梦

沉沉地
如落日和落叶在林子里翻滚

今晚会欲望沉疴么
明晚让我睡个天昏地暗
睡个东方既白

你呢喃地收紧身体
让水再一次漫山遍野
红叶落英
从林里一只受惊的小兔
在车灯下
逃逸

（三）

我躺在地平线上
看木塔一层层升起
枯黄的草在塔根的底部疯长
那是飞鸟衔来的种子
在风中许下的承诺

塔檐迈着性感的姿态
勾引着小鸟前来做窝
前赴后继的
在夜晚敲门
如同叫春声一浪浪高过
而后
落在海滩上

被余晖烧尽

拼命地叫吧，婴宁
木塔下面水流已成河

（四）

水　漫山遍野的水　躺着
如同野草
乱蓬蓬地把花裹在中央
湿漉漉地召唤泥土
婴宁大声地叫着天叫着地
天地和合
孔子的父亲在显着灵

一个骑士
在河边打马扬鞭
浮出水面透口气吧
野色的鱼蓬勃得快虚脱了
子夜荧荧　群山合沓
婴宁在呻吟中为母亲迁坟
桃花眼水蛇腰
狂风老柳
力拔山兮左右逢源

天还没亮的时候
你推着车出门
脚步迷茫
踉跄一座座墓碑

藏兵洞里

杨柳岸

月光和音乐追逐黑色的影

如水银泻地

雪花纷飞　旁观天庭

锋利的剑

拔出时血流成河

孩子，给你换个爸爸吧
我们做一个普通人家
像普通人家那样挤在一起吃饭喝酒
嬉笑打架暴粗口
像普通孩子那样骑在爸爸的头上
一手冰糖葫芦一手气球
没有乐高奥特曼
没有名校名车名房名人圈
没有肯德基麦当劳
没有阿迪达斯和饮料
有雪的冬天里趔趄着去上学
跌倒了爬起来搓搓手哈口气
继续往前走
烈焰下一脸灰土和着汗水
冲过斑马线
回到家
喝碗冷水吹吹凉风
作业本上涂涂改改好个秋
普通人家爸妈不说爱
结婚十年还热炕头
普通人家爸妈不抒情
黑灯瞎火里
一个姿势二十春
普通人家爸妈不读书
吵吵闹闹一辈子过到底

孩子，从今天起
换个爸爸
做个忘记品味的人

粗茶淡饭担水砍柴

把书塞在床底下

不让上帝在窗口偷着笑

◆人生

躺在过道里
看前后的风景
来来往往的人群
拖着行李
和空气进进出出的吻
门窗
在开合之间
映上我脚趾的方向
你的头发，我的脸庞
和乱七八糟的
对你的思念

车原封不动地飞尘
黑夜挤压铁轨
变形的人脸
在阳光下没有拉得很长
那是地狱的声音
天堂呼呼
赤脚走过明天

远方的光诱惑车钻进黑暗
无边无际的夜
孵化出飞蛾，萤火虫
还有夏天的热浪
湿扑扑地击倒人的心
草丛里
有爱在闪着呻吟
不用等待不用痴迷
面碰面的时代已经过去

换一个烧饼
就可以让我们活得很久
烧饼上有太阳、月亮和银河

你看看我，我看看你
我躺在过道上
你的头发撩着我的脸
那是你最美的时刻
那个方向和角度
有虚无和生命在填充

狠狠地叫一声
像孤独的狼
让黑夜颤抖　让列车摇晃

我躺在过道里
迷迷糊糊地坐过了站

◆花的黎明

夜雨爬在秋窗上
滴滴答答地映着你的影子
梨花白了又开
颤颤巍巍地把果子结了
扑打在泥土里
等春天来了
做海棠盛开的肥料

来一块东坡肉吧
蔚蓝的天空里
没有一只鸟飞过

苦难是我们与生俱来的
泥泞是我们的家
雨水淌成河的路上
你翻过墙头离去
花在黑暗的角落里开放
和我们看不看无关
也和你的发梢和我的汗水
无关

我只能记得黎明前的黎明
黎明和黎明
相互搀扶着走过黑夜
阳光打着伞
你吹着口哨
一副吊儿郎当的
手上晃着蓝色的钥匙圈

你的背影穿过浓雾来找我
如同山涧的花
扎根在断崖
有风，有阳光，有人的尖叫
雾岚散尽
冬天的河面上结着薄薄的冰
我们挥舞着刀赶过去
和水冻在了一起

梨花在夜半时飘落
如同雪
如同月
大地好一片安静

◆一夜梨花

溽暑过
绵雨走
微风乍弹
室外秋茕私语窃窃
月如水
光映山川
总说嫦娥寂寞抱玉兔
遥相望
伐桂线牵
天涯里
潮信叠浪
海天交融偎依
团圆
对酒当歌
古今为继
伴凤凰树下常相思
仰天揽
心有灵犀
天地悠悠夕照里
凭栏问
天人合一
观今夜银河
星光灿烂
直入我心
倚红偎翠
看天地花
月影稀疏
浅酌低吟如梦
迷惘处

沧海一笑

并刀如水逍遥

却风流沉沉

往日里

吴盐胜雪

纤手拂面沐春风

如年恩爱一念间

更哪堪月冷是西楼

想来欢乐无数

城墙下

梨花带雨

今夕何时

醒来竟泪眼不归舟

万般柔情燕飞去

何故惹烟波

◆故事开始的地方

春夜的香是透明的
潮水般渲染在松的针里
那是千年古树的虬枝
在野性生长的灵

春梅是一只浮动的船
如同江南水乡的村姑
在阴天
撑着花式的伞
水里是流淌着的躁动和热情
清清纯纯的
一眼望不到边

蜡梅是最早凋谢的
我们还没来的时候香就开始了
高冷的　淡定的
旋涡般在夜里飞

从春天走到冬天
青石古道的尽头黑黢黢
曾经的宫殿曾经的皇陵
奢华和悲伤都有人值守

我们仰望枝头
枝头上繁星几朵
疏疏冷冷地入内心
我们仰望夜空
把渺小写进泥土
把生命留在

执手相依的短促里
软软的，暖暖的，
那是心也闻到了冷香的节奏

远处梅亭里风铃稀稀
檐角下一枝春梅在等待着绽放
不同星座的人从四面八方走来
踱着同样的步
期盼着下一个惊喜
那是麦子和麦田的喜悦
那是田埂和田埂的守望

子夜我们穿过文武石像
岁月剥蚀衣裳
枝条纠缠在一起
挡住了风雨
也挡住了阳光
石像上长满青苔
那是许久了再没有上朝的消息
只有梅香不离不弃地相随

梅香的外面那便是围墙了
围墙的外面
有两株春梅一株蜡梅
还有我们白色的车
和记忆中那个雨夜
穿过马路的黑色的猫
你曾经下车
帮它除去了
被风套在头上的白色的袋

◆生命

我的诗里总是有月台
迎来送往
春夏秋冬
黑夜连着黎明
白天接续黄昏
那个流泪的少年
青春痘长满了脸
一个九十岁的老兵
拿着枪　在向阳敬老院
对着另一个女兵发出绝望的长鸣
是生离死别么
是死去活来么
爱情如图
江水如斯
山在寂寞中老去

我一个人在月台上拍照留念

◆苹果树是长在大地上的

今夜
从此不再有今夜
今夜的诗
在夜车的长鸣中结束
开始的时候
天还没有很深地黑
妈妈在柴房里生着火
烟雾缭绕
如远方的诵经声

今夜
你打落最后一个苹果
带着蛇
远走他乡
苹果树还能生出叶子
长出花么
结出果么
天黑的时候
我默默地问自己
蛇游成一条直线
嘲笑我的良知

听神的呼唤
我在沙漠里狂奔千里
为的是捧一口清泉
依偎在你干裂的唇
你偷走我的弓和箭
独自飞升
你一个人在高处泪望大地

下雪的时候
你忘了你走在离家的路
我在哪里呢
天凉了
我恍惚在床头
夸父桀桀怪笑着我的无知

冬天是被春天宠爱坏的
冬天的冰凌
肆虐着蜡梅的清香
向春天展示骄傲的翅膀
无畏地嘲笑太阳
挣脱了风筝的线
和拴着的苹果树的根
叶哗啦啦如落英般缤纷

◆在最深处

夜半的车流声
如同飘落的鲜花
在黑色中
没走多远就消失了
寂寞
如同空落落的庭院
等待夏天的雨季
把长霉的黄豆变成了酱

春天曾经来过么
发一群微信
等待一个在夜半回信的女人
亲人哪
是蛙鸣声把车流声吃掉了么
吐出来一堆白色的骨头
垒成坟帽
插上新鲜的柳枝
在明年就能长成参天大树
又可以重新做成一具棺木
我想躺进去试试
如同你试试新买的鞋子
塑料的
有香味的
凉拖在地板上作响

新鞋磨着脚把燃烧的纸钱
踢飞
几颗火星落在鞋面上
灼痛了你也烧痛了我

终于可以燎原了

我趴在草地上听着火在燃烧
荒原上烧红的石头
在雨里
龇牙咧嘴
爱人哪
什么时候
顽石可以变成黑色的炭
让火星有个家

我漫无目的地在炽热的焦炭上
行走
一圈又一圈
没有尽头
没有开始
如同
把美女
想象成爬满蛆虫的白骨
抓一把塞进嘴里
不觉得恶心

这是一个无望的秋天
所有的麦田都插满草人
草帽上落着黑压压的麻雀
这是一个欲望的冬天
蜡梅的清香躺满觐见的石阶

今夜

我把你修成了白骨

你幽怨的眼神如磷火般闪亮

今夜

你把我送进了高炉

在燃烧中变成白色的气体

该结束了

我在你的 T 恤上涂鸦花痕

一道一道风景映在车窗上

如同流动的雪国

雪花是和鲜花一起飘落的么

◆夜半酒色

风
从遥远的城市
带着满是青苔的历史
把一块明朝烧制的城砖
扔进
维多利亚海港
溅起的海水
打湿
你棕色的发梢
让你白皙而修长的颈背
在夜色里
闪着
魅惑的光
那是北方云的精灵
飘浮而又执着
惘然地在维多利亚的夜海上
恍惚

从此，陌生的风
在这陌生的海滩
陌生的街道人群
和陌生的云
有了一场陌生而又刻骨铭心的恋情
两颗陌生而滚烫的心
把维多利亚的海水点燃
给远航的帆送行

我拉起你的手
穿越殖民地时代的跳板

走上驶往彼岸的船
被时空磨得发旧的渡轮优雅地打着响指
轻晃着两颗年轻的心
把遗忘很久的激情
牵手
如同一个没落的贵族
面对着夕阳
把一支限量版雪茄点燃

夜
诡秘地
打发着一盏盏海边的路灯
把黑暗一层层推进
绸缎般的海水
铺洒在天的尽头
把粼粼波光温柔地召唤

你说
夜晚的维多利亚港是不能凝视的
看久了
便有一种欲望
一种不顾一切跳下去的欲望
我轻拥着你发抖的双肩
把夜半海的澄明揽起
装进你的心
一颗不知道渴望什么的心
让
已经绝望的青春
恢复波澜

午夜的海景酒吧里
我们举着酒杯
举着两杯盛满奢华的高脚杯
静静谈论着落在兰桂坊
青石路面上的
骚乱的高跟鞋声
和
黑色水手
散发着荷尔蒙的口哨声
静静谈论着 20 世纪香港的海盗祖先们
在这个海边城市收获的放荡

你拿出一支
白色的烟
潇洒地点燃
娴熟地弹着烟灰
把杯面上有着 Love 字样的意式卡布奇诺咖啡
圈起
旋涡里是你无奈而不甘的
青春和梦想

我从你手中要过
这支燃着的白色的烟
深深地吸了一口
而后
掐灭在海边的围栏
你孩子般害羞地一笑
把满天的星星
打落在

深邃的维多利亚港里
让生命中最精彩的瞬间
呈现

你说
为了丰腴的花朵在水的湛蓝中也能绽放
为了生命的激情在浪的汹涌中也能喷发
为了爱情的极致在海的夜色里结出果实
你
愿意
飞蛾扑火地
跳进
维多利亚海里把生命点燃
愿意
心甘情愿地
放弃
你花了一个雨季的时间学会吞吐的
白色烟圈
让午夜酒吧面向着大海
哭泣

夜的海和海的夜合一的时候
我们合力推开一扇门窗
一扇尘封已久的门窗
把用黑夜培植的蓝色妖姬
端出城市阳台
走过渡海码头
送进海里
让波涛汹涌的大海

激情澎湃的大海

把蓝色拥抱

◆ 水影般寂寥

黑色的风从四面八方吹来
一株盛开在大汉城墙上的岩石花
流浪成北海银滩上一串串深深浅浅的脚印
把一盏空空的孔明灯
送进
漆漆的苍穹里　黑色的水
追逐着孔明灯上无名的希望
飞蛾扑火一般
一浪高过一浪地在海天的尽头
把萤火吞噬

那株蓝色的岩石花
在下龙湾的游船上寂寞地行走着
咆哮的海水
在你修长而美丽的身影里
沉寂
你散开黄色的长发
让天地间曾经的沧桑和誓言
温柔地应对满月惊艳
把所有的希望
关闭
你撑起一把粉红色的小伞
掩饰微笑间乍泄的抑郁和
蒲公英的花絮

风在烈日的下龙湾里游荡
捡拾着你留在海滩上的忧伤
如同麦田地嬉戏的儿童
在听到稻草人披挂的铃声时

匆忙间打翻了满身的泥土和阳光

一根别在发梢里的麦芒
在黑暗的灶台上
闪着火一样的光

黄昏的下龙湾尽情地抚慰着
白日里被晾晒的桂林山水
用你天真的双眼
交映着海水的冰冷与湛蓝
我收起早已放飞的年轻
默默地拎着你留在银滩上的水晶鞋
在你孤独的脚印上覆盖
另一行孤独的脚印
如同一只离队的归雁
迷离地等待着草丛里被咬伤翅膀的另一只归雁

你说你就是那只受伤的孤鸿
再也回不到儿时的天空
你用职业化的微笑，婉拒着沉香的芬芳
让童年沙沟湖冬日的寂静和青春的激情
从你冰冷的唇齿间滑落
如同一株未曾盛开就凋零的花朵
不再接受水的滋润

我用下龙湾的海水勾兑着沙沟湖的湖水
去浸泡你如冰一样的双眼
劝你重新编织打着补丁的过去
让现在渗出暖意

你无助地趴在我的双肩抽泣
生怕放手间把即将扑起的黎明
打落
滚烫的泪水消融了尘封在你心里的咒语
你第一次感受到生命的涌动和奔放
天亮的时候，我吹着放学时回家的口哨
拉着你爬上后面的山冈
告诉你尘土飞扬的大路尽头
就有你儿时失落的风筝
和那株盛开着的蓝色的岩石花
你轻轻地摆摆手
带着下龙湾水的清新与纯朴
义无反顾地拉着我冲进漫天黄土里

◆如是我行

不喜欢出门
不喜欢在路上的感觉
只能看着窗外写无聊的诗
景没有色
有风如云般飘过
消失在虚空里

窗外坟头上的柳枝已经成林
一年一年地生长着希望
我看着它长大
感觉自己变老
然后一步步走在去的路上

我不喜欢旅游
眼里一望无际看不到风景
心在远方
譬如朝露譬如闪电
抹一把雨水、汗水和泪水
继续前行
湿湿的
汇成江河流向大海

年轻的时候
我们出门总喜欢坐在最后
任凭激情关起门来燃烧
灰烬在车后扬起
总有几个小孩在尘埃里追逐
把欢乐和嬉笑丢在空中
亮闪闪地跌在泥土里

我总是被拽着走在路上
如秋天的马拉松
在影院里回放
我看着我自己被拽着走在路上

三沉沦

四 天命

◆观

夜半的狗在抬灵柩的号子声中
醒来
回应漫天飞舞的纸钱
金黄色的
那是另外一个世界的通行证
姐姐的哭声响起
路边的火点燃
一步一回头
看不到家的门和门口的幡

墓地的油菜花还没有长成
湿漉漉的
被我们踩在脚下
砖场的烟囱依然冒着黑色的烟
燃烧的煤和泥土制成砖
空心的
让泥土里的祖先能透口气
为城市高楼奠基
让后人枕着他们入眠

夜看着人们往坑里扔着土
黑漆漆的棺板上
把过去　空荡荡地盛满

那条老河开始流鼻血的时候
天还没有放亮
殡仪馆里排着长长的队
和落满灰的椅

街角处，一对恋人在撒着欢

◆ 舞台

一只藏獒
一只圈养的藏獒
在雨夜
杀死了一只猫
一只流浪猫

为了一碗吃剩的米饭

我总是看见
猫在冬日的落叶上晒太阳
懒懒的
瞧
这个世界
和我

为了一碗吃剩的米饭
猫习惯了不再流浪
在发情的季节里
控制着自己的欲望
把头埋在肚皮下
寻春

等待也是要付出代价的

猫有九条命
花坛里青草荣荣
几只蚂蚁
在泥土里奔走相告
下葬的时候

我为它念着心经

铁锹平整大地

又有几只蚂蚁为它殉葬

◆ 雾霾

江南老了
高原喘着粗气

雨夜的藏獒又杀死一只猫

海棠林里
叶还没来得及发芽
战争就已经结束
发情的红獒
和追情的雪獒
在野猫怀春的时候
一左一右
两路包抄
谋杀了它
从肉体上

精神柔软地弹起
不再流浪
不再为前一个雨夜
那只被谋杀的公猫
流泪

红獒头高高地扬起
如同战旗呼啦啦作响
我用一把铁锹
狠狠地拍上它的鼻梁

这把铁锹深埋了两只猫
我只能念着心经送行

◆ 三生

高原再一次发飙
在除夕的年夜饭前
还是那只总也怀不上的红獒
咬死了最后一只猫
一只黑白灰的流浪公猫
大央美的高级灰

雄伟崛起于桃花树下
一根桃枝折断在草地上

阳光走过水面
江南开始流泪
不是说猫有九条命么
不是说人有前生来世么
亲爱的你在哪里
夜晚还没有降临
晚祷的钟声就已经敲响
雪地上满是跳动的回眸
一半哀怨一半黄昏
奈何桥头的黎明和黑暗哟
喝一碗汤婆婆的迷魂汤吧
走过山冈时不再有回望
穿越隧道时有光接引

我拎着猫提着铁锹
在小区后门的桂花树下
埋葬了它
土覆盖其上
软软的

夕阳透过枯枝

我念着心经转圈

◆往事

从阳光下走到雨里
要经过很多地
灵魂在路上穿梭
找不到落脚的麦垛
为了上辈子的约定
这一路快马加鞭
走得很辛苦
阳光还在原地
雨也在原地打转
风和日丽的时候
请别想起我

◆ 等待

白杨树上有很多鸟巢
高高的如美好事物般
空落落地
悬挂

我提着大红灯笼
走在回家的路上
漆漆的看不到河边的水鸟
白色的飞黑色的叫

经过冬天的鸟巢
变得坚硬而疏松
胡子拉碴地痴想四方
不再能担当风雨
不再能孕育天下

油菜花傻傻地开着
亮亮的有些晃眼
没有了雪地没有了烧焦的麦秸梗
那还是家么

鸟儿开始恍惚起来
在巢边徘徊

这就是诗
但我不是诗人
我仍然提着灯笼走在路上

◆冬眠

深秋的太阳
如同蚂蚱
在做着最后一次爱
交尾一次比一次疯狂
和人类
和温暖
告别
拼命蹦跶
踢腿
上下翻滚
还有几天么
落叶冢已经修好
如去年般
也如往年
藏进来吧
到明年开春再发芽
让水融化大地
成为年轻姑娘
和老男人的
梦想

黄鼠狼在草垛子周围逡巡
我想它是嗅到太阳的味道了
腥腥的辣着小眼睛
它揉揉眼
一头钻了进去
和阳光和落叶做伴
在冬天
不再
嚎叫

◆ 化生

清明总是有雨
下雨的时候天地交合
一片漆黑
梅花樱花都谢了
叶子赶着果儿冒芽
在花的葬礼上
发出声响

春天从四面八方赶来
为冬天扫墓
桃红柳绿在碑上飘扬
新添一锹泥土
那是坟头的帽
人们拜倒在墓前
和先人说着话
一年的辛苦得失
在火的影里变成了烟
青色的
沟通着阴阳
纸钱在风中飞
哗啦啦直响
漫天漫地的油菜花一片金黄

父亲的墓就在这油菜地里
我念诵心经叩着长长的头
油菜花蕾深一脚浅一脚地把我淹没
有一搭没一搭地粘在黑色的衣裤上
像星星在夜空里和月亮调情
再也洗不干净

水无奈地摇着头
从我身边滑过
一片喧哗
直入我心

隔壁坟头上的土黑了
夸耀着它的年轮
那是一个早夭的孩子
在一夜间让父母白了头
我是他未曾见过的弟弟
懂事开始就年年给他烧纸钱

死亡和生命是连着的
如同这片油菜地
默默地
生死了很多年

坟上的柳条插了又拔
有的长成了树
人们从树上取柳枝
祭上五颜六色的纸
继续在坟上插成风幡飞舞
老的少的一起形成一道风景
像父亲拉着哥哥的手
背对我在夕阳下微笑

母亲每年都会提前回老家
把纸钱折成元宝
在清明节的前一天

和我一起穿过密密的油菜花地
看元宝在火中穿越叹息

明年还有清明节
还会有油菜花
我还要回来

还会是雨天么
阳光灿烂的日子里
人们都在睡觉

◆什么

推开窗，看小兔子在愤怒地奔跑
阳光跟在后面，云裹着风追
天黑的时候
我躲在灶台里
听柴火噼啪噼啪地唱歌

艺术家打着伞在太阳地里炖鱼
他们的眼光从黑夜里面来
和商人们比试诚信和私欲
还有金枪不倒
恶心的老鼠在花坛里浇着水
婚姻像个涟漪把黑暗圈进来
往外看没有尽头
往里看都是硌硌扎扎的小石头

画家和妓女都靠着门框说荤段子
谁也不愿意伸手捂捂对方

女人们搭着木梯去摘星星
语言是绝望的产妇
走在人流的路上

父亲们都死去哪里了呢
养鸡场里一片狼藉
快活地呜咽
鸡毛和着尘土飞扬

孩子们在森林里迷了路
小屋，春天，栽下的树和种子

像被扒了皮的田鸡
还在不停地抽搐

我父亲的灵柩在家里停了九天
我写了篇回忆父亲的文字
到处炫耀到处多情
水在四面八方对着空气喊话

冰冷都到骨子里了

◆叫夏

春天在夜半痛哭
把眼泪流成回家的猫
夜的世界有黑
有灯光
有萤火虫的亮
虚虚实实的
让人看不清天上的路

能不用轮回么
能下辈子
重回天上浇花养草么
水从花盘里漏出来
漫过呼告的旷野

抓一把骨殖
用老家淘米的筛子
在水中
打转

潮音洞里有我未来的安放
水流激荡　空谷幽灵

◆纠缠

疼痛在今夜如潮水般涌来，消磨着炉火最后的辉煌
红彤彤的火焰吐着白色的光
看吧，这世间的生命都如烟袅袅，在初春回到大地
又在冬天从屋顶结成冰凌走向天空
村口鸡犬相闻，在夜半追逐断线的风筝
从来就没有睡下么，还是躺下就没有睡着么
爬起来不再如醉汉
跌跌撞撞地摸着城墙过河
水和往常一样湮没了城的祭坛
那是新生命的根吗？灵魂在死亡的坟头招着幡
寂静之夜我一个人漂泊在街头巷尾
雪在脚底下和青石板一起呻吟，用白色对抗黑夜
真的很孤独吗？天边已经看到白色了
不想再努力一次把浪头打翻吗？或者爬上神山听雪在闪耀
黑色的闪电来来回回地打着雷
想喊醒沉睡的你们吗？屋檐下水流成河
快了，快了，极光已经出现，没有了风，池塘里青蛙不再鸣叫
风筝困在水面上，枯树收留了它
还记得船老大的第一声吆喝吗？扁头棚下春意盎然
那是生命的初恋和初吻
湿湿地躲在你的古水里，让你无所遁形
我揣测着疼痛的底线，
抱着枕头在床单上翻滚
如同一个赌徒在明天举起了刀
胡言乱语地调笑篮子里的鸡蛋
在不知所云的来年
孵出公鸡把天下叫白

◆ 天命

天命是什么
天命是夜半的汽车
碾压过落叶的声音
天命是什么
是尼采说过的“上帝死了”
是送给女人的鞭子
天命就像陀螺
在马拉松的长跑中
你松了鞋带
我掉了鞋跟

我今天喝多了
耳边是雨声是流水声
是火车离开月台的长鸣
声嘶力竭的
把尘土扬起来
泥土里有我的前世今生
有我的来世
记忆
黑色的
一粒一粒的
让海水睡去
波浪不再翻滚

解开所有的绳索
放飞灵魂
在生命的半途上
和落叶一起飞
打湿了翅膀么

隔壁的蝴蝶在歌唱
我不知所云
你也迷失了方向
如同钟摆不紧不慢地走着
春夏秋冬
如同虫草在泥土里发芽
冰冻
寒冷和死亡

我老了
年过花甲
枕头上水已经犁成行
亲爱的
记得我们在天上的瞬间么
暮鼓晨钟
我在果园里
不紧不慢地浇着水

仙花仙草和仙林里的
二月兰
在竞相开放
赤橙黄绿青蓝紫
对应的生命
如同蚯蚓
被断成了好几段
雨蝶轻舞找不到回家的路

◆ 风语

风低低地掠过天空
在草原上让狼可以奔跑
石头变得越来越坚硬
香蕉很香甜
然后开始腐烂
还来不及放进嘴里
天就黑了下来
苦苦的
没有了味道
那是上帝
第一次给人以自由
选择的时候
我在墙后面哭着笑

注：在远古的时候，上天送来了坚硬的石头和甜软的香蕉，人类认为石头太坚硬，没有用，所以就选择了香蕉。上帝说，香蕉很快就腐烂，所以人类的生命再也不能像石头一样永生。是人类自己的选择，让自己的生命搁了浅。

◆ 魅影

大雪纷飞的夜，我在泥泞的路上赶着车

看白色妖娆　看雪花从昏黄飘落到黎明前的黑

你分得清雪的雌雄吗？那垫在最底下，被车轮碾压的

在脚底下呻吟的

那在空中曼妙飞舞的，落在手心便化了的

冰冰的直沁躲在深处的心

雌雄扑朔迷离，如同夜与昼的双修在坛城

记得多少年前的夜，一起听雪落地的声音，听叶离开枝头

无奈而悲伤，也许欣喜交尾呢

鱼在空中游着，水从洞里汩汩地出来

庄子和惠施在濠水边气喘吁吁地说着话

路边的灯杆挺直腰板插入夜空

漆黑的亮，努力地驱赶着黑暗

如同中世纪的骑士挥舞着马刀

对着天空咆哮

大地间白茫茫，穿上了夜的衣，黑乎乎地靠在站台

路过就路过了，谁不曾在黑夜等待过白天呢

谁不曾在白天期许过黑夜呢

挥挥手

我举起石头砸向围在街中心的人

不用圣经，不用马厩，夜雪落满了槽

东方三圣送来的祝福呢？

麋鹿在雪地上拖着的礼物已经撂在烟囱里了吗？

火星直冒，滋滋作响

干草堆里我滚着雪，便如同床单上的玫瑰
撑开天的空，
无论黑夜还是白天
我都在赶着路
都在看教堂的祈祷声把雪融化
寺庙黄色的墙外挂满了白色的凌，那是雪的精在夜半雄起的英姿
遇到阳光就会化吗？屋檐下我站了很久
等待着雪水滴落在我的额头
如甘霖，如白菜粉丝，和洋葱和在一起

◆孔明灯

2017 年的 9 月，我打碎一地玻璃
玻璃也是有生命的，它的灵性在农贸市场里奔跑
兄弟们，跺跺脚吧，泥巴粘在鞋子上

在 50 岁生日前的那个下午
五颜六色的金瓶梅
满天的彩虹放飞在院子里
大地昏庸，你见过最美的女人么
气球一个接一个地炸开，像鞭炮的声音
那是理想，是希望，是新生命在冬天的门缝里偷窥
一大堆土豆在麻袋里站立，互不服气
南海的千年老龟晒着肚皮，让阳光躲进龟壳
等待下一个地动山摇

寿星的晚年是吃着红烧肉长大的
怕什么海阔天空，怕什么天长地久
有时候生命就像陷阱里倒着的刺
在另外一个生命的背后扎了很多个洞
鲜血淋漓，如同我赤脚走在马路上，
五颜六色的玻璃和着五颜六色的血，
围成一圈，自己把自己埋了进去

北风起来了，呼啦啦地带着雪过来
雪落在手心就会融化，
还进不了陛下的心
窗外上帝的眼在看着亚当夏娃，看着十个太阳在祸害八方

天地不仁，自豪得就像台阶上的狗
蜷缩地，舔着自己受伤过的脚
困了困了，在寒冷的冬夜给自己一个拥抱
炉火旁，纸钱飞升，鸡犬得道
我打着盹把你遗忘

◆水沉入井里

（一）

江南的雾是迎着阳光直上的
翅膀打湿了
封蜡融化了
化成冬霜
化成青藏高原上的那场大雪
流进大海
流进脚下的土地
我们匍匐在路上
吮吸芬芳
满是足印的泥地里
有我们祖先的荣光
亲爱的人们啊
生命如同蜉蝣
晨生而夕殁
太阳如同赤子
赤裸裸地光照大地
我要像那江南的雾
笔直地，不屈不挠地
向上飞升
不带走一粒尘埃
洁净得如同光
如同上帝要有的那道光
融化在蓝天里
把回头打湿在盐柱里

“跳下去！”
有个声音低低地说

（二）

粉红色雾霾里
所有人都熟睡着
路灯在黎明前发着光
几步远便没了亮
最黑的夜
星星依然在闪烁
生长着粉红色的欲望
时间突然安静下来
不再叫嚣
空间一层层把轮回的灵魂安放
水越过山顶
风一苇渡江
云沉入河底
窗外车奔跑向前
向前向前
窗内炉火通红
通红通红
车的喘息声
火的忽忽声
我捂起耳朵装听不见
沉沉地睡去
做一个粉红色的梦

黑色的水流向远方

一个盲人
穿着黑色的风衣
戴着黑手套
走在黑夜里的黑油路上
漆黑的风吹着
扬起黑黢黢的沙
黑洞洞的眼眶里
满是星星和月亮

另一个盲人
提着灯笼
和对方撞了个正着
在黑色的夜里

火燃烧起来
噼噼啪啪
是提灯笼的竹竿
在死亡前的庆典

火点燃了黑色的衣
火灼烧着黑色的肌肤
那是阳光的盛宴
明天又是一个艳阳天么

双方紧紧地拥抱
如同一具焦炭
还是黑色的
消失在黑夜里

五百年五千年五万年
终归还只是一瞬间
弹弹指
我紧扣着天地
天地挤压我
把我变成黑夜里的饼
烧焦了
填充生命

黑夜如绸缎般裹挟我
透口气吧
生命还得继续呢
我摇摇头
走向黑色的水
水，湿湿的温温的软软的
如同子宫
一辈子的理想和梦想

就这一点的出息么
我不解地问自己
我问过活佛
问过寺庙双修的石雕

夜黑无声
小酒馆里油灯灭了
那是仓央嘉措
在青海湖边
搭起的黑色帐篷

萤火虫在哪里
给点荒凉吧
让光亮可以把尘埃吹起

我一个人在帐篷里
黑夜包围着天地
包围着帐篷
包围着我
我要在黑夜中沉沉地睡去
不要在黑夜中醒来
你可以相信
也可以不信
我在黑夜中再也找不到你

◆屈原列传

（一）

今夜，乌鸦的聒噪
把我惊醒
黎明前的黑暗
和乌鸦一样的黑

不知道是黑夜
一直盘踞在我心里
还是
乌鸦临时走进我的梦里
偶然疑惑必然
清晨诱惑黄昏

满乡村的炊烟
笔直地走进云里
把大地占有
没有风雨没有雾绕
直截了当地把天地连接

大暑的阳光
铺天盖地裹挟老树的希望
让秋天躲在麦田
肩上落满乌鸦

烧焦了的绿
在水田里嗤嗤地响
如同夜半的失眠
在黑黢黢的道上

越走越深

越走越黑

最后

消失在黑夜里

（二）

时间走了

空间还在

我走了

你还在河里

哭诉天下百川

黎明的时候

路灯寂寞地看着

老了的杧果树

没完没了地向城外延伸

一位空姐在路边站着

行李孤独地张着口

等待下一个红灯

天尽头

黑黢黢的雾霾

和一双眼睛

在期盼

大风飞扬兮

◆生死之间

（一）

黑龙是老藏獒的名号
老藏獒是在熟睡中走的
我出门时它在亭子里打着呼
我到办公室也就半个小时的路
黑龙就回归高原了

黑龙的老家是活佛的帐篷
它带着哈达拧成的脖圈来
天生就是王者的范
我把它葬在宝华山脉
头望着西北回家的路
晚听暮鼓朝听晨钟
早课的诵经里
黑龙和活佛相遇
在极乐的世界里

现在的藏獒沿用了黑龙的号
传说有一辈子它是一个樵夫
过惯了炊烟袅袅担水砍柴
第二辈子变成了一条船
过惯了渡口风雨交加月明星稀
上辈子变成天上的宫女
因为解开缆绳
私放金牛下凡
这辈子被罚成了
一只黑色的铁包金獒

黑龙来了一年就没出个门
三亩的院子就是它的家
白天睡觉晚上它会沿着围墙跑
青青的草被踏成了路
它的咆哮里
小区的流浪猫奔走相告
远远的
不要为了一次剩饭而送了命

黑龙其实很温顺
独处时也常望着天空发呆
今年是老虎满地找牙的好光景
今夜我第一次给黑龙套上铁链
带它出门
不看春晚

小巫女说上辈子我就是那个金牛

（二）

黑龙死了
死于和米罗的决斗
黑龙是厌倦了
一次次被米罗追着
为了那每天一顿的晚餐
互相的咆哮
没有了新意
走就走吧
死了也可以葬在山上

向着上天眺望

曾经天阙的宫女
解开缆绳
偷放金牛下凡
这辈子
黑龙是一条藏獒
来到金牛身边
守护着巴掌大的领土

看人来人往
鸿儒和白丁
在圆形的场上奔跑
同一个姿势
同一种仪式
邻居们在散着长长的步
车灯闪烁
黑龙总是打着盹
一地口水
恍若隔世

和藏獒做一次了断
是一个金毛这辈子的梦想
米罗卧薪尝胆
米罗屡败屡战
黑龙怜悯而倦怠
见招拆招地打发时光
还有多久太阳就要下山
还有多久黑暗就会遍布大地

米罗乐此不疲

在空空的窝里跳跃

如同一个球员

在足球场里

转圈

手里挥动着观众的咆哮

◆天命的没落

（一）

今夜，我翻过生锈的铁门
在藏獒的仰望中
落下
中秋的第七个夜晚
秋风吹皱了一池心愁
枯了的金银花，萎靡的野蔷薇
如云锦般的困兽
一地嚎叫
婆娑着满园子的铜钱

我关上灯在黑夜中等待
藏獒的拍门声
零乱的脚步是獒的飞奔
忙碌的飞车是你的象征
夜复一夜的情欲被崇高凌辱

夜半我写着分行的句子
等待天命降临时的琴音
你在睡梦中惊醒
耽误了泪水在枕头上的行程
肩背还疼么
腿脚还轻便么
临走时汽车尾灯依然闪烁
如眼神如明天般不定

我放弃希望，我放弃绝望
我嚼着大块生姜消解饱食终日

我在疲惫中参加秋天的马拉松
黑夜来回地奔波
远洋的船在长长的低鸣中离了岸
如空空的月台，如废弃的深井

孤独中有只青蛙跳上跳下

（二）

今夜，你换了胸衣
像小鸟般归了林
秋月走进墓地
落叶把碑覆盖
岚起来的时候风正下着雨

去桥边的躺椅上靠靠吧
满目疮痍的灰尘已经归成行

白色的武士
在夜间从地中海赶来
他们用荆棘编成冠
给你的马群戴上桂花的香
淋漓的香汗流成酣畅的夜

在夜中
你播种草莓收获印记
你放飞马语扶起大地
逆风飞扬的是你妖媚的背影
惊醒了尤物

看河流干枯
看黑黢黢的森林倒下
如理想变成灰烬
虚空遍布碎石小径

我在马厩里写诗
夜草从空中飘落
如流星闪过
神圣的雪花推开十月的门
空山里坐着白色的车
你读着莎士比亚的十四行诗
萤火伴舞
那是希望在黑暗的河床上
诞生如风的歌

我站在窗外
左冲右突
进不了你结的界

五 十二月：轮回

◆缘分，一月清冷◆天下，从了二月的脚印◆三月夜，是一把刀◆四月天◆五月的梦里，你大叫一声◆不周山在六月坍塌◆七月的产房◆风，牛马在八月◆老家的九月是座桥◆宿命的十月◆诸神的棋盘◆年底有悔

缘分，一月清冷

元月是金陵最冷的时节

风化了的六朝从天空散落，皇冠如冰封的雪花，如繁星闪烁

坠坠呼白发苍苍，竹林寺梵音朵朵

秦淮河边，我放生千年王八，心猿意马

来生再变成人身么，和你一起听天道轮回

千里台阶，如传说中独孤的背影

马蹄声声，烽火台上云长挥刀

好一首泪如雨下夜茫茫

皇城外，巷道里，冷风飕飕，八百里加急，旌旗上鲜血成行

我在繁花中给每个月亮浇着水和凄凉

香园在大雪纷飞的夜里结满香艳的果

俗俗的，把长廊走了一辈子芬芳

开始吧，元气纵横的水月，别有一番洞天

我要在飞舞的废墟里种上你的音容，长大成扶桑，成建木和天神交媾

不在乎纯洁，不在乎血脉，

不在乎生命穿过长长的隧道

你的高贵如旗云围着雪山盘旋，倒影在飞驰的窗

彩虹谷里，风幡在招着魂，咒语成城，坛里火光冲天

一步一叩拜上昆仑秃鹫台吧，听一次经文就能把世纪掀翻

怕什么罪孽深重，怕什么红运祭天，怕什么把地狱坐穿

海涛巨浪里，你从低谷开满了蜡梅的香

冷冷的，涩涩的，空了几个季节的房

我走进你的房，打开窗，看风月呢喃

◆天下，从了二月的脚印

二月是最销魂的季，妲己的尾巴被冻在了狐狸洞里
武王兴师动众地伐着商，纣王在酒池里洗着澡
大不了割下脑袋，来年重新长个包
什么比干偷心，什么史官笔诛
就这样浩浩荡荡地把天下交付
就这样让以后的五千年黯然销魂
你能奈我何？！看吧，纣王的脑袋被叛军挂在城头上
成千上万的妃子们在宫里殉着道

姜嫄藏在巨人的脚印里，一心一意地给弃喂着奶
那是我们周人的祖先的哟，前徒倒戈，血流漂杵
雪还没有融化，祭祀天地的人已经端起了杯， 那是活人的血么
花也已经开了，冲破重重封锁露出了头
有什么意思呢，祭坛上站着的，今天是你明早是我
还来不及等到天黑，商人就成群结队地渡过了河，
在远离家乡的密林里和玛雅人一起指点太阳的光芒
时间到了，我们该面对什么呢
离开的时候，玛雅人留下了永生的门
来回穿梭的是你偌大的胸

我断断续续地在明孝陵的石道上听着香
马蹄和脚印，尖叫和宝剑慰劳着香艳的饥渴
有多久没来这荒山野岭，在夜里，搅和于拥抱
在风里，解开你的衣扣，游走四面八方
媾尾的岁月如夔皮做的鼓，响过以后就赤炎千里
说什么海枯石烂，说什么春雷阵阵
旱魃来了，沧海与巫山，云收雨散，
没有了踪迹

◆三月夜，是一把刀

在书店搭一个擂台吧
邀一个屠夫
把天下的读书人打翻
满地找牙，血污整个书本
旁观的人袖着手，举着权杖指点江山
葛朗台在昏暗的油灯下沾着口水数钞票
好！打得好！再踏上一只脚啊！
空荡荡的书廊，老鼠在来回地跑，播送赌注
窗外大雪纷飞，寒如注

你说你如同一只小鸟被恐惧撵着跑
一次次扑腾翅膀飞向光亮
一次次跌倒在窗台上
玻璃太滑了，太冷了，坚硬如石头
上帝决定人生死的石头
屠夫追在后面举起了刀

大寒夜，你在店里码着书，上架，打烊
然后回去写诗
用文字记下寒夜的冷

三月的桃花如鬼魅般存在，在丘陵里起伏
那是寒夜的魂魄冰冻后的苏醒
桃木剑挑开上古的面纱，露出峥嵘
岁月如鬼斧神工，让洪水从天上倒下来
诺亚的一家是和禽兽一起的
伏羲和女娲原本就是兄妹
他们用葫芦做成了舟
水下去的时候

天和地分开

撑天的建木被屠夫砍倒

粉碎，浸泡，化浆，碾压，暴晒一百〇一次，制成了纸

阉割后的文人在天牢里写成了书

书能沟通天地吗？书里有黄金屋吗？有颜如玉吗？

打开书本，你听到上帝在窗外朗朗地笑

如同一个妓女在一百〇一次之后从了良

浪子回头，立地成佛

在书店里留了名

第二天书店开门的时候

你和小伙伴们在地上画着动线图

◆四月天

黎明是最黑暗的时刻
是夜雪给了黎明以希望
沉甸甸地把河流引向西方
从龙门就把鲤鱼扔下去么
筑一道高高的门，把天堵上吧

不用五色石了，女娲的海已经被填平
夏娃的园子长满了杂草和残垣
枯井里水流激荡，是你从未屈服的心
让我们可以不用打着灯笼，走到白昼
穿过坟场墓地

心中默念心经
为你的噩梦送行
在黑夜还你一个清净
夜雪依旧冷冷的
闪烁着夜的光

四月的菩提树下
地狱里空空荡荡
塞满了永恒的爱情和欲望

战场上，横尸遍野

◆五月的梦里，你大叫一声

这个五月很难产
蔷薇落满了池塘
廊桥上梦遗一个世纪的人生
夕阳高高低低地走进院子
血红色的月亮张大了猩红的口
在冰封的土地上种下罂粟，用血雨浇灌，阳光扶着犁把土地歌唱
来年在草丛里开出血红色的花
汩汩流淌的是山的魂
成河的溪流有千万条蚂蟥

还记得集市上那一排排拎着竹篮在叫卖的女孩么
竹篮里是昨夜母鸡下的蛋

她已经在蚂蟥的吮吸里长大成庭院深深

这是一个妖精成群结队的时代
一个个把烂泥涂在脸上
这是一个长路上挤满了告密者的时代
瓦瓮里水已经煮开
是时候跳下去，抑或被推下去
有区别吗？良心和天狗在同一个起跑线上互相勾引
管什么血色黄昏，换什么荷塘月色
黑夜里垂挂的是刑天的头颅
干戚还在飞舞，夸父的血直冲天庭
如同洪水，从天上来
把我们湮没

五月的原野开始燃烧，那是蚩尤的欲望
赤裸裸地离开大地
往上升腾
在梦里去和孩子们汇合
化成雨露，从酒瓶里洒下来

◆不周山在六月坍塌

六月的雨季是撩骚用的
哗哗的流水声响彻天地
雨林中有许多路，人
往往在夜半误入迷途
戴上面具和手套吧，玩下伪装的游戏
白色的，在追逐里步调一致
真以为一见钟情吗？真以为生命不变吗？
河里的水一直默默地流淌
湿过的裤脚再也卷不回去了，上面沾满腐朽的落叶
脚丫里是淤泥，黑色的，如同理不清的过去

在不惑的季节里谈一次性爱吧
不问西东，不问上下
寻木和扶桑离天已经很远了
昆仑神殿里灵兽绝迹，婚房坍塌
哪有什么永恒和不朽
云会休克，雨会虚脱
你劳作不歇，仰望天地间，
一次次洪水如注，把神柱包围
还记得大禹治水时被杀的那条应龙么
先是没有了翅膀，再是没有了脑袋
只剩下了生殖的图腾和崇拜

天和地原本是一对的，天地交合有了你我
仓颉造字时，共工躲在苹果树下乘凉

◆ 七月的产房

七月的墓碑上长满草
红艳艳的分外妖娆
那是埋在残雪里的种子
黑黢黢的发了芽

黑漆漆的盒子里
躺着一粒粒灰色的尘
藏龙卧虎的
那是无数精子
在风化
在阳光下崴了脚

乌鸦黑压压地落在缆线上
黄昏凉得透透的
让阳光进不来
秃鹫在天葬台听着经
群群如同剑客
随风飘荡
黄昏里，黑夜已经扎根
还记得纳西索斯的水仙花么
河水原本就是他的家
回到子宫
梦里不再大叫
不再哭泣
不再突然坐起，茫然四顾

从墓地到产房有一座桥
勇敢地跳下去么
捧一口奈何水漱漱嘴吧

奶奶就这样一个人

把爷爷留在了墓地里

◆风，牛马在八月

八月的篱笆是拦不住猫的
蔷薇、荆棘、发情和无花果
血淋淋地在地上打滚
地面温度可以把蛋孵熟
猫的春天过去了么
田野里炊烟袅袅，鸡鸣狗盗
我给炉灶里添着柴
拉着风箱
把锅烧得通红通红的
水倒进去以后滋滋地响
像那条性感的蛇
在诱惑完夏娃后吐出的舌头
空荡荡的没有了智慧
安静、阳气、欲望和你的身体
生成着雨露，打把伞吧，照照镜子
让牛鬼蛇神都进来
这个世界还有谁怕谁呢
隔壁老赵打着呼噜
都能让巫山来的姑娘受孕
从今后，肚皮贴着大地，游走烧红的焦炭上

风爬雪山过草地，呼啦啦地吹动着幡
勾引起牛马配种的幻想
筑一座城池，把它们关进去吧
岁月、荒漠甘泉
和呼号的墙

月色色地映在山川里

老家的九月是座桥

草垛在九月可以躲猫猫，可以叫春
天黑的时候，背对着星星
热气腾腾地燃烧粮食
生成欲望

你打开身体融入草垛、大地、夜色
让洪水从天上倒下来
你漂浮着向上飞升
如同临终走过的隧道
一团晕眩的白光指引着你

带我一起上去吧
村庄里鸡飞狗跳，鸽子在呻吟

星星点灯，你怎么也走不进这黑暗里
给一枚骑士勋章，在圆桌的尽头
按倒叫嚣的主

打麦场上，万马奔腾
我们一起点着草垛
大火，浓烟，噼噼啪啪地吼叫挣扎
无助地照亮整个夜空
让星星跌了眼

碌碡黑着脸碾压灰烬，无声地，
和稻种一起，埋进土里
在来年有个好收成

◆宿命的十月

十月是收割名利的季节
镰刀闪烁，在红旗下发着耀眼的光
冷冷地，用风轻云淡来掩饰
斧头划过一道鲜红的弧线
与魔鬼歃血为盟，杯盘狼藉下
老鼠在风箱里奔跑
本命年都要穿红色内衣么
硕大的山峰也有着一点红呢
放眼望去，清明插下去的柳枝在排着队呼啦啦作响
说什么功名转头空
说什么生不带来死不带去
金色的秋天里，我们的童年拄着拐杖
在烂泥地里打滚
黑色的水，阳光，坟前的一点土

腥风打湿了红枫
曾经的红艳欲滴，曾经的城下之盟
阴沟，池塘，屋檐下的风铃
宫殿金碧辉煌的顶
满空中飘舞的，一张张浮肿的脸

葡萄树，山羊和公牛，狄俄尼索斯的角
子孙们互相残杀，尘土飞扬
蛙变成了蛇和自己在交尾
应龙飞上了天，黄帝剥下了皮，让蚩尤大败

浓雾里我们左冲右突了几千年

十一月的夜半，应龙老了，在天上做最后一次飞行

我在东南方向的丁字路口

燃起了纸钱，为应龙指引方向

看火苗纷飞，如星罗棋布

看灰烬残火，把土地烤焦，森林黑夜进不来

萤火虫从应龙长满长毛的耳朵里钻出来

旖旎般如泣如诉

火是沟通诸神的使者么

漫天的纸钱，和敬畏一起飞舞

废墟里，层层叠叠的慈悲

变成化石，变成胖子抑或瘦子，头顶骨在海底成魔

海底有五万年么，海底有红酒、女人，有舌尖上的童年么

我们一起等待戈多吧

在藏獒的吼叫中，秃鹫抢着野狼的食物

耙开雪地，让香气四溢，迷惑众生

我跌倒的时候，你站起来

共工怒撞不周山，让天地出手惩罚诸神吧

鲧爬上建木，从天地间偷了息壤

水铺天盖地地倒，祭坛上东南风把战旗吹得呼啦啦作响

大禹的斗篷在旋转，走过家门，把女人和孩子丢下

大禹杀人了，准备战斗吧

◆年底有悔

十二月最后一个夜晚，亢龙在佛龛前上着香

放下屠刀么，招摇过市么

低下头来在泥潭里打个滚，让风不再来

日月星辰在天狗的叫嚣声中

混乱而有序地互相追赶

总有那么一段距离产生美

总有那么一段距离生产恶

夸父逐日已经很多个年头了

中箭的四轮车哗啦啦如冰雹散了架往下落

掉进嘴里，钻进乱蓬蓬的头发，砸在支起的帐篷上

夸父雄伟而坚定地咽下最后一口气

桃花烂漫，开彻心扉

我在高山上，与天地同一

满天星斗雪片般飞向我

如同后羿射出的箭

让我晕倒在池塘里

楚辞，粗鄙，葛朗台，旧日的约柜，连山易，滔滔洪水呼啸而来

在乞讨生活么，在深挖祖坟么

山海经里有的是地盘

西王母的药毒死了很多人

后羿最终死在冬天死在自己徒弟的箭下

你呢

乱花丛中一点红

做了鬼就只能在阴间作祟了

像文青们在尼泊尔朝圣，在雪山唱流浪的歌

在大昭寺旁边留下一夜的情缘

嫦娥游荡在山林，看后羿的魂仰望星空
孤零零地在阶前点滴

等待下一辈子的重逢么
你在唇间点上黑色的痣
奈何桥上，我们神色依旧匆匆

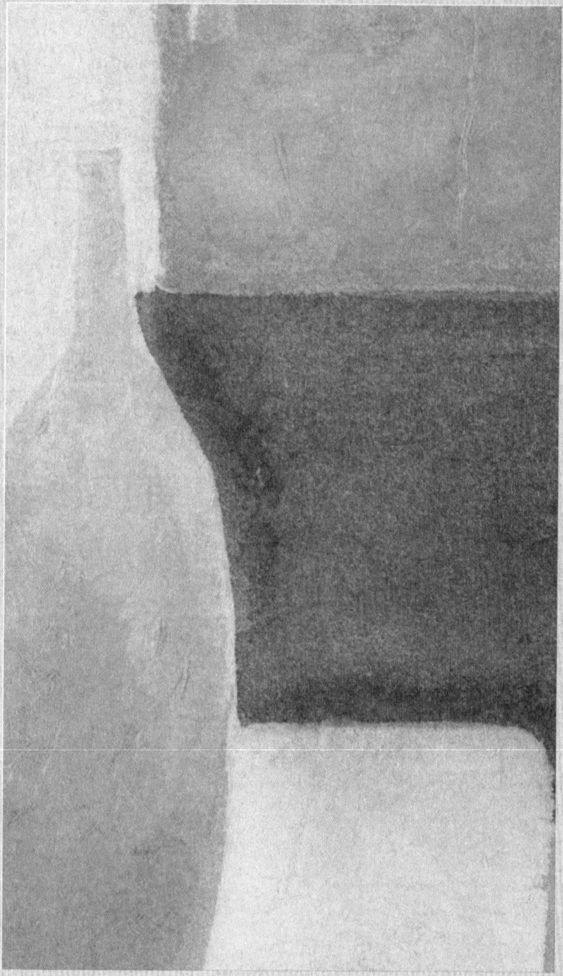

六 十二花：走心

◆罂粟花：果实的由来◆石榴树下的大悲咒◆丁香、黄昏和马拉松◆蝶半，深夜梅香起◆樱花渊，是深夜的一种说法◆桃之夭夭◆落红的玫瑰◆牡丹之门◆蔷薇花开担水砍柴◆护城河上的荷◆水心漾花◆红灯、挽歌和迷迭香

◆罂粟花：果实的由来

你是我生命中的一道光，上帝说有的，不是我说的

清明节的那天，你在另一个世界找我，满地打滚

蝴蝶扇动翅膀，引发海啸，我躲在船舱里，孤独地笑

船桅倒下来了，在另一个世界雪崩的时候，太阳没有了光泽

下雨就下雨吧，明年的今天还是会这样，阴不拉几，冷不拉几，雨往人的肉里钻

不是说好烧几沓纸钱，挖两个坟帽，插一根柳枝条，上面系满招魂的纸

哗啦啦的，如银河困在九天里，你就会出现么，你就会慢慢悠悠地走在乡间的道上么

你就会出现在那一片罂粟花盛开的坟地里么

墓碑上是你的大头像，你的英姿在梦里和我无数次失之交臂，越来越远

方了，我只能一个人孤零零地上路，我亲爱的兄弟

给我一天黑夜吧，让我在黑暗里，和罂粟花在一起，跌打滚爬，呼风唤雨

身上沾满罂粟花的粉

非要让干柴在烈火中烧成灰烬么，推开门，门缝里来的风

把火扑灭，让灰扬起，催粉成精，空气中满是暧昧

雄蜂和雌蜂，在黑暗里，找不到花的心，嗡嗡地，围着我转，我闭上眼，感受着你的蕊，粉嫩粉嫩的

像圆桌骑士在寻找约柜和圣杯

雨纷纷地掉下来

在清明的屋檐下，金黄是迷狂的节奏，凡·高肯定不是在这一天割下耳朵的

麦田也是金黄的，阳光灿烂，难道金黄是死亡的底色么，天呜呜地哭

乌鸦在柳树沟里唱歌，沟里埋着我的伙伴、我的父亲，还有我梦中的情人

给我留块位置吧，在你心里种满向阳的葵花，在这样的阴雨天，遗忘在夜半抬棺时的号子中

今夜我回来了，那年抬棺的人已走了好几个

有个是酒后下鱼塘摸鱼给淹死的，他水性是我们全村最好的

还有一个是驾着摩托车，闯过红灯，勇敢地冲向卡车，如堂·吉诃德挥舞着长矛

他年轻时是个优秀的赛车手

五花八门、五颜六色的死，在黑夜里都一个调，黑白，古典，还有一丝丝乡愁

断五的那天夜里，你回头望，金黄的麦浪翻滚，底下满是情欲在燃烧

我最近总有写东西的欲望，感觉不写出来就会死，如同凡·高不画出来就会扣动扳机

我知道，这是另一个灵魂的碎片在另外一个空间和我发生纠缠

是你在看我么，还是你在心里想我，黑夜有黑夜的魂

知道么，你一只脚已经踩上了另外一块土地，贫瘠而实在

不知道在这样的一个夜里，你是不是也在写着诗，和我一样，在坟头，开满了罂粟花

吃一口就能上瘾，痛感在消失，黎明开始亮了起来

闪闪发光的，是流星带着枷锁在舞蹈

一年的夜加起来有多长、有多黑，亲爱的，你知道么

你的另一只脚是不是依然在画着圈，肥沃土地的诱惑是致命的

偌大的鸿沟里有无数的冤魂在游荡在招摇

勇敢地跳下去，还是选择这样的一个雨夜上岸

彼岸没有花，有果，罂粟花的果榨成了油

在风中，勾引着蚂蚁成建制地跳下去

死在蜜糖里，死在温柔乡，死在罂粟花的惊惶里

起雾了，你又喝醉了，雪地里蹦蹦跳跳，鲜红的内衣裤扔得到处都是

石块和惊蛰在你的脚上和胸口划出了一道道的痕

暗红的，血红的，引来了大批的旁观者

是粉丝么，还是好色者，所有的眼睛里冒着绿色的光，还有嘶嘶作响的蛇信子在雀跃

进去看看么，黝黑的山洞里，蜘蛛和蝙蝠在超度亡灵

化一些纸钱吧，让你的心住下来，火真的能改变一切么，真的能让神知道么

天哪，瀑布下来了，把我浑身浇了个透

再不能置身事外了，再不能虎落平阳了，我的手满是伤痕，为你挡住那进门的风月

呼啦啦，湿漉漉的柴火点燃，浓烟滚滚，把我俩包裹

从地上到天空有多久呢，从草地到山顶要多久呢，我们一路飞奔

红尘中，云在赤裸裸地跳，雨在疯狂地叫

泥泞的山水浇灌着白色的雪莲花

吃一朵就能长生不老么，采一朵就能阴阳平衡么

那为什么后羿还是死于徒弟的箭头，嫦娥在晚年还要老死在宫中

一个人穿着雪白的纱在黑夜里来回地走

多一道风景，多一段斑马线

我们始于起点，终于起点，发令枪响起

我不再拼命地跑，刺眼的阳光在原地打着晃

小鸟在边上候着，随时准备变成秃鹫，从悬崖上飞下去

三百年的石榴树成了精，树枝、树根和树叶上长满了眼睛和微笑

石榴花是性感的，花开花落，肉红色的瓤，遍野都是峨眉山的猴子在打着架

金顶下，一个百岁僧人在昏黄的油灯旁，圆寂，我赶在日落前和他见了面

工地上在忙着打桩，有节奏的，如同铿锵玫瑰，如同习惯，欲罢不能

老远就能看到塔吊在气喘吁吁地咆哮，土地在打战

千年河妖酒醉后现出了形

不相信因果么，不相信轮回么，孩子在发烧的时候，让我反反复复地听

知道么，煮一块老石榴树的皮就能治感冒，放一块在枕头下，就能让孩子排着队出来，无论白天还是深夜，不管有没有灯

忧愁，像河里的石头，在雨天里打着伞泛滥

匆匆忙忙地，一脸茫然地流淌，越过高山，在冬季的烟囱里过夜

夜里，突然想你，就醒了，窗外小鸟在叫着春

枝头乱颤，远处车鸣沉沉，路黑黢黢地从脚下延伸

月台上，一根根金属柱子倒影在光鲜的大理石里，没有波光

有的是你一个人拉着行李的忧伤

太累了，很久总是单独去面对，孤独和恐惧像战车一样拉着你

走向远方，没有停歇

下雪天，你一个人深一脚浅一脚；大夏天，你挥汗如雨，路面上柏油飘香；雨季里，你一个人在窗台上收着淋湿了的内衣

长夜当哭，梦里有你，孩子在旁边呓语

还有比黎明更黑暗的么，还有比黑暗更有希望的么

花瓣一片片飘落，在泥地里，在冷风里，满身肮脏地飞

奔跑吧，还有最后一口气在，让你回家，让你在秋天去麦田里收割守望

让麻雀从悬崖跳下去，在明天的凌晨不再叽叽喳喳地叫

把你吵醒

残忍的丁香花开在紫藤架上，像一头雄狮，在

荒原凝望狮群

上面落满了黑压压的乌鸦，在聒噪地叫

◆蝶半，深夜梅香起

乌云是用来打发时间的，滴滴答答的水声让生命无趣

石头可以生花，太阳可以下雨

香蕉长起来了，叶子一片片腐烂

梅花在夜里的清香都被神奇动物们挤走了

过道上，花开花落，一地姻缘，鸡毛如雪片般存在

在山顶的亭子里，放一张婚床吧

滚着滚着，就把单给买了，如云的花没有香味

老树下，是东吴孙权的墓，在黑夜里嘿嘿地笑

管他是谁先出手的呢，管他是谁先把腿打开呢

我们不会在乎你尾巴上的光环，荆棘不歇火地在燃烧

总有一天生命会是单数，会用时间来骗去你的童贞

让你在偌大的空间里号叫，血淋淋地滋润根部

痛苦的是仙人掌么，扎进去就是沙漠上的清泉，崩盘吧，兄弟

别再假惺惺地讲道义

爱人哭哭啼啼，聚散两依依

飞碟在飞，草地上满是奔跑的人

赤裸裸地，诱惑着你我

蝶梦声声

木鱼和磬在纸钱飞舞中燃烧，遍体鳞伤

星星点灯，笼子里有一只庞大的鸟

乱七八糟的是横躺着的身体么，八字形，太阳

套在月亮里
惶惶不可终日

阴影是树叶在路灯的家，湿漉漉地，和光一起翻滚
河边草地上一群羊在散步，悠然见南山
饿着肚子吗？什么时候想起来就再亲一口吧
我们不再彷徨、忧伤，不再和年轻人曝晒身体
热辣辣的，是撕开的裂缝在长着蓝色的花
优雅，颂扬，国风
漆黑的，古坟墓里生出来的气息
和夜梅的冷香一起
被蛇撵着走

如什么呢
如是我闻，除了支点，我如如不动
在深夜，在夜半，在深处，湿湿的，温温的
梦里，腥腥的，在黑夜里，女裙掉了一地

誓言如同黄昏会一段段从台阶上走下来

彩虹和墓葬之间有一座桥，弯弯曲曲的，去水榭楼台

赤裸裸的有些怕人，有带血的欲望吗？天哪，生命在窥探呼唤

一层层地剥开你的衣裳，一层层地勃起

在黎明的黑夜里进入红色的领地，烧一盆月地黄昏

光秃秃的树林里，一苇遒劲地渡江

还有多少喝酒的时光，我们可以在草垛里相互抚摸

蜿蜒的火把在田埂上打滚，龙抬起头

水哗啦啦地下，如月光，如你的美丽

荣耀里透着苹果的毒药，浮躁而敷衍地上下起伏

还记得跌宕时候你说的话么，一夜几次，浪花里有水的激情

我不想在岩石上种下你的影子，你脚踩双舟，用铁链把三国烧翻

周瑜的箭疮里，孔明点着灯，上面有你我的名字

迸发，小乔是美丽的，大乔是冤枉的

铜雀台上，风吹过白色的纱帘，呼呼作响

撕一根带子，在月食的那天挡在中间

夫差把剑横在脖子上，鲜血流了几千年

伍子胥的眼珠哟，还在那城门上，西施捂着

肚子上了船

有什么需要么，船期已经过去几天了

我不想见你飙泪的脸

天苍苍夜茫茫，仓央嘉措戴着镣铐走往青海湖的深处

就这么把一切遗忘，在湖边的帐篷里听狼在东山顶上抽风，牛马成群生出了驴子

西北人说龙肉和驴皮一样咬不动，变成阿胶，可以在经期补血

活动活动身子骨么，天塌下来，有谁来顶呢

我疑惑地看着窗外，电线杆上有昏鸦在聒噪，二月初二的夜晚水满园子地淌

爬过那些石雕的脸，蜘蛛结成了网

在阳光下明媚地发着呻吟，省省吧，天上的星星在舔着月亮的脸

鞭炮声声，把天门捅开，一次次撞击，一次次火山爆发，泥浆翻滚

真心不希望明年还能见你肉肉的胸，心潮澎湃，明晃晃的，你的长发在汗水中荡漾

放一只羊在老虎嘴里，听骨头在黑暗里发音

嘎嘣嘎嘣的，我钻进你的房门看看

没有怀孕，土灶是凉的，铁锅冰冰，稻草和苦胆偷偷地乐

没有故事的羲皇对着蚂蚁窝在撒尿，就如同洪水天天在睡着觉

叫一声海阔天空，叫一声汗流浃背

你叹息的忧伤，走上刑场，低下你的头

对不起，我的长裙踩了你的脚

在那个时代，长裙里没有黑色的内裤，白色的是袜子

如梅花如樱花如桃花，桃之夭夭，叶子长出来了

勉强的性爱是做不来的，乞丐都会在年夜的青石板上，打炮

是我们的记忆在雨中撑起了伞，在狭窄的巷子里我们抱成了团

红色的在春季和雨水齐头并进地溜出来

再没有留下脚印和绣花鞋

没有车的鸣叫，月台是寂寞的

没有树根在腐烂，人心是孤独的

我放下你的温柔，用谎言蔓延，露营可以包治百病么

城墙上长出了小草、小树，还有炮弹炸出来的坑

就这么绕了一圈走到了鸡鸣寺，烧一炷香，叩叩首

大道两旁，樱花盛开，车里满目疮痍，苔藓活脱脱地说着人话

我其实是舍不得你的，在子夜突然跳起，在马槽里放上干草

让小耶稣过冬

一寸光阴在花蕾里游走，如同蛇，滑溜溜地钻进湿地

草木枯荣，一条条小船在樱花林里，纤夫背上是粗壮的绳子烙下的印

我们不停地走过湿地芦苇，爬上雪山之巅
彩虹谷里有麻雀、海棠和梨花，有东风和西风
尝一尝吧，也许是命，也许是古楼兰的沙，也许是风，一切景色都是那么迷人
举起的杯子里，有一条小蛇在飞舞
一口闷下去吧，我有的是樱花做成的天国通行证

樱花是我这首诗的魂，而你看不懂就算了
其实我也看不懂，有什么关系呢
天空中禅音飘下来，如同羽毛，没有了分量

◆桃之夭夭

我有我自己的生命，你有你的，在道路尽头
和桃花一起
遗忘在枝头，茂盛的是血色黄昏么
一颗流星花了很长时间滑落到树林里，无比妖娆地燃烧花瓣
在绿叶和果子的夹缝里
黑漆麻乌地寻找归宿
水灵灵地，山沟里花开花落，流水是她们最后的家
我不是无动于衷，雨衣穿得久了总要脱下
让桃花的魂透透气，光着脚在烂泥地里行走，把花和成了泥

纣王是因为妲己在林中迷了路，烽火在呻吟，褒姒笑的时候
周幽王被追兵撵着跑
死就死了，有什么了不起呢
后土断裂，天上下起了洪水
我看到他们幸福地微笑，小船起伏
浪尖上一阵阵尖叫，刀刀见血，满是腥味

他们走进桃林，让春色撩人，花落在影子里勾引着天空
田埂上我歪歪斜斜地追着孔明灯，风来了
我听到童年的纺车，在奶奶的手里摇
灶台里，柴火正旺，烟从烟囱里跑

桃林中没有了路，它们消失在林中
人迹罕至的地方，草发疯似的长
桃子落在草地变成了水，酿出了酒
马立在水酒中，长满了青花

◆落红的玫瑰

玫瑰的使命是用阳光榨出血来，挑着灯笼往前走

黑暗是长长的过道，没有影子的人就没有灵魂么，夜半的时候，你正梳着妆，蒙上盖头吧

让疲惫的发丝飘起来，暗红的，洞房花开的颜色

选择天空中的鸟吧，可以和你一起翱翔

天空累了，知了把飞雪叫醒，在夜里选择噤声

我用念力布满整个天空，结一个星星点点的界

让飞蛾可以住下来，扑火

睡不着的时候，想在明天早上去雪国看看你

知道么，村头的枣树倒了，刺戳破了一个个来投靠的气球

风呀，等等我，我需要推开门打个招呼再走么

放不下的是庄子的蝴蝶，和在梦里鼓盆的歌

我努力忘记红色的宫门、红色的铜钉、红色的铜轩

在高墙里栽一把玫瑰，失忆的时候，可以去除你内裤的味道

狗盆用得多了就有了饭的香，饥饿的时候，吃什么都是香的呢

夹紧你的双腿吧，霸王硬上弓

空气中呢喃着精子和卵子打架的身影

知道么，一根银发簪就能试出毒药来

来吧，让我们集体净身，一起暗哑在花的蕾

舍利缸里，谎言在嗡嗡地叫

◆牡丹之门

我在古墓里看到你的种子在发芽，牡丹花开时，你对着芍药在发着誓

一年的时间不算长，够得上让花开花落

够得上种子被蚂蟥在泥土里拱了无数次

冰冻的犁在后宫变成了渣

你穿着拖鞋，听着蛙鸣，在池塘里洗着拖把

再往哪里去呢，天太黑了，仅有气息是不够的

你手扶篱笆在沉思，要不要把洞打开呢

雪天的时候会流下孤独的脚印，一步步地从篱笆里钻进来

伸头就是一刀，子弹在空中飞

弧线是美丽的

佛是欢喜的

今年的牡丹花特别的大，像丰乳肥臀，隐秘地绽放

直接就把花朵残忍地撕烂，没有插曲，没有前奏

露出花的心，让蜜蜂舔个够，来年饥荒的时候

你红扑扑的脸

白马寺的经幢是从西天来的么

古树洞里，火苗从内向外地跑出来

把牡丹烧成了灰

星能把地球撞出窟窿么

回到冰河时代吧

鲤鱼从洞里跳出来

想仰望星空

瞬间被冻成了一根冰的棍

把它埋进土里，撒一泡大大的尿

烧一根长长的麦秸秆

让酒醒过来，让春色从地底下开始旖旎

◆ 蔷薇花开 担水砍柴

我们在一起的日子，就是吃饭、睡觉和做爱
犁头扛在肩膀上
系一根草绳在腰上
公鸡跟在母鸡后面咯咯地护着蛋

天热的时候，擦一把汗水
继续挥汗如雨
天冷的时候，龙腾虎跃，从冰河里打出鲤鱼来

炖一碗汤的时间有多长，生米煮成了熟饭
知道你最性感的时分么
从下往上看，你甩甩头，把你的长发披下来
遮住你的锁骨
马在古老的青石板上踏着蹄

蔷薇花开的时候，你站在篱笆墙后面，等我
等我的牛，等我的犁
归来
我像个英雄接过毛巾和饭碗

放下饭碗去种地
放下饭碗去做爱
在春天，我看孩子们在开垦的园子里嬉戏
在冬天，我一天天冲刺
拽着你一起往山巅奔，往天上飞
飞鸿踏雪，找寻永恒的光

◆护城河上的荷

花是被叶撵着跑，如丧家之犬，惶惶不可终日

莲知道水流不可能永远激荡，浅滩上搁着几亿年的方舟

种子没有了，食物腐烂了，鸽子飞出去了

衔一根树枝就能打发我了么，走吧，走吧，赶紧走，夕阳下，一位老者在煤堆上牵着牛走过

我知道那是我的影子，火把煤灯点燃，沟通神和天地

看吧，漫天飞舞的是冥界的亡灵么

推开你的城，让纸钱的灰烬进来

星星点点的每一片叶上，如黑洞般诱惑

你在水里静开，不问淤泥的黑暗

黏在手里的是微笑还是风流呢，牛吃草的时候，放过了旁边的花

蛙鸣阵阵，雪山崩塌，我从城墙洞里溜出来

声音在我后面叫着，回来吧，满院子的光要放风

义无反顾地跳下去么，我其实是犹豫的

泪水洒在青稞上，酿成了酒，单纯的男欢女爱么，简洁而圆润的线条，性感的胴体上水珠落满玉盘

管它是莲花还是荷花呢

并蒂的花心在夜里野合，山冲里游荡着数不清的魂

天凉的时候，你发着烧，我在旁边加着衣

瓜田李下，一个黑影，撑着纸伞在雨里独独地行

城门洞开，那是女娲走起来补天了

河水里翻滚的是七色的石

什么时候再回去把木桥拉起来，过早九晚五的日子

过满院子浇花的日子

水从壶里爬出来，在清明，亮晃晃地，和柳枝一起飞

到秋天，苇絮满城地跑，你戴上口罩，提上灯笼，跟上回家的路

幼儿园改成了祠堂，后面一片蛙鸣

应和满天繁星

◆水心漾花

有一种很深的寂寞，芦苇花般地拥着我
秋风吹过，苇絮满天，贴着我的面庞飞
我迷失在这纵横交错的水荡里

我知道你累了，你奋力划动的双臂如残垣，如井边的围栏
风吹雨打，雨雪霏霏
听多了缠绵欢笑的故事
井绳断了，桶沉沦在水底

我依旧不会同时踏进，这同一条河流
它淹死过多少水手
也把我吞没，逝者如斯
海盗旗，雪山上的风幡，在哗啦啦作响，祭奠笑一下就石化的亡灵
塞壬的歌声哟，从此响彻四方
做鬼又如何呢，听一下这销魂的呻吟，总好过奥德赛永远在大海上漂
我是被柱子绑在船头的，我的耳朵里被你的欢爱塞满

仪式和姿势是一座桥
桥下是流向忘忧河的水，满是怨气和缘分
还能激荡多少年呢，不舍昼夜

厄科女神满脸绯红地逃进了深林
让纳喀索斯的心变得无比坚硬
水仙花孤零零地开在水里，秋月清供
花瓣随着江水浩浩荡荡地走向大海

红润消退，活力枯竭

你轻轻地倒在岸边

头枕嫩草，面向东方

是你桃花般的眼睛认识了你，又出卖了你

合上就可以进入天堂么，听哪，天堂里有天堂鸟在歌唱

有水在茂盛之处流淌

沾满了我的衣裳

平地和高原，河床上满是印记

一地风，一地夕阳，一地花，我该选择什么呢，是老宅子后面的荒地么

斑马线，人行道，红绿灯，我该礼让什么呢，诗人之死的那个夜晚，你在别人的老家祠堂推开一扇扇门

斑驳的石墙，屋顶的马蜂窝，生锈的铁锁，活人和死人抢夺地盘的竹林

你是越走越远了

迷迭香的花海里，你的背影一直被牵着走，像被风吹皱了的春水

妖艳而鬼魅，如同无法转世的魂

把你的头顶淹没

我其实很难受，不过还是要在清明带着沉痛的心情闯一次红灯

不就是扣分还要罚款么，多大事呢，鲜血淋漓的时候，灵魂也一样向有光亮的上方飘浮，通过长长的隧道

纵马扬鞭的时候，你一遍遍地哭，水流过高山越过大海，好像真的很悲伤

是浪花，还是波涛，涌动在暗处，深海里，火山在蓬勃，岩浆四射，世态炎凉

海水究竟在哪里呢，真有水存在过么，我茫然地在虚空里穿行，你呼呼地打着盹，头枕着手机，微信不停地闪

难不成还真是要在夜半的丁字路口烧一次纸钱，

东南方向，拿一把扫帚，大小都无所谓，趁手就可以，舞动乾坤

把落花和火的灰烬一起收起来土葬吧

在来年就能开出新生命的花

新生命又是什么意思呢，是另起炉灶的生命，还是老的根上发出的芽

神庙的废墟里，满是白色的菊，在竞相地开，是祭奠还是思念呢

算了，不去想了，偏头疼又犯了

还是把迷迭香做成干花吧，像个标本，插在一个从墓里挖出来的汉罐里，几千年阴魂不散，相濡以沫

还有什么是生死呢，黛玉葬下的是花么

花篮，锄头，黄土堆，桃花林里的呻吟，不都还在么

空空地，在顽石的婚礼上飞

苍白得像个女鬼，像屈原，披头散发，一叶扁舟，相忘于江湖

七 十二星座：诸神的挽歌

◆白羊座：风车、长矛和烟囱◆金牛座：迷宫、脚印和绒线球◆双子座：天鹅、哀歌和救赎◆巨蟹座：黑暗、狩猎和祭祀◆狮子座：情欲、盾牌和战盔◆处女座：石榴、冥土和故园◆天秤座：海水、私生女和一棵树◆天蝎座：毒蝎子、太阳车和闪电◆射手座：火焰、菩提和七弦琴◆摩羯座：箫声、牧场和众神◆水瓶座：侍者、泪水和异乡◆双鱼座：乡愁、远离和池塘

就着晚樱的最后一片花瓣喝一次花酒，拽住流星，让生命敞亮地活一次

脱掉衣服，卷起袖子，河泥一担担地往上挖，把河道疏通，引黄河之水从河床上走

打开天窗吧，透口气，云进来了，雨进来了，你也进来吧，衣服都湿透了，曲线凹凸有致，你是性感的，我得毫不犹豫地冲向你，把你拿下

大不了白刀子进去红刀子出来，勇敢的，哪怕就这么一次，像个男人

于连在半夜爬上高高的塔楼，在黎明前的黑暗里又匆忙忙爬下来

幸福来得如此容易，如丧家之犬，想象着那块没有啃碎的骨头

肚子饿了，在佛坛前念念心经吧

勇敢有什么用呢，于连的脑袋正趴在玛蒂尔德的膝盖上，从红变成了黑，如同两个男人醉酒后，争着马桶呕吐

我知道你是吐在玫瑰园里的，丁香上还挂着你的万国旗呢

马车踏踏，路上积水溅起，泥浆俱下，和着滚滚车轮

涅斐勒也是在黎明黯然离开孩子和国王，回到云间去

还和伊诺争什么呢，就把曾经属于我的都拿去吧，变心的男人，床幔，花园里弯弯曲曲的小路，

只要不伤害我的孩子

宫殿里，面黄肌瘦，药渣成群，三宫六院七十二妃全打成一片

妻妾成群也是上天的建制，是从虚空里倒灌下来的，你如饥似渴，每天黄昏时打开篱笆和门，让女人和狗进来

云间故道上，一只浑身长满金毛、长有翅膀的飞羊正勇敢地飞来

载着赫勒和佛里克索斯，飞渡了陆地和汪洋

前面就是大海么，塞住耳朵，就能抵抗塞壬的歌声么

往下看看吧，一片汪洋一片波涛，海水正头晕目眩地等着你呢

赫勒掉进了水里，佛里克索斯满怀悲怆地回到故乡

带着的八千子弟兵全部被围在垓下了么，破釜沉舟，夜间有楚歌唱起

断了念想吧，舞起你的长剑，怎么能把自己的头割下送自己的仇敌呢

虞姬也没有自刎，来回纵横，彼岸花开，花蕊里跑来蜜蜂采着蜜，带血的芬芳

乌江的水从没有像现在这样沸腾过，项羽的脑袋在他举起的鼎里，翻来覆去睡不着

四月也是偷情的好季节，草长莺飞，伸出你的

舌苔，舔一口刀锋上的血

把一根根石柱都变成了林，林间有条小路，可以直通天堂，也可以直下地狱，我们一起勇敢地保持距离吧，做一个保守的人，只在柏拉图的洞口徘徊，把火影留到米饭飘香时，一粒一粒的，直到榨出了米汁变成了奶

从此可以抚育四方

看哪，古希腊神祇阿瑞斯的火炬已经点燃

好吧，项羽扔出去的头颅也正好入药，做成风水引子，埋在城墙下，看守三百年金枪不倒

美狄亚引走熟睡的蛇，伊阿宋则乘机偷走金色的毛

再后来，金羊的标本就被遗挂在宙斯的神殿前，招着新生命的幡

孤烟袅袅，笔直地，飞蛾扑火似的往上飞，直插天庭神殿，把幡哗啦啦扬起

羊肠小道上，荆棘丛生

你驾着从地狱吹来的风，奋不顾身地往前冲

◆金牛座：迷宫、脚印和绒线球

金牛座是最爱情的星座，爱与被爱，都像燃烧以后的灰烬

藏在风里，漂在水里，葬在土里

很久很久

期望可以捂出新的芽，一朵莲花横在水面长

找个地方捂捂手吧，丽娃桥头你调皮地笑

我一脸装出来的冷漠，冰雪消融，黑色的毛衣里春意涌动

很久是多久呢，爱与不爱的发酵在空中如风铃般存在

心一动，就会响

风筝已经飞得很高了，线还绕在老树上，拽得树叶哗啦啦响

是树叶在动、风在动，还是天上的星星在眨眼呢

穷小子忒修斯爱上公主阿里阿德涅，用了整整一个绒线球的距离，杀了牛头人身的怪兽

时间在迷宫中行走，有了信心和方向

顺着地上的线头，回到原来的大门，推开门

那不就是爱情么

欲盖弥彰，你使劲地按住短裙，在风中，还是按不住春光乍泄

裙裾撕开，拉链坏了

我们在黄昏中跳第一次舞

天黑的时候，生命便如同洪水泛滥，惶惶然

不可收

说什么一见钟情呢，说什么起心动念呢

年轻就是资本，激情就是阑珊

在生命中肆意挥霍，气象万千

我是在遥远的地方看着你

在前世

你是一个书生，夹着油纸伞在太阳雨里走在桥上

桥断了，你沉进水里，在桥边的芦苇里，等我

看得我掉下一碟鳄鱼般的泪

我无法违背定数不去救你，我放下水壶，关上花园的门，从天上跳下来

这一跳又是很多年，和观音座前的善财童子一起

手拉手过来陪你，来夏雨岛上找你

不再做护城河边的一条牛，不再把自己拴在佛前的一根石柱上

你搬起楼梯口的石头把往事砸回去

在宾馆的总台扇一个变态人的耳光

在公交车上一脚把猥琐男踹飞

红颜不是祸水，祸水泱泱，粘着红颜走，

容易么，在红颜成长的日子里，你的心越过万水千山

不要再重复劳动了

年龄已经在荒山荒水中淌了很久，不知不觉地

亢龙有悔，见龙在田，白了一大片

稻草堆旁，麦秸梗在燃烧

埋进土里就能变成肥料么，就如同人死了也能成为护花使者

烧成灰

在黎明的荒原上重新认识你

那克索斯岛上，结网打鱼，担水砍柴

快乐像魔鬼一样冲动

沙滩上，一对脚印不停地叠在另一对脚印上

涨潮和退潮就像姿势，都是最美丽的，脚印都在水里不停地沉默

踩一下脚印就能怀孕呢，华胥生下伏羲，姜嫄生下弃

雷泽里，春雷滚滚，欲望滔天，都是脚印惹的祸

好日子往往都过不长，是忒修斯杀了牛头人身的业没有消完呢，还是阿里阿德涅命中该有新的情人呢

不然，怎么酒神狄俄尼索斯一个梦，就逼得忒修斯在黎明最黑暗的时候离开

掩好被子，把白羊毛缠绕的橄榄枝留在公主的枕头边，那是爱情的信物哟

带上门，合上窗，周围一片寂静

没有留下脚印

沙滩上几个贝壳，被海水圈了上来，等待日出海面的第一道光

那是公主痛苦而喜悦的泪

该何去何从呢，追上忒修斯，还是答应狄俄尼索斯的求婚呢

顺从吧，这是命运女神的安排

破涕为笑吧，从此可以天天泡在酒池里，赤裸着身体，唱歌跳舞，嬉笑欢爱很多年

人都是要死的，欢愉中的公主戴上一顶镶嵌了七颗晶莹宝石的皇冠，离去

在繁星闪耀的天空，成为北冕星座

是引导忒修斯回家么，还是让狄俄尼索斯不再悲伤呢

顺天还是逆天，回心还是转意，汽车在前面隆隆地跑，我在后面追着，如夸父，如夕阳，如桃林……

双子座：天鹅、哀歌和救赎

给出我的一半生命吧，白天是你，晚上是我，天上是我，地上是你

我们穿着同一条裤子，穿过雨天的路灯，去驿站，去酒吧，对着虚空，我端起酒杯，掏出手枪就和人决斗。黑暗里，你撅起白花花的屁股，屁颠屁颠地犁天犁地，黑色的土地上被你划了一道道痕

坐一夜轮回的渡船就到彼岸了，彼岸有花开在黑暗里，让星辰失去光泽

此岸在哪里呢，水波粼粼，阳光打着盹，让秋月无痕

还是好奇害死了猫

公主勒达是在草丛中被宙斯幻化的天鹅亲热

麻酥酥的失了方寸

谁说人和动物就不能相交呢，谁说相爱就非得身体交尾呢

心的愉悦在五月的蔷薇里跑满整个荒原

静下来听听内心的呼唤吧

旷野上妻妾成群，兄弟阋墙，人们做着同样的梦

要在凌冬的北方，构筑一道长城，把冰雪的诅咒挡住

古堡里，你躺在床头，读着里尔克的哀歌

哀伤都终究是自己的，欢愉也总是要付出代

价的，就如同踩脚印就能受孕

火红的焦炭铺陈的路上，你光着脚，不停地跑

在奔跑中，勒达产下一只大鹅蛋，鹅蛋破裂，有一对孪生兄弟，互相纠缠，共用同一条脐带

卡斯托尔和波吕丢刻斯不是从勒达的子宫里出来，没经过狭窄过道的挤压，他们自由地生长

在黑暗中久了，就该向往光明了

使劲推开窗，让光线进来

别挡着我们的阳光，阳光是我们的早餐

谁说棍棒底下才能出孝子呢

宙斯护短是出了名的，赫拉的妒忌让很多女神都送了命

你们流落街头，在孤独中变成英雄

你们的成长和任何人无关

父亲走的时候，我在灵柩前昏天黑地地哭

第二天阳光灿烂，还是从东边的油菜地升起，带着油菜花蕾的金黄和墓地泥土的芳华

亲爱的孩子哟，那个感冒的正午，在几千座坟的围栏里

汽车起伏在悬崖边，海棠盛开，梨花谢了

你的生命是天留住的，也和任何人无涉

孪生的兄弟在围捕卡吕冬大野猪的盛举中一战成名

他们和诸神在人间的子孙们一起，欢度丰收的季节

献祭狩猎女神阿耳忒弥斯

这对孪生兄弟，也曾经在忒修斯手中夺回被掠走的妹妹海伦

忒修斯是他们战场上的兄弟，他们共过生死，却不能共享海伦

月神阿特美的神殿里，海伦孤独地跳着舞，寂寞、色心和孤独一样红

如同罂粟，把诸神之战狼烟点燃

留下木马屠戮特洛伊无辜的百姓

一切都有因果循环，太阳落下去，月亮升起来

玩刀的终究还是死于刀下

形影不离的哥哥被杀于海盗船头

波吕丢刻斯痛苦不已

一个人喝得烂醉，在十字路口的泥水里打滚

哀求给他们生命的父亲天神，同意用自己来赎回哥哥

准许他们兄弟两人轮流升天下地

共用同一个生命，只为生命永恒

兄弟哟，你选择白天吧，正午元气充沛，阳光直接地射，你可以看心爱的女人在床单上翻滚很多次

深夜呢，回眸一笑百媚生，裙下乾坤，

如同海伦，一旦爱上，就会引发翻天覆地的战争

这是上天的恣意么，还是命定的胡来

一条生命真的能换回另一条生命么

为什么，孔明的借寿灯，在最后一天的凌晨，还是被魏延的脚步带起的风，吹灭

再借你五百年又能怎么样呢，孪生兄弟是一个灵魂么，看哪，雨天追尾的车一辆接着一辆，如同因陀罗网上的结

天寒地冻，以万物为刍狗

在森林里落脚，黑暗和腐朽如老藤般缠绕在一起

长出了草，让蛇来做窝吧，生一批蛇宝宝

在中和节的早上，让龙抬头

云雨如巫山，铺天盖地地涌过来，把阳光和月光都遮蔽

说什么海枯石烂，说什么海阔天空，森林里古树和野草都在偷偷地笑

蛇一如既往地游说夏娃，像夜晚在雅典飞起的猫头鹰

看哪，猪在惊涛骇浪的甲板上，安静地吃着草

我们惊慌地来回奔跑

2002 年的那场大雪没有来，就被刀郎唱到了每一个角落

从机场到大海有多远呢，也就一念的距离，马不停蹄地走了上千年

大海是象征性的，成了一个梦里的符号

安慰自己年轻时的荒唐和激情

华服和古琴在城墙下，跨过水塘上的石头，有一颗种子在生根发芽

这不是森林里暗的种子哟，它被雪地冻僵了，来年还能开出花么

泥土在一旁偷偷地问

你周游四方，在阳朔，在大理，苍山洱海，把自己祭奠，如同孔子周游列国最后回到了家，

你的家在森林里高高的山上，紫色的园包围着你，云岚间有龙在飞舞，有孪生的马在跳跃，有猪在栏里吃草

种子结果的时候，宇宙之神爱上了狩猎女神

终日里追逐于森林之中，翻腾于河床之上

狩猎女神生下一个美丽的女儿

神之后非常愤怒，派九头巨蟹去杀害母女两人

狩猎女神把女儿藏在身后，拼命地和巨蟹搏斗，受了重伤，躺在被鲜血染红了的丰收田里

人们从远方来，围着篝火，唱着酒神的歌，向她祭献爱情

神之后也为她的母爱所感动，让小女孩升空成了巨蟹星座

搏斗的时候，流血的时候，巨蟹张牙舞爪的时候，你在哪里呢

听哪，宇宙之神正在巡游天下，雨露均沾，号角绵绵

孩子啊，不要再相信什么地老天荒，不要再相信甜言蜜语，长大后，守好你的门窗，不要让蜘蛛爬进来

秦始皇是死在去东海的路上

他原本是想到天的尽头，唱一首让他再活五百年的歌

后宫佳丽三千，脂粉和鲍鱼还有海蟹

都在七月高温的队伍里

为他保驾护航

◆狮子座：情欲、盾牌和战盔

你是生命的奇迹，在黑森林野合出天神的果

谁让宙斯到处播撒种子，洪水泛滥成灾，泥土里满腹凄凉

空空荡荡，穿堂风呼啦啦地走

倒了东家的玫瑰，没了西家的牡丹

蔷薇在墙头被吹得哗哗地响

鸟都站不住脚了，又怎么能拉出种子，让屋顶，让岩石，让峭壁，让悬崖长出叫不出名字的树

这样野生的树哟，它们的生命力极强，一夜几次勃起吮吸日月之精华，疯狂地生长，就为能把根扎进缝里，储存水分，让自己滋润起来

和神一起的高潮，日子总是习惯性地被遗忘，如同海水死在沙滩上

神离去时的失落，记忆又会在梦里冷不丁地给人以场景，一浪高过一浪，排山倒海地向你扑上来，湮没你，压得你喘不过气

你常常在噩梦里突然坐起，冷汗湿透了你的胸衣

在凡人的眼睛里，雄狮是万兽之王，一群母狮深情款款

看哪，众神狂欢的神殿已经燃烧，几缕带血的狮毛在荆棘丛中飘摇

画一个圈，让自己躲进去，看圈外红灯闪烁

如同帝王的情欲被锁在紫禁城迷宫般的胡同里

用盾牌和战盔做一个围挡吧，不让人看到里面的勾当

黎明的光景，总有拉粪的马车，响着吆喝穿过长长的胡同，遇见丁香花瓣的你，你坐上马车，就为省一段路，让你崴了的脚歇歇么

一道道宫墙，黄的是墙廊，黑的是瓦当，红的是铜门钉，筑成了迷宫的魂

少女的第一场精血是婚姻做的药引，痛并快乐着

如同在江边抛出的鱼钩，直勾勾的眼神，让江水在夕阳下一片潮红

王侯将相宁有种乎，很多人都不信这个邪，他们挑战迷宫，和欲望做一次次搏斗

山上的洪水哟，你左冲右突，越积越高，什么时候才能平静安顿下来

如同第一次同房就泥沙俱下，方舟是诺亚的家，鸽子去哪了呢，洪水退了，橄榄枝编成了绿色的环，把所有的女人带上天界吧，不然就要成为狮子座帝王手淫时的宫女留下的泪

给你也点一道守宫的朱砂，多少个不眠的夜晚，你看着那中间一点红，发呆，勇敢地冲上去吧，老家的牡丹花下，做鬼也风流

等待是你的天命么，你就是你自己的宿命

赫拉克勒斯从墨涅亚巨狮背后紧紧勒住它的脖颈

用巨狮的利爪剥下巨狮的皮

用坚韧的狮皮造成盾牌，用狮子的上下颚造成了战盔

从此你无敌于天下，在你临终的时候，会有很多你叫不上名字的孩子，从四面八方来，为你在夜半抬棺

麦穗必须用镰刀来收割么，秋天的天使一定是长着金黄色的翅膀么

得墨忒耳的园子里，谷物、蔬果、花草，一如既往地开着、结着，变着法子承欢你

泉水在空中流淌，变成彩虹，通过隧道爱上你

我们走在桥上

悬崖上的独木桥，腐朽了几千年

满是青苔湿漉漉，滴了很多年的泪

亲爱的珀耳塞福涅呀，你可知道，你的任性和好奇，成就了你也背叛了你，让你可以在午夜的十二点在加油站开个房，燃烧沙漠

知道么，黄昏的山谷里，被你拔起的树根

在黑夜里已经和冥土的暗融合在一起了，再不能指望残墙里长出青涩的草，果都没有了，哪来挺拔的大树

根都烂了，花在露台上喜悦地开

孤独吗？寂寞吗？自在吗？痛苦吗？

手一碰，花就落，花径上踏满了微笑的泪

飞翔的是你的容颜和岁月，苍天在上，你贴着地奔跑

把自己低在尘埃里，惊不起一粒虹

吃不吃石榴又能怎么样呢，三百年的古树就能成精，它们张牙舞爪地抢夺爱情

爱情又有什么用呢，一夜又一夜的露水里，你的微笑你的苦难都排成了行，行行出状元么

看哪，冥王哈迪斯的马车困住了你，也困住了我

诸神的棋盘上花草不长，万物不生

生命才隐居一年，世界怎么就开始变得荒凉了呢

替别人养孩子又有什么意思呢，孩子和继父在漏雨的房子里，用木桶接着水，水还是流了一地

春风沉醉的夜晚，你开始无动于衷

就做一次柳下惠吧

牺牲了色相，让自己的内心变得轻盈，如雪花般飘零大地

知道么，橄榄枝上的鸽子已经离水面很远很远，水能让你变得干净么，透明的床上，有床单在作怪

水鸟一只脚在水里，一只脚在火里

火焰和海水一起在云间飞

你是天使，我是魔鬼，一年了，凋零、荒芜和春心荡了个满怀

海滩上满是打滚的鱼

你埋在沙子里，凉风从你的面上过，撩起你的衣裙，从后面

里面空荡荡，棕色的雨，把茅草阴干，在平原的缸，种一株睡莲，广厦千万间

房子是密不透风的，春天的宫里，风钻出锣来，又钻进鼓里

来来回回，蚯蚓从嘴巴里，色眯眯地游走在田埂

之上

故园没有水，却有海水的腥味

转经筒里滚动的，是你的呻吟和私语

看啊，海盗船正装满欲望向我们漂来

帐篷支起，烈焰红唇一锅端

日子再也无法过下去了，田园荒芜，大地灰茫茫一片泥泞

再不能拿玫瑰撒在脚下，让我们可以孤独地走在路上

再拿不出清水洗去长亭外石凳上的等待，夕阳里，得墨忒耳在眺望，山洞外没有了春夏秋冬，没有了光

吃过冥府食物的珀耳塞福涅再不能永久地离开黑暗的冥界

不，不，其实，她的心已经走不出冥王囚禁的马车了

当年绑架她的一辆四匹马拉的金车

金色的权杖在黑暗里发着光

照耀她在光里头打转

你走在寻找四季的马拉松路上

尘土飞扬，没有了洁净的水，没有了洁净的光

雾霾笼罩大地

分不清你的背影和脚下的路

上帝站在渊面上，说该有光，该有水……

灯笼呢？提灯笼的木棍呢？火又在哪里？

我轻声地问

◆天秤座：海水、私生女和一棵树

神从宇宙的中心来，穿过长长的死亡隧道，跌落在大海里，森林中，雪山上……

天葬台的刀扬起
山间小道上人们一步一移
又一个灵魂升天了
天上的星星又回去了一个兄弟
等哪天星星都集满了邮票
神也该回家了
红衣老喇嘛如是说

我们每个人都是有使命的
从生到死的路很长，又很短
如蜉蝣，如朝三暮四
鞭炮声起，奏乐，进洞房

谁故意把声音拧到最大，是想掩饰小楼听雨么，还是在伴奏花烛夜奔

你摇摇晃晃地走过屋顶，支棱八叉地把自己打开，呼唤一颗流星进入自己的身体

至于么，一杯白色的玫瑰酒就让你喝多了么

是你醉了，还是我醉了，反正酒肯定是先醉着的

折腾到凌晨，你们有分寸地温存，床上一片痉挛，零乱得想哭

这样的情景已经有多少次啦
一次次山谷鸟鸣，是黑夜在起伏
一次次大汗淋漓，赤裸裸的萤火虫在跳舞

没有突破最后的防线，就真的劳而无功么，天色已晚，一樽还酹江月

陛下总是孤单的，江面上小狐滩旋涡成群，排着队让过往的船进入

取一根肋骨变成夏娃，在极为遥远的年代

按照宙斯在水里的倒影

和孩子一样，撒一泡尿照着自己，然后捏土造了人身

哈口气，就有了魂

上帝么，女娲么，伏羲呀，正推演着八卦很多年

梅花开了，正义女神艾斯翠亚，身穿白袍，蒙着眼睛和海神波塞冬花前月下几百年

皇冠、秤、宝剑，还有蛇和狗

权杖和书籍，还有骷髅

这些都是女神的随身之物么，看不见万紫千红，看不见千山万水

什么时候可以打开你的双眼，让我可以进入你

什么时候你能剥去最后一层秋雨，让草地一城水灵

在水边吃草，这就是这辈子的追求么，还是寻找你丢失的肋骨，想成为一个完整的你

人原本是诗意地栖居于大地上

没有什么私生女

人原本就是只有父亲的

老师如是说

神是按照上天的建制，给男女画了一个圈，你只能在圈里左奔右突

你茫然四顾，湿透了你的明眸

上天的建制是什么呢，是三宫六院七十二妃么

是泸沽湖走婚在夜半爬上木楼爬上床么，嘎吱嘎吱，反正黎明就走了，见不到父亲的面

杨柳岸，一只公鹅带着的一群母鸭在狂欢

崇祯拎着带血的剑，吊死在煤山上，一地嫔妃

歪脖子树上，乌鸦在对着天，聒噪

诸神也是奔着心安来的，地球一片狼藉，是时候逃离了

黄昏时刻，女神和波塞冬留下无尽的争吵

一摊咸水和一个私生女的争吵开始了

谁能更让人类感受和平谁就赢

比赛吧，让天庭的钟声做证

众神袖着手，走在雪地上，离开家，看宙斯的哥哥和女儿的热闹

不是说爱得死去活来么

不是说仰望星空就可以脚踩大地么

波塞冬把玉米朝墙上一挥，墙就裂开了，裂缝中就流出了水，晶莹剔透，湿润而温存

是男人都离不开水么

正义女神变成了一棵树，这棵树是生长在大地上的

有着红褐色的树干，苍翠的绿叶以及金色的橄榄，小鸟在上面做窝

是女人都离不开树么

宙斯把随身带的秤，往天上扔
大海边，高大的建木撑起了天

爱情究竟是什么呢
爱情就是有金字塔的地方
南京实验幼儿园的小朋友如是说

我在金字塔的尖顶上
等你长大，我的女儿
父亲如是说

◆天蝎座：毒蝎子、太阳车和闪电

这一夜，在你的窗下，完成了我的祭奠

那是一种仪式，一种蜜蜂对花蕊的尊重

这一夜，我不再担心生命的流逝，如同孟姜在漆黑的房子里，摸着铜钱和时间玩着迷藏

时间就是毒药

我知道，在螳螂的世界里，洞房后的新娘一定会吃掉新郎

骨头毛发一地血渣

据说是为了繁育后代而储存食物

看看窗外的停车场吧

黎明最黑暗的时刻，一辆白色的车正在离开

真的就这么离开了么

快走吧，太阳就要出地平线了，再不走就来不及回到天庭

天后的毒蝎子已经盯上你了

昨天的太阳已经晒不干今天的衣裳了

昨天的你已经远离古镇去西藏

该去哪儿找你呢

天井，小巷，沙漠，黄河古道，淤泥都已经风干

水都没了，还谈什么相濡以沫，谈什么相忘江湖

听，异乡的鸟鸣是在枯枝上

寺庙的钟声是你故去的园，我还要不要在人群中再去找回你呢

我怎么证明我是我呢，就如同你怎么证明你是我的女人

巴野顿在半夜偷走了他父亲的太阳车
驾车以证明自己就是阿波罗的儿子
不需要验血，不需要去打开棺椁，采一根毛发，做鉴定

夜半的狂飙撞翅了扶桑
太阳火落在地上，赤焰千里，阻隔了玄奘取经的路
没有经文，我们就无法得救

太阳雨淹没了大地，挪亚方舟漂浮于山顶之上
秃鹫在空中盘旋，找不到一个带孔的木轭落脚
一个个精疲力竭地跌落于波涛汹涌的大海
你在秦山岛上，那个最早看到太阳的地方，用身体为它们殉葬

精卫的五色石哟，这个时候，你在哪里呢
是不是滚落稻城，在亚丁的青稞地，在村头的草房子里，偷偷地酿着酒
醉翻了天地，你还要醉翻星辰么
文艺青年的梦想呀
在走秀中获得新生
看看我修过的容颜吧，看看我的笑
看看我的咖啡下午茶
脱下裤子，把毛上的跳蚤扒出来，烤熟了吃

赫拉放出一只毒蝎，咬住了巴野顿的脚踝
宙斯用雷霆用闪电击落了他
众神的洪荒之力合伙拉住太阳车的脚

我能拉住你吗？在悬崖边，在麦田，在高粱地里，唱一首雄性的歌吧，你浑圆的胸脯一直在不停歇地跳跃，晃了我的眼

我请来后羿，用我的箭头，射停了你
你在奔跑中跌倒于坟地之上
背对着蓝天，胸压着大地
水淌成河流，森林长出来了
野狼围绕着火把嚎
你举着火把在田埂上跑

天亮了，路面孤独地跳
我一个人，依旧开着白色的车，迎着太阳
太阳照花了我的眼
我无法凝视

唉，闯了一路红灯，绿灯好寂寞

长歌当哭，你死了，我在夜间推开窗，放一片蛙鸣进来

灵柩飘在空中，如飞天，水木金火土

烧一叠纸钱送一程吧

从今往后，我就要在我的世界里删除你

不然我会噩梦连连，你在另一个世界里也不得安心

再美的身体又有什么用呢，你如流星般飞出我的心，在火化的高炉里，变成了烟，变成了灰

天哪，乌鸣衔着阳光在你脸上逗留，我见到你最丑的容颜

我是怎么知道你死的呢，凌晨三点，我出了一身冷汗，水漫过头顶，我终于知道，无论怎么样坚守，你都是要死的，你的任性成就了你也毁灭了你，你是你命运的魔咒

就如同喀戎终究要死在赫拉克勒斯的箭下，箭头满浸海蛇的毒血

他可是喀戎最挚爱的学生哟，教他骑射，难不成也是为了完成喀戎命运的一句谶言

玩箭的必死于箭下

傲慢的依克西恩王总是在正午，妄想与天后赫拉交欢

生性放荡的宙斯愤怒地将一朵云做成赫拉的形象，让他们在地下室交配

生下了一群半人半马的族群

依克西恩王哟，你可知道正是你的傲慢，害了你的子子孙孙永世不得翻身

喀戎却是因为受到惊吓才变成马人的

母亲斐莱拉又是受到喀戎样子的惊吓，变成了一棵菩提树

一半是火焰，一半是海水

喀戎行走在海面上，如同先知行走在时间的旷野里

有光有水有火焰，呼风唤雨的，是满眼世俗的烟火相

喀戎最终是死在山洞里的

山洞里，火光映红了你的脸

影子刻在洞顶上，分不清是蝴蝶还是庄周

你戴着镣铐在跳舞，偷情的奇风岁月，满足欲望的脸在镰刀上舔血

麦田里，麦秸梗在硬硬地戳着脚，点火吧，燃烧成灰，作为来年的肥料

火是万物的始源么，火能沟通天地么

身体火化了，灵魂就真的能轻松干净么

在我们老家，纸船和香烛烧起来了，风才能把灵魂带走

快去快回吧，廊桥的风铃响了，黑暗中有歌声传来，就等着张弓搭箭呢

上帝、祖先和神灵正默默地看着我们

我们燃烧自己让黄金七弦琴发出鸣响

我们抽空身体让象牙弦拔子在梦里飞

这都是喀戎遗留的乐器哟，死就死了吧，你为什么还在人间作祟

什么时候能学一学嵇康

在菜市口弹一曲广陵散

挥挥手，不带走一粒红尘

从此，天下太平

潘恩的腿是因为爱情而变成鱼尾的，众神狂欢的那个夜晚

英雄逃离现场，你背起女人狂奔，使怯懦成名

让竖琴的音色变得更加忧伤而绵长，如同草原的秋天，空旷、寂寥和深渊

而后大雪便断了归路，人和牲畜都被围在木栏里

闷着头喝酒，做爱，生崽，牛羊们也爬上爬下，在冰雪融化的时候，人丁兴旺，是性欲催生了草木的芳华

黑森林的怪兽哟，就算你有一百〇一个眼，你也看不到天河的水面下，潘恩的鱼尾，有钟鼎、饕餮的图式，那是更古老的记忆

古老又是多久呢，看哪，最厉害的战神也会有脚踵被毒箭射翻的一天

潘恩至少救下慕恋已久的女人，才在天河的湖泊里双脚作茧自缚，一语成谶

诅咒吧，爱情，为了大雪纷飞的夜

我们可以烤着炉火，吃肉和读诗，只是闭口不谈爱情

我是在下龙湾的游船上遇见你的，你的泳装如同你的笑，在浅滩上跳跃

海上的太阳，一样呼呼啦啦的咸和腥，如同女人经期慵懒的味道，在生猛以后的叫

一群人走过，每个人都拖儿带女的

我知道那是跟着摩西走过红海，抬着约柜，背井离乡

嗬哟嗬哟的号子声，在海的中央分出了路，回头就会变成盐柱的，艰难地走进去吧，前面就是可以定居的家

水草肥沃，猪可以养在院子里，满地跑

你的童年是一场梦，梦里在街头又变成蝴蝶，被几个小混混掐去了翅膀，血汩汩地流

你哭了几个冬季，把自己的青春稀里糊涂地交付，自卑，躲避，深夜里，你独自一个人蜷缩在路边，听小镇下水道的流水声，多少次了，你一次次问自己

是潘恩的箫声么，在牧场的尽头有一条河，是谁也不敢涉足的，因为它的水是被诅咒过的，任何人踏进河水就会变成鱼尾

你没有犹豫，拽住了青春的长裙，跳了下去，因为在那个雨夜，无论你怎么拍家的门，天地间都是一片寂寞，没有吱呀吱呀的开门声

你在温水里过了好几年，直到，你的脚也变成了美人鱼的尾

甘心地躺在砧板上，盯着天花板

不再遥望远方，把等待坐实成你的宿命

为了爱情，还是为了其他，孤独的夜里，再没有箫声飘零

众神也没有归来

◆ 水瓶座：侍者、泪水和异乡

情人节是你的生日，玫瑰在瓶里插着，水只有一点点，在里面闪着金色的光

为能在身边陪我，你说宁愿是我的侍者，可以在为我端水时抚摸下我的手

或者做院子里的一条藏獒，每天在我下班时可以让我抚摸你的头

你在出租房里，为我唱着煮酒的歌，青梅涩涩，燕子衔泥，说算了算了，还是永生永世做我身边一只透明的瓶吧，在情人节

哪怕就插一枝开败了的玫瑰，哪怕变成干花

没有水又有什么关系呢，大不了是一条不能相濡以沫的鱼

伊是被宙斯化身的老鹰骗来的，其实干脆是被抓来的特洛伊王子

就因为俊美，就因为心地善良

长得好看就一定会是祸水么，就一定带来灾难么，宙斯色眯眯地盘算，海伦忧心忡忡地牵挂

黑夜来临，诸神欢宴，杯盘狼藉，天神赫拉在角落里磨牙

繁星闪耀，甘尼美提斯拎着透明的水瓶，倾倒清水

哗哗流下的，是海伦挡住奇伦射出的箭，所留下的泪

你仰望夜空，流星就直入你的心，你无所事事，忧伤就如影相随，美貌和忧伤打动了我

知道么，就因为你突然没有了消息，我在意

大利机场，像一只困兽，为你写着诗，拿着长矛对着空堂堂的风

我不是诗人，可又能做什么呢，我不是英雄，只能做做英雄的梦，让你崇拜我

万恶的旧社会一去不复返了

行李贴着标签跟着我呢，空荡荡的大厅里感觉总有个人在偷偷地哭

多少年过去了，你一个人走在路上，三过这个城市而不入，只为能换来时间

和我看一场电影，在黑夜里牵一次手，让我不知道你在黑夜里战栗地流一次泪

幸福么，喜悦么，委屈么，值得么，千年等一回，还是在夜间，在黑暗里，水漫金山

还记得那个夜晚，在那个红色的布沙发里，一瓶红酒被你打翻，水流了一地，你手忙脚乱地把自己放倒，领口开了，袖口松了，粉色的内衣诱惑着我

我摇摇头，满地荒唐，春色已拉了很远，不再回首

往事都成了记忆，在风中，听檐角的铃声

阳光洒过，留下几缕影

◆双鱼座：乡愁、远离和池塘

鱼是有眼泪的，只不过泪多了，便和水融在一起，再也分不清你我

天黑之前，芦苇花在拼命地绽放，给黑夜加一件衣服吧，让黑夜的池塘里，蛙不再鸣叫

再晚就赶不及了，隧道的门已经打开，黑黢黢的，望不到头，赶紧义无反顾地跳下去吧，寻找那个总在你身边走来走去，给你浇水的人

从屋顶上掉下去，就是个男孩，从小就做你的兄弟，跟着你走天下

我还是希望从窗子口钻进去，一定得是个漂亮女孩哟，长大要做你的情人呢

管什么春夏秋冬，管什么东西南北，我原本就是你身旁的花草，你毫无声息地下来了

留下我一个

在没有时间的纬度里，空间好寂寞

二十年前的那个夜晚，大街上灯火通明，我被人撵着跑，逃无可逃的时候，遇见了你

脚步踉跄，头发凌乱

我们和对方打成一团，在青石铺陈的巷子里，跌跌撞撞

吵死人了，丘比特在木星上对着地球射出了他的箭，是金色的

人，一次错误会带来一辈子遗憾

神，哪怕是一次失误，却是生生的悲哀

亲爱的血石啊，你在哪儿呢，我是想救你，慌乱中才拔错了箭的

我怎么知道，金箭射穿了百眼提丰，也射中了你

你们变成情人了

看你们一遍遍起舞，我好寂寞，你会想我吗？你幸福吗？木星上的水好凉啊

水再凉也是故乡呀，我听到竹笛吹响了，海上的独眼怪啊，你放过对奥德赛的诅咒吧

他的欺骗是你逼的呀，他胜利后只想回到故乡的小路，宁愿化作一钵泥土，也不要做英雄

看着伙伴们一个个死去的奥德赛是凄凉的，再也无颜回到江东了，就这么迷失吧

在永久的大海上漂泊

邻居家的那个女孩已经长大，每天头顶着水坛，在海边守望

海风撩起了她的衣裳

那时候的人是没有内衣的

还能说什么呢，认命吧，我的朋友，花开的时候，看看大地，蚂蚁排成弯弯曲曲的线，扛着鱼刺回家

花落的时候，仰望星空，大雁成行，双宿双飞，夜猫在屋顶上叫春

我们终究是要离开的，带上你的牛车和你的家人，重回那花房，浇花养草，我会安心地在你

身旁，看你的微笑

花多是孤独的，花少是寂寞的

一条鱼是寂寞的，两条绑在一起的鱼是孤独的

看哪，牛在池塘边安静地吃着草，青蛙在水里安心地叫，百花盛开

起床吧，守城的时间到了，快去放下吊桥，接离去的花花草草回家

八 十二神谱：星空的逃离

◆宙斯的石头◆赫拉的天空◆阿波罗的月桂树◆波塞冬的母夜叉◆狄俄尼索斯的吟唱◆德墨忒尔的沙漏◆雅典娜的猫头鹰◆阿瑞斯的耻辱◆赫菲斯托斯的铁匠铺◆阿佛洛狄忒的金苹果◆阿尔忒弥斯的荒野◆赫尔墨斯的七弦琴

远古的泰坦神族，在院子里玩着剪刀石头布，夸父正在追着落日

夜晚将至，死亡和性欲的气息浓了，桃花林里大雾弥漫，分不清你我，赤裸裸的

只有呻吟，那是神和神话的国度，和人做着同样的梦

神族第二的克洛诺斯手拿水晶球，说着和上帝一样的话

给我一天的光明吧

就可以推翻一切既定的次序，把隧道重新修建

等你死了的时候，我可以把大门关上，不让你回家

狠狠心把你赶出去，雨天里，你我一起流泪，一个在门外，一个在门内

知道么，栈桥上的蔷薇已经开了，去年的时候，你在里面打滚，拈花惹草

在山顶上给我一间山洞吧，我破坏宇宙的力量可以偷偷地存放，随时可以把第一代神王乌拉诺斯从王座上拉下来

诅咒怕什么呢

不就是轮回被自己的孩子推翻么

至少，过了几年王者的瘾

那是男人最高的梦，实不实现又有什么关系呢

荆棘丛中走，血都流在泥土里了

长出了鲜艳滴血的花，像玫瑰的心

是上天给你预言的么，离婚，离职，一个人在黄昏时离家

后院子的篱笆墙很快就会腐朽，野狗夜猫都会钻进来

夜来香会越开越香

香，在夜空纠缠在一起，打劫过往的亡灵，迷失了回家的路

所有的爱都是有代价的，哪怕是打着爱的旗号，旗杆上也会留下血泡和手印

神族的爱是自私的，是肥水不流外人田

克洛诺斯娶了自己的姐姐瑞亚

瑞亚用布裹住一块石头说是新生的宙斯

克洛诺斯毫不犹豫地将石头一口吞下了肚

宙斯先娶墨提斯，让妻子下药给父亲克洛诺斯，把他吃下去的赫斯提亚、德墨忒尔、赫拉、哈迪斯和波塞冬，都吐了出来

大家伸伸懒腰，如旗云遮天蔽日

有什么对不对的呢，为了王位和女人，父亲囚禁了儿子，哥哥杀戮了弟弟

看哪，玄武门的城墙上，李世民拉开了弓箭，正等着呢

石头，放在了德尔菲神庙，供那些祈求孩子的女人们膜拜

在屁股底下坐一坐吧，说不定不小心就能生出个英雄来

无数宙斯的子孙争先恐后地穿越火线

来特洛伊

参加争夺美女海伦的战争

不知道宙斯每一次把自己的女人送进别人的新房是什么滋味

那曾经属于自己的入口，在黑暗里下闪着诱惑的光

流水潺潺，好几条小船挤在一起

穿过石桥的洞，看你在我的桥上走

我们的灵魂在一起飞，飞过万水千山

你的泪点很低，水总会不由自主地来，把我们一起淹没

你的妩媚是长在我身上的，你的长发如马的鬃毛在风中跑

那是你最妖艳的容颜在吮吸我的血

宙斯又陆续娶了忒弥斯、欧律诺墨、德墨忒尔、谟涅摩叙涅、勒托、赫拉为妻

每一个女人都在用血泪和智慧为他赢来奥林匹斯山的皇冠

他无法装记不住也无法装看不到

赫拉成了天后，对着宙斯说，女人就如同陀螺，无数次抽打才能不停地转

去女人那边么，别忘了带上你的雷霆闪电

是欲望么，是命定么，那什么是爱情呢

神界反正是没有道德的

你可以在夜晚，换成不同的样子
去翻星座上面无数女人的牌
连廊里没有灯，没有孟婆汤
你只有碰运气在栈桥上
等那个走入你梦中，让你跑马的女神

大红灯笼高挂在俄特里斯山之巅
克洛诺斯和他的勇士们
看着被宙斯掠去的女人
流泪，为女人流泪有什么耻辱呢
人生有什么是你的呢
神亦如是，夫复何求

普罗米修斯用抓阄让宙斯分到了天空和很多女人，包括他父亲的女人

在夜晚，群星璀璨，他可以分身去巫山，赴云雨和海水的约会，让黄河之水从天上倒下来

成为天神，就可以在天地间像种马一样地飞
日日飞，像秋天的马拉松，永不停歇，累吗？

◆赫拉的天空

赫拉在这个冬天又一次拒绝了宙斯的表白
刚出浴的赫拉一脸茫然，犹豫地把宙斯挡在了门外
秀发把背影披下来，她的背影在夜色中撩人
吟唱甜美的歌
如同花果山的瀑布从山顶落下来
遮住了水帘洞
不让猴子看到水草和光

宙斯痴痴地在窗外看着
淡蓝色的窗帘拉起，如波浪般起伏
多少次了，就这么站在路灯下
冻僵了就找个地方捂捂手吧
雪花逗留在手心里，不肯化成水

是没有感情么，还是因为是亲姐弟
也许是彼此身体太熟悉了，没有了一见钟情的激动
心不会怦怦地跳
如同花不经历春天，是不会打开它的苞的
让水珠进它的蕊

宙斯太有才了
居然把自己变成一只淋湿了羽毛的杜鹃
在冬天的墙角边冻得瑟瑟发抖
赫拉心生怜悯，把杜鹃捂在胸口，帮它取暖
有了温度的羽毛和皮肤的抚摸哟，不就是火药和雷管么
赫拉的脸开始潮红，眼睛开始迷离

宙斯现出原形，赫拉慌乱中被宙斯拥有

你想要我么，想和我一起做爱么
你扑朔迷离地问，手心里满是汗水
你说老家里少女出嫁是需要洗浴的
等着我
你羞涩地低着头走进水里

我其实只是被你诱惑，慌乱中不知道说什么
躺在被子上把自己裹得严严实实
你裹着丝巾出来，如同《乱世佳人》的女主，贫穷，没有新衣穿，无法像个贵族
就在出门时扯下窗帘
裹住身体
去等待明天的日出

掀开帘，春色满园，水珠从赫拉的头发上滑下来
滴滴答答地落了满玉盘

连续九天，关上门窗，不让鸟鸣和黑夜进来
他们一起在圣床上燃烧，日日夜夜，星辰落入大海，银河直挂蓝天

记得么，为了第一个从黑暗到黎明完整的夜
你隆重地带上你全部的家当，去远方开了一间房
做了家乡的菜，和家乡的新娘
把我放倒在石榴裙下，流水潺潺

你说从未享受过如此的快乐和美丽
在雪山之巅，你看到彩虹如桥般连接大地
我拉着你一步一步爬上来
在深水之潭，你听到蛟龙戏水，哗啦啦天门遁开
如鞭打快牛，花自放
看哪，狂风骤雨之后
水草窒息在沙滩，蚯蚓爬上了岸

整整九个夜晚，赫拉与宙斯生下了九个女儿
她们出生在白雪经年的奥林匹斯山顶
皑皑如处子般光洁，圣堂里玫瑰花竞相开放
胸中只念着歌唱，心里无忧
她们是神的女儿，她们有她们的使命
她们要掌管大地、森林、鸟兽、鱼虫

不是么，哪个孩子不是命呢
也就是借父母的通道来这世界上走一遭，前世没有经手
来世也不再交集
业消业聚，如花开花落，什么时候会去征求流水的意见呢
不用再在孩子的事上多愁善感了，这不是文艺青年的时候了
天地苍茫，百万雄师正等着过江呢
千舟竞发，你马上跑江，英姿飒爽，如履平地
船桅只剩下光秃秃的杆，帆在哪里呢
曾几何，栈桥与江水飞架，抽鞭断流

千年的石榴树结出了果

布谷鸟在枝头歌唱，
孔雀开着性感的屏，
乌鸦在喝着水，痴痴地望

知道么，这些都是赫拉的圣物呢
它们和她一起加冕
在赫拉的天空下，看着宙斯偷偷溜出花园的影
掩上门，跳下去，在黎明之前回来

如同老天看着仓央嘉措打开宫门
去玛吉阿米的小酒吧狂欢
雪地上，是他直直的脚印，深深浅浅的
没有回头
老天下起了雪，把印记覆盖
让飞鸿踏不到脚印怀孕

赫拉的愤怒是纯洁的
她的妒忌是干净的，
算不清的众神在她的裙下弹着竖琴
在宙斯偷着下山的夜晚推开门
挑唆月光下流泪的赫拉
期望在天后的脆弱里分上一杯羹

赫拉推倒石柱，锁上门，断了所有众神的念

她曾经将宙斯的女人卡利斯忒和她的儿子变成熊
把伊娥变成母牛，还用牛虻叮咬
曾经在赫拉克勒斯出生时阻碍他，令他发疯，杀死妻儿

可恶的宙斯，你听着
昨夜，我可以以爱的理由做爱
为你生儿育女，推你坐上庙堂之上
今夜，也可以以爱的理由作恶
让你的女人们担惊受怕，在黎明不让你回家

谁没有迷乱的时候，谁没有成长的阶段呢
赫拉在神道上挣扎，一个人在空荡荡的神殿里徘徊
孤独沾湿了她的翅膀
泥泞了她金色的鞋

等待也是要付出代价的
为了让宙斯在神殿里回心转意地牵一次手
赫拉忍受了整整三百年

三百年的日日夜夜，赫拉在寂寞的园子里种着树
把地母盖亚圣园的金苹果移栽
浇水，施肥，给它们阳光雨露，一丝不苟

这就是蛇用来让亚当夏娃迷情的苹果么
我在里面吃到了你的眼泪

无数个夜晚，你一个人盯着天花板
用泪水浇灌星辰，听呼呼啦啦的风裹紧你的被
好冷啊，看哪，雷霆和闪电在窗外冷冷地笑
知道么，雷霆和闪电就是宙斯的兵器哟
散落在人间做爱

不知道赫拉可有想过离开宙斯去接纳其他众神

不知道她可有耐不住寂寞的时候，哪怕在心里生起情欲的念头

不知道孤独的夜里，赫拉是如何打发自己内心的恐惧，不让黑夜像洪水一样淹没她

放一条雪域的藏獒出来，听狼在月圆子夜的嚎叫吧

或者把自己养的俄罗斯蓝猫放出去，诱惑野猫来西伯利亚叫春

听一听冰面的流响

大地太寂静了，雨水滴进河里，没有了踪影

天空中，月亮被宙斯用金链捆住了脚

不再与太阳争辉

◆阿波罗的月桂树

阿波罗的月桂树

月桂树是阿波罗心中永远的痛
达芙妮宁愿变成一棵树，也不愿被阿波罗追上

做他的女人有什么不好呢
那么多神女就为要多看阿波罗一眼
都从很远的地方来，在树林里发出自慰的笑
树叶簌簌地落了一地
做成最好的婚床，不用担心滚下来
弄湿了衣裳

人都是要为骄傲付出代价的，神也不能例外
大洪水过去了，毒龙皮同喷吐火焰祸害大地
阿波罗从高高的奥林匹斯山下来，一箭就射中毒龙的心脏
飘飘然，如众星捧月

厄洛斯飞过
从帕耳那索斯山峰上
笑嘻嘻地从箭袋中取出两支不同的箭
一支是金子做的，金光闪闪的，似有火焰发出，这是燃起爱情的箭
一支是银做的，颜色灰暗，冰冷，这是厌恶爱情之火的箭
银箭，射向了河神珀纽斯的女儿、水泽仙女达芙妮
金箭，射中了阿波罗的心。

真的只是因为一句戏言么，有情人终不成眷属
这又何尝不是命运的作弄
太阳车从神树里出来，又回到神树
分得清晨曦还是夕阳么
究竟是沉鱼还是落雁，让水中云变成云中水么

达芙妮像旋风一样地跑，和高耸入云的树撞了满怀
她逃跑的姿态是性感的
经过河流和草原的线条是诱惑的
令阿波罗迷醉和抓狂

达芙妮赤裸着脚，在荆棘丛中奔跑
崎岖不平的山路上，是阿波罗带血的欲望

亲爱的，你跑得慢一些吧，别让石子硌了你脚上的大地
别让树枝遮蔽头顶的星空
回头看一看吧
南山湖边的彼岸花已经开过几个轮回
曼哈顿海滩上每天升起的太阳，已经把贝壳和海草无数次冲到沙滩上曝晒
凤凰的古森林哟，一眼望不到头，让人窒息，让人恐惧
让人向往树顶上漏下来的那一丝光
我们曾在这光里，赤脚走过稻城亚丁
一前一后地躲在门前的青稞地里
玩着孩童的游戏
祈求原始女巫的降临

让我们重叠在一起等待金箭吧

不要再让银箭把我们分开

你穿着古色的装，套着雨衣和戴着草帽，风铃草般地在前面走，偶尔也回回头

是诱惑我继续在后面追你么

还是习惯性的回眸，看看身后扬起的尘土

能给世人以神谕的，一定是我们无法谈妥的命

在旷野上奔走呼告的先知哟，你就让卡珊德拉在梦里

在神庙前的台阶上

与阿波罗交会吧

归还她占卜的神咒，指引克瑞乌萨将双胞胎装在一个篮子里，放到激情燃烧的山洞中

篮子里有奶瓶、尿片，和写着生辰八字的纸

山洞里没有了水，水都淌干了，满是燃烧后的灰烬

幸好还有一些温度，让孩子们在这个冬天不太感觉冷

折一把月桂树的枝盖在篮子上，让蛇进不来

逃跑吧，达芙妮

就算你的身子变成了一株树干

你的头发变成了浓荫的树叶

你的手臂变成了树丫

你的脸变成了树冠

你的脚钉在地上变成扎入地下的树根

我还是不会放下你

你依然是我心里最美最妖艳的存在

“虽然你不能成为我的女人，但你将成为我的圣树。我的青春常在，你也将四季常青，枝叶永不凋零。”

阿波罗亲吻着树枝，喃喃地说

阿波罗呀阿波罗

我不会接受你的

我不是你的唯一

纵然有很多女神在黎明的树林里等你一起喝一口树叶上的雨露，我还是不会接受你

你可以在我死后抱着我后悔地哭

使劲摇我的树干，亲吻我的叶

我还是会在风中躲闪你

你可以折下我的枝条盘成王冠，我会让我的叶很快就枯干，不让它帮你遮蔽风雨，不想看你和别的女人眉来眼去地恶心我

我没办法把你赶离我的树荫下

我一定不会让你来我的树上做巢，招蜂引蝶地蜇痛我

阿波罗啊阿波罗

你忘了你的母亲勒托怀着你到处流浪么，惶惶乎逃离大地，像一条无家可归的母犬

最后只能在阿得罗斯岛上生下你们姐弟么

你的姐姐阿尔忒弥斯出生后九天就帮着接生你，你花了七天七夜才生下来

知道么，我不是你的母亲，但我能感受到她

的痛苦，你也不是你的父亲宙斯，你不能和他一样风流

这样的苦痛加在我身上，我会死

阿波罗啊阿波罗，你不用去怪罪厄洛斯
和他的银箭无关
是我不相信命
也不愿接受命运的安排

为什么太阳就必须从东方升起
为什么月光殿里，忍受寂寞的是嫦娥、月兔，和旁边的月桂树
你们男神却可以到处寻欢作乐
随心所欲地拈花惹草

就算月桂树草木枯死
我依然是神的旗帜
要在奥林匹斯山高高地飘扬
等待只属于我的金色的箭
射中我的心

死亡又有何惧呢
看哪，月桂树下又一对天神在逍遥
有风自海上来
吹湿了呢喃
吹皱了旖旎

◆波塞冬的母夜叉

女人们，穿着黑袍，从黑黢黢的弄堂里出来，排着长长的队列

送波塞冬的灵柩上船

里面没有波塞冬的肉体，全部是黑漆漆的欲望，砌成的棺，冰冷得如天上的星星，哈哈，那是宙斯的宴请吧，诸神狂欢时发出的笑，瓶倒在地板上，酒水从神殿里灌下来，变成了海，那是波塞冬的床

波塞冬把自己变成了种马，在德墨忒尔藏身的牝马群里，他撸着裤腿拼了命地翻腾，从天上到地下，就为让德墨忒尔站出来，接受他的强暴

德墨忒尔来到拉顿厄斯河中洗去波塞冬的痕迹

期许让自己重新变得清洁起来

就算把全身都搓破了又有什么用呢

德墨忒尔还是生下了一个女儿和一匹会说话的马

马群如流星般散落在大地

德墨忒尔可是他的姐妹呢，还是逃不脱预先设定的命

究竟是谁用最后的那只手，在遮着天

把众神都圈在里面，没了命的跑

如在旋涡里打转

为了给纳格索斯岛上舞蹈的安菲特里忒一个尖叫

波塞冬变成了鲨鱼，潜入海的深处，那是他的地盘，他的家

安菲特里忒无奈地坐上海豚的背，成了波塞冬的

新娘

马是波塞冬的奇迹，也是他送给大地的贺礼，人们可以在马背上做很多事

可以骑马去夜晚的树林看萤火虫跳舞

去大象的墓地，听远处寺庙的木鱼声

在山崖边坐等太阳升起的第一缕光

虽大汗淋漓，却总能听到那棵树在扑朔迷离地响

波塞冬变化成一匹马

和生有满头蛇发、野猪似的牙、青铜的爪子、能使人石化眼睛的美杜莎

执手相看，两相情愿地交欢

他们躺在一块鲜花盛开的草地上睡觉

赫耳墨斯和雅典娜帮着珀尔修斯乘机砍下妖怪美杜莎的头

美杜莎的身体里生长出克律萨俄耳与珀加索斯这两匹著名的马

波塞冬也是帮凶么，他用爱的名义，帮着把美杜莎的头割下

可怜的女人哪，她还在头被割走的瞬间，为他生下了两匹马

长得丑陋就是罪过么，就不该有爱情和性的欲望么

关上门，黑了灯，身体都一样沉浸在黑夜里

高山和大地，草原和水床
一样长出参天的大树让爱情在树荫下
乘凉，变成灰烬

波塞冬的女人很多，她们帮他生了很多孩子
和孩子们一起成长的是波塞冬对奥林匹斯山的欲望
欲望下面是深不可测的海

汹涌的波涛起伏，你踏在水面上，让水鸟在你的头发里做窝
你还在等待什么呢，生命中的曙光已经被海水熄灭
不如随波逐流吧，还能听到巡夜的海豚在兴奋地叫春

◆狄俄尼索斯的吟唱

狄俄尼索斯是缝在宙斯的大腿里活下来的
天地间一片黑暗
天后妒忌的怒火在燃烧
一如既往的高潮般体验
过山车似的上上下下的轰隆隆响
不是所有的人都能有容忍的智慧
不是所有的时候都能容天下难容之事
赫拉的笑挂在嘴边，泪水也在往外面流，流到哪，哪里的女人就遭殃

如同江边农妇在石块上捶打的衣服
江水在浅滩上激荡，完成衣服对水的渴望
不，是泥泞对于明镜的向往

在伤痕的火烧火燎中
和另一个空间的灵魂碎片沟通
走向涅槃通向圆满
如同燃烧的纸钱
上可以直达冥土
下可以埋进水里
点化众生

什么时候可以挥挥手
如清风明月般风轻云淡
不受太阳的牵引
什么时候可以揉揉眼
让阳光把沙子软化在水里
不受黑暗的侵扰

潮汐的力量哟，在天地间泛滥

宇宙被整成一只混沌的球

肆无忌惮地横冲直撞

一剑把混沌劈成两瓣

或者给混沌捣几个洞

让它可以看人，可以呼吸，可以吃东西

是谁把混沌生下来的呢

没听说哪个天神生下来是球一样的巨兽呀

能够一口吞下天地，回到元始天尊的黑暗时代

这是不是就是命运那看不见的线，经纬天地

飞得再高，也扯着风筝，其实，你从没有庄周的逍遥

所有人都只能在命运的床幔里，打滚

你的生老病死，富贵灾难，你的结婚生子，你和女人翻手云雨

都有眼睛在纱帘外看着呢

我们终究是没有隐私，没有道德，没有自尊，没有羞耻

只有赤裸裸的天性和一颗赤子之心

在天地间轮回

天神也没有例外

究竟是谁的眼睛呢，要看的东西太多啦，一草一木，一沙一石，飞虫走兽，人鬼蛇神……

我很替这双眼睛累呢

真想看到那清明澄澈的世界，没有死亡没有性爱

没有妒忌的性爱是亲情

有了妒忌的性爱是毒酒

是在亲情里其乐融融，举案齐眉
还是迷离在杯中
有弓箭、蛇影和夜光的葡萄
有青纱帐、胴体和一片狼藉的高粱地
喝一杯就去远方的沙漠里寻找水源
喝一杯就在四面楚歌里跳自刎的舞
都是为见证爱情，让生命活着

塞墨勒拿生命的焚烧为代价
只想见一下自己真实的男人
有血有肉，可以触摸的男人
生病的时候，可以在旁边端杯水，嘘一嘘冷暖
噩梦惊醒时，可以有人在旁边拍拍背，摸摸胸，继续睡
春雷滚滚在半夜来敲门
可以不用把耳朵堵上，直接躲到你的怀里
看窗外闪电的模样
不用再闭上眼睛
感受你的温存，若有若无的，无比激烈的
天地间一片寂静，我们飘浮在空中，耳朵背过了气

塞墨勒在宙斯的霹雳棒中结存生命和爱情，把自己在巅峰的瞬间变成了火山灰
留下狄俄尼索斯这个不足月的孩子
在大地上黑暗中流浪
弹着马头琴乞讨
在丰收的时候，吟唱葡萄美酒的药方
那是用母亲的泪水换来的祈祷

在化为灰烬的瞬间

灵魂融进水里酿出的酒

让狄俄尼索斯可以活下来

孩子啊，请不要抛弃我，我有我的命运，我不想糊里糊涂地过

塞墨勒的魂陪着你在游荡

如同宝剑镆铘的出世，最终还是以镆铘跳入剑池

三魂六魄和干将合为一体，让剑成型

为牺牲，为祭祀，为岁月清供时上一炷雌雄同体的香

传说是塞墨勒受了赫拉的蛊惑

其实，我觉得不是，是冥冥之中大手的拨弄

镆铘真的就天下无敌么，干将在哪里呀，

偷偷摸摸地离开你的城

你的城，鲜花在自言自语地怒放

来不来看我，抚摸我又有什么关系呢

小鸟停在狄俄尼索斯的竖琴上，唱着忧伤的歌

人们跳着欢快的舞蹈，祭献初始的夜

篝火的游戏玩了几千年

无数个生命在过道上狂奔，推着独轮车出来的是酒神和欢爱

车上是一麻袋的葡萄籽和皮，还有塞墨勒临终的泪

从树枝上摘下葡萄的那一刻
葡萄便是死过一次了
把葡萄压得支离破碎榨成汁
就是死过第二次了
经过发酵再变成酒
便是死过三次了
死过三次而获得新生
那便是天神的待遇了
当然也是虔诚信徒们的渴望

一步一个脚印，踩着预先设定的点往前走
前面是白云和悬崖
勇敢地跳下去，还是那个声音推着我
我掉在棉花堆里使不出劲来
只有那双眼睛在看着我喝酒和弹琴

到哪儿能找个地方挡一挡你的视线呢

我是狄俄尼索斯的传人哟，再找不到四方可以吟唱

◆德墨忒尔的沙漏

雨水打湿了花的翅膀，容颜垂下了头
枯萎的子宫，没有了孩童般的嬉笑
贫瘠的大地，原野在燃烧
种子没有了光明
黑暗从四面八方围上来，水泄不通

九天九夜了，从德墨忒尔找不到珀耳塞福涅那天起
庄稼全部死在黎明里
草木不再生长
河流干涸
泥鳅活蹦乱跳的在马路上，满身沙尘，一会儿就如同侏儒在自卑中低着头，口吐白沫

露珠从叶片上滚下来，被大地勾引，剥了个精光

哪里还有什么丰收和沉着的品相
麦穗和镰刀在风箱里同房
生下来的麦秸梗
在潮湿的泥土里被点燃
浓烟滚滚，车轮碾过，带起瞬间的风
让风筝上天，我在下面奔跑，等着雪国

珀耳塞福涅是在悬崖上采花时
被冥王哈迪斯强行抱上黄金马车
抢回冥府做他的压寨夫人
逼她服下石榴籽，想不起家的方向
不再想德墨忒尔在村口来回不停地张望

珀耳塞福涅可是哈迪斯的亲侄女哟，就这么被逼上阎王殿，做了冥后

神的国度里是没有伦理的，每个神都有独立完整的人格

有的是一诺千金，有的是明知不可为而为之

诚义和担当远比爱情来得重要，性爱和坦荡远没有次序来得不可僭越

黝黑的大地，幽暗的深渊，澎湃的大海，星辉奕奕的天空

星河斗转，宇宙洪荒

什么时候该做什么，什么地方该出现什么

神呢，只能顺着命轮走，命是天定的，就算奉上性命，搭上自己心爱的女人，也会毫不犹豫地走过去

生在命面前，如同一只破碗，盛不住水

神口渴时一样得用自己的双手，把水捧起来喝

爱情有什么用呢，又不能当饭吃

漂亮有什么用呢，又不能天天抱着啃

奥林匹斯山的神灵哟，你们一起做个证

一定要让罂粟花开在岩石上

用结出的果，麻醉整个森林

让我们在夏日的秧田里满身泥泞，在冬日冻僵的雪地上犁田，为大地梳理一下表面的皮肤

扎一把麻花辫吧，让生命上下一起活脱脱地笑

没有胸衣的束缚，跳起来会有点疼

自由是在没有知觉间被拿走

还来不及谈价格，就被装进笼子里，铺上羽绒被，带上抱枕

很舒适地和女人说晚安

珀尔塞福涅在冥界度过冬天回来的时候

德墨忒尔等到了她

春天跟着就来了，没沾沾水，雪就化了，万物复苏

直到秋季她又回到冥界，冬天就再度有了约会

一起坐在壁炉边

谈人生谈理想谈爱情

床头上是一把明晃晃的刀

舔一口刀尖上的血，让生命慢下来

德墨忒尔还是一个人在村口老槐树下来回不停地转圈

丰收和瘟疫，在大地上蔓延，点石成金么，生疏了回家的路

老马在十字路口吃草，悠然见南山

◆雅典娜的猫头鹰

雅典娜的猫头鹰是在夜间起飞的

霁色初开的时候，来亚特兰蒂斯城头上敦促城民们离开

火山就要爆发，大陆就要沉入海底，波塞冬的三叉戟已经撑不住海天一色

人们用石块砸向它

嫌它难听的声音

在海滩上留下的脚印

可怜的人们啊，无论你怎样冲动和自私

还是给别人和给自己一个机会吧

听一听从奥林匹斯山飞来的声音吧

生命和别人无关，火山喑哑很久了，街舞已经开始多时，是躁动，是蓬勃的力量在宣泄

性是干什么的呢，是爱么，是临刑前刽子手的号叫

好快的刀，头还在空中飘

雨成群结队地下

水从屋檐上滚下来

带着葫芦的籽冲进土里

让大地受孕

雷电交加，宙斯变着面孔来回登场

从这家留的门钻进那家的窗，肥沃泥土里的希望

等不及把大树长成方舟了

直接把葫芦砍下来，让葫芦漂浮在日月山川，接受星辰的朝拜

伏羲和女娲用磨盘石打卦交尾，生长出风一

样的祖先

葫芦是他们的滚床

宙斯的畏惧呈现在预言里，结果从他的父亲开始就已经注定

墨提斯被吞入腹中

在黑暗里做着无法无天的梦

葫芦藤把梦捆起来，开着黄色的葫芦花，花蔓延成花海

宙斯头痛欲裂，在泥土里翻滚

火神赫菲斯托斯打开宙斯的头颅，让雅典娜跳出来

你的出生就把暴力雪隐其中

特洛伊木马是你儿时的玩具

电闪和雷鸣落进深渊，你行走在面渊上，说要有水，要有光……

混沌绽起波澜，漆黑的怒潮向天神开放草原，让牛羊在冬天可以牧草

围栏里的牛粪晒干了取暖，在围炉里生出受精卵的味道

擦一擦黑色的碗，满上酒就可以喝了

我豪情万丈地在深渊里勃起

不用等到凌晨

水退下来

就是干涸的大地，就是裂缝和脚印

鱼虾在烈日炎炎的河床上兴奋地跳

如同激情燃烧的潮

从雪山上囫囵吞下的是一马平川

赤裸自己的身体，来我的花蕊里筑巢吧，不让鸟进来，省得又到处拈花惹草，让树长到了房顶上，长到了烟囱的鼻子上

风雨飘摇，鸟粪被追着默默地跑

你是智慧的象征，你的权杖里猫头鹰在做着窝

快去救你的母亲吧，她的明眸还在你父亲的肚子里

黑暗地闪着光

真的是心甘情愿么，还是无可奈何呢

真的命运使然呢

还是天神的欲望在人间的借口

智慧女神呀，给出你的答案吧

让诗人可以不用在夜半醒来时遗精

喝口水，关上灯

在黑暗中，继续睡

雪隐之门

◆阿瑞斯的耻辱

老家的床一年四季都会有蚊帐
蚊帐可以把苍蝇蚊虫挡在外面
也可以很容易地把钻进来的消灭掉
人安居其中，乐不思蜀
如同河堤围住河水的同时，也圈住了淤泥和水草
让鱼虾在里面快乐地繁殖

逍遥是以无为代价的
一如束缚是自由的代价

赫菲斯托斯用一张无形的金网
把阿佛洛狄忒养在闺中
玫瑰花爬出了墙，幽香招来了蜂蝶
墙里墙外，春意盎然
究竟是花香出墙迎来了蜂蝶
还是蜂蝶围着南墙打转，一波一波地往里闯呢
如同究竟是火用光引来了飞蛾，还是飞蛾的生命只有在扑火里才能获得涅槃呢

阿瑞斯穿过长长的奥林匹斯山脉
来和阿佛洛狄忒幽会
钻进网扑上床
如果
阿瑞斯看出玫瑰花的婚床原本是个陷阱，还会钻进去么
如同飞蛾看到了火焰在燃烧

谁又能拒绝美神的诱惑呢
玫瑰总是带刺的

台阶上，花肆意地开着，花蕊粉粉地敞着怀

直引得蜂蝶一步一步飞过来

望风的夜神阿勒克特律翁哟

你为什么在熏香中打着盹呢

知道么，黎明压过黑暗，小鸟开始歌唱

金网现身罩住了巫山，网住了云雨

赤裸裸地拉倒在空荡荡的神殿上

春风从光着的身体上穿过，夹着昨夜狂欢纵欲的味道

还没有早朝的天神们都从床上爬下来

听火神那瘸腿的咆哮

被绑在奥林匹斯山神柱上的究竟是战神阿瑞斯

还是美神阿佛洛狄忒

还是火神赫菲斯托斯呢

天神们衣冠不整地哄笑着散去

耻辱就如同石子落在水面

稳稳地沉到海底

一切都妥妥帖帖，在海床上生根

海神劝说火神打开渔网，让两条光光的鱼游进海里

鱼有衣裳么，神有伦理么

上帝造人时只禁止了吃苹果呀

亚当和夏娃在伊甸园里

用树叶遮挡着身体

挡住的是上帝之眼，还是彼此的目光呢

反正和风雨无关

◆赫菲斯托斯的铁匠铺

火神的童年是在海边长大的
见惯了被冲上乱石丛里的海星海草
在暴晒中死去
冷漠的暗礁
孤独的海啸
每天都有流星如夜莺般歌唱
那也许又是某一个天神的孩子
被从神山扔了下来

宙斯从大腿里取出了阿波罗，从脑袋里跳出了雅典娜
赌气的赫拉尝试着单性繁殖
一个人生下了赫菲斯托斯

赫菲斯托斯
因为跛足丑陋而惨遭天后母亲的抛弃

神的国度里怎么会有如此冷酷残忍呢
人类的善良，是神制造出来的
让人匍匐在神的脚下，心甘情愿地敬畏
那人与人之间呢
耶路撒冷啊，一堵哭着的墙

奥林匹斯神殿里只有率性和狂欢
只有自由和欲望
一切都是意念的生成
一切都是元神的交流
也许人类童年的意淫
不自觉的自我慰藉

原本就是天神们一时的性起

天神不仁，以人类为刍狗

战争，屠戮，死太多的人又有什么关系呢

神来到地球的时候，看上了水草肥沃

看上了春暖花开

他们在大海边繁殖生命

各种所谓的奇珍异宝

各种山海经里

我们今天再也见不到的怪物猛兽

原本就是天神们生产的不成熟产品

很多被试用于提坦之战，引希腊和特洛伊的英雄为海伦折腰

一部分被派往炎黄和蚩尤之间的部落争斗

夸父，刑天，赫菲斯托斯，这些上古的神灵哟

听起来总像天神们制造的残次品

缺胳膊少腿的在大地上奔跑

呼风唤雨

女娲造人也好，上帝造人也罢

不都是泥沙水土和合而成么

大不了再吹一口气送人一个魂魄吧

天神抛弃一个孩子

就如同孩子会把很多玩具遗忘在墙角里

结满了蛛网

赫菲斯托斯是有神性的，他在火焰中锻造自身

他的使命就是帮助天神们，拈土造人

照天神自己的模样

让人类繁衍生息

赫拉是因为海洋女神忒提斯的一枚胸针

让赫菲斯托斯重返神殿

还把奥林匹斯山最美的女神阿佛洛狄忒嫁给了最丑的火神

很少有指婚是幸福的，神也不能幸免

阿佛洛狄忒和很多的天神有染

美神从骨子里看不上丑陋的火神

丑陋的自卑在美丽的高贵前溃不成军，一泻千里

雨后的蔷薇飘落在水面上，星星点点

洞房花烛夜

火神的欲望都被自卑燃烧殆尽，好紧张哟，如烧焦后的灯芯一蹶不振

美神的欲望在高贵地抬着头，亭亭玉立于波涛汹涌的海面上

冷漠加剧了自卑，自卑让冷漠更加冰冷，一枝红杏跑出了神殿之外，活脱脱的春意阑珊

月光下，来了战神，走了酒神，太阳神驾着马车来回地穿梭

火神祭起了无形的金网，把阿瑞斯和阿佛洛狄忒关在了蚊帐里

黑暗来来回回地走
黎明往往去去地来
被子掉在地上，枕头垫在脚下
衣服如花瓣稀里哗啦地散落

战后的废墟上，一朵玫瑰在瓦砾里水淋淋地流泪

美神躲进了自己的神殿
火神用圣山的峦石
和奥林匹斯圣火
打造了一枚精美绝伦的戒指

本来这世界上是没有玫瑰花的
阿佛洛狄忒从海面上升起的时候
天地间才有了玫瑰的香味
火神把玫瑰花刻在了戒指上
又刻上布满尖刺的荆棘
所有爱情都是需要付出代价的
所有情欲都是要拉上窗帘的
羞辱和忠贞被抛在月台上
任由过往的马车
践踏

阿佛洛狄忒还是没有开门
她从窗台上偷偷地爬下来
在泸沽湖畔的篝火旁跳起了脱衣的舞
来吧，强暴我吧，挺起你的枪，把我的世界点燃

玫瑰花戒指在门前的台阶上闪着冷眼的光
火神坐在台阶上，一头雾水

◆阿佛洛狄忒的金苹果

天神也有永远逃不脱的魔咒
爱琴海惊涛拍岸
浪花被无情地留在了沙滩上
供开裂的嘴唇如婴儿般吮吸
很快就没有了踪影
石头缝里长出了蓝色的彼岸花
是忧伤么，还是命数呢，悬崖上，有人在声嘶力竭地问

唱一首求偶的歌就能打发海水的孤独么
宙斯的权杖闪着销魂的光
在海上，如皇冠般跌宕，如婚床般起伏
像幽灵一样逡巡大地吧，给裂缝捎去一份水的阴凉，滋润大地

二代天神克洛诺斯在一个月黑风高的夜晚
将一代天神乌拉诺斯阉割
神殿里到处静悄悄，山顶的积雪还没有融化
儿子就把父亲的命根扔向了远方
一直落到爱琴海
血液滴进了海里
从溅起的海浪泡沫中诞生了美神阿佛洛狄忒

阿佛洛狄忒是源于生命最原始的欲望
从此，奥林匹斯神灵的欲望之火被点燃，被搅动
天上地下，天神们赤裸着身体，上蹿下跳，到处播撒种子
满足本能的冲动

性欲和情欲有什么区别呢

纯粹自然的要求

在头顶上的璀璨星空，是不被指责的

祠堂外面的水塘，月直勾勾地照着魂

沉下去的布袋中

是出轨后被鞭刑的裸体

成双成对点了天灯

啊，我明白了，天神们是性欲，刍狗们是情欲

性欲只需要摘一片苹果树的叶子

挡一挡对方赤裸裸的目光

情欲则必须在私密的围墙里，再覆以草顶，遮天蔽日

天神是可以性交的，人类却只能做爱

同样的高潮体验，同样的孕育生命

性交和做爱有什么不同呢

奥林匹斯神殿里最美的欲神呀

你和众神们一边风流，一边在云端掩着嘴笑，雨流成了河

嘲笑着人性的虚伪

阿佛洛狄忒从海面上升起来

赤裸的胴体踩在一片荷叶上

姿态婀娜，没有遮盖

毛发上挂满晶莹的水珠，如熟透的苹果流出来的汁

风神齐菲尔吹着和煦的海风

把美神送到了岸边

缓缓地，海风撩起欲望，让帐篷凸起
众神的眼珠和鼻血滴进海里
滋养成群结队的海豚，让它们去追逐花香

粉红、白色的玫瑰花在美神的身边飘落
果树之神波摩娜给她披上了红色的嫁衣
把手牵给火神赫菲斯托斯
温润的玉在铁匠的手里破茧成蝶

培养一朵玫瑰，一定需要牛粪么
赫菲斯托斯的铁匠铺里，炉火烧得通红
那是要打造金色的网和玫瑰花戒指么

神殿外的玫瑰花房
阿瑞斯挥汗如雨
战斗在生命的前沿
战神么，要的就是马革裹尸，尸横遍野
硝烟散去，美神生下了爱神厄洛斯

厄洛斯十岁的时候
火神送了他金箭和银箭
箭箭直抵人的心
爱恨情仇都显现在颜色里
为什么火神不全部锻造金色的箭，让天上地下到处都是情爱
到处都是欢愉呢
自卑是妒忌的通行证
狭隘是作恶的条形码

神圣的、欲盖弥彰的夜晚，充满呻吟和嚎叫

美对于女人是致命的，天神也不例外
宙斯让帕里斯把金苹果送给最美的女神
引发了神殿里女人们的纷争

赫拉许以母仪天下的皇冠
雅典娜让猫头鹰在夜晚衔来了智慧的花环
阿佛洛狄忒把美女海伦脱光了送进帕里斯的被窝

可怜的特洛伊王子哟
在海伦的色诱下
把金苹果判给了阿佛洛狄忒
也把灾难和血腥带给了特洛伊城，潘多拉的盒子打开了

斯巴达王冲冠一怒为红颜
荷马史诗中的英雄们从此踏上了一条回不了家的路
万舟竞发，万箭齐飞
不屈的灵魂，不灭的碎片，在城墙下的沟渠里翻滚

是女人的美丽引发了战争
还是男人好斗的本性使然呢
看哪，生命在为刀口舔血而狂欢
飞檐走壁的是流浪猫的叫春
满是饥渴，满是欲望

向日葵总想跟着太阳转
其实太阳是不能凝视的
如同死亡
欲望总盯着美丽走
其实美丽也是经不起折腾的
如同高潮的时候都是相通的
都是短暂的
如同死亡

咬一口苹果吧，像一个屁股的形状，充满毒药般的欲望

须臾不离你神圣的梦想

◆阿尔忒弥斯的荒野

在荒野上赤脚
奔跑是阿尔忒弥斯的最爱
金色的鹿是她如风的坐骑
短裙、猎靴和马尾辫
弓箭在森林里追逐阳光，不让黑暗落脚
踏过的草叶片上满是蛛网滴下的泪

做一辈子美丽、青春的少女吧
在男人的世界里，太阳是热的，会把你的脸晒黑
月亮是冷的，会把你的手冻裂
土地是肮脏的，没有粪便的陪伴，是长不出五谷的

父神啊，请赐我处女之神的荣光吧
我要让我的身体如莲花般洁净
灵魂如萍水般轻盈
内心如雪花般清明
纯粹处子的闺房哟，如透明的玻璃栈桥
横跨在悬崖的两头
空空荡荡的风吹过
穿越所有少女的梦想

处女都是有洁癖的
人无癖不可交
阿尔忒弥斯连男人的目光都无法容忍
阿克泰翁只是瞥见了女神在河中戏水
蔷薇花瓣落在水面上，盖住了所有的绿
狩猎女神就把阿克泰翁变成了鹿
让他被自己的猎犬撕碎

猎犬放牧着卡吕冬野猪
在国王俄纽斯的土地上横行
引古希腊英雄们竞相折腰，血洒狩猎的围栏

阿伽门农杀死了狩猎女神心爱的牡鹿
古希腊远征特洛伊的舰队
被狩猎女神咆哮的逆风
困在了奥利斯港
惩罚阿伽门农将自己心爱的女儿
送上女神的祭坛，变成祭司，许她在很多年以后才能回家
英雄们的旗帜，才可以浩浩荡荡地飘扬在血流成河的海面上

处女是没有春天的
万物复苏，嫩芽都在柳枝头
傍晚时分，躲在树后面，招先前的魂在幡上
不知道阿尔忒弥斯有没有春心荡漾过
不是说天人的国度里，目光交会就能繁衍后代么
为什么天神们还是争先恐后地在夜晚爬上别人的床

是寻欢还是配种
天神的欲望，在人间的十字路口迷惘
深山里的古镇上，家家户户遍插杨柳
不知道该推哪一家的门，该从哪一扇窗口爬进去

男女之间的性爱是不洁的
同床后的血不能清除百年以上的污秽
侍女卡利斯托被宙斯强暴后怀了孕
狩猎女神再一次愤怒了
用漫天飞舞的箭将她逐出了狩猎场

大雪纷飞的除夕夜
卡利斯托在街头的路灯下冻得直跳脚
看烟花的灰烬
黑压压地落在银装素裹的大地
把儿子阿卡斯生在了荒原深处的草丛里

一个人用嘴咬断了脐带

上帝说玩刀的必死于刀下
卡利斯托帮着狩猎女神追赶了一辈子野兽
最终还是被天后赫拉变成了熊
终日躲闪着弓和箭
再不能陪阿卡斯长大

阿尔忒弥斯在神殿上冷漠地看着天地间的太阳与月亮的更替

人类可怜的生命哟，就如同蜉蝣，晨生而夕灭

也许原本就没有对错，有的只是一念之间的善恶

甚至原本就没有善恶，有的只是因果报应的如影相随

就如同海和水，波和涛，灯和光

宇宙间无数星辰在毁灭

无数星辰在诞生
我们踩死蝼蚁的同时，天神也蹂躏着我们
谈什么人命关天，蝼蚁的命呢，它们也许关乎着大地呢
盖亚女神抖一抖身上的泥土，吹口气
不就是地震、飓风和海啸么

在神的眼里，人就如同蝼蚁，是没有未来的
就如同在人的眼里，蝼蚁辛辛苦苦建的洞房经不起一泡童子的尿
蝼蚁有爱情么，有婚姻么，有家庭么
蝼蚁有尊严么，有道德么，有自由么
蝼蚁们祖祖辈辈追求的梦想、理想、野心
在人的眼里是无足轻重的
如同脚底上闲着的一颗尘

男欢女爱是神圣也好，是亵渎也罢
狩猎女神的眼里，洁净是唯一重要的魂
就如同水至清则无鱼

为什么宙斯的业要卡利斯托消
为什么赫拉可以肆无忌惮地恶
就因为宙斯是天神的皇，赫拉是天神的后么
那还有没有更高的神，他们可以随心所欲地对待天神呢
我觉得是应该有的
不然为什么人类的繁衍必须通过交配呢
天神造人的时候，就是模仿他们自己的七情六欲的呀

人类的独轮车很吃力地推着往前走
在古老的荒原上
南辕北辙地跑

杂草丛生，就可以狩猎了么
再下点雨吧，跑起来可以滑溜些
让尘土不再飞扬
不用捂住鼻子辨别雌雄

◆赫尔墨斯的七弦琴

赫尔墨斯在柏拉图的洞穴里歌唱
是摇篮曲么
母亲在四处逃亡呢
躲避宙斯
躲避赫拉
风把沙子扬起，让神殿坍塌

在黑暗和森林里落脚
火堆前的舞蹈
映在石壁上，哗啦啦作响
如泰坦巨神发出的吼吼声

黑色的影子纠缠在一起
哪一种更真实呢
舞蹈、火堆和媾和的身体
时间久了，阴影就会在洞壁上歇脚，如达摩坐禅
存在久了，就分不清虚幻还是现实
如同在泥潭里打滚
衣服上没有一丝的净
祖先的荣耀呢
坟墓里炊烟袅袅，没有了寸缕

伊俄到底还是被赫拉抓住锁在了山洞里
百眼巨人阿耳戈斯看守着她的容颜
赫尔墨斯从遥远的奥林匹斯山上来
给巨人唱悦耳动听的歌
讲一百〇一个冗长的故事哄着巨人入睡
一百只眼睛闭去了
赫尔墨斯抽出月牙形的弯刀

砍下了巨人的头

帮着宙斯救出了情人

赫尔墨斯还是婴儿时，就曾挣脱了襁褓

杀死了巨型的龟

用龟的壳、三根树枝

和几根弦做成了天底下第一架七弦琴

七弦琴是女人的福音么，音乐走在大地上，让八月沉醉，让九月痴迷

多少女人心甘情愿地失身在赫西俄德吟唱的神谱里

如同那个百眼巨人般沉沉地睡去

把自己的身体交付给天神们狂欢

赫尔墨斯还在母亲肚子里的时候

就曾突如其来地伸出手

抓住了宙斯的霹雳神杖

噼噼啪啪的闪着雷电玩，如幽王烽火戏诸侯

深深刺痛了赫拉的心

诅咒赫尔墨斯为天下盗贼的王

他一生下来，就爬出摇篮，偷走了阿波罗的牛

他在牛脚绑上苇草和树枝，让蛙声成片地在后面追

牛在森林里行走，没有了心结

他杀了两头牛，分成十二等份，在一个花好月圆夜

祭献给奥林匹斯圣山的主神们
包括他自己

这时候他才是刚生下来的孩子哟
他做贼的天赋就显现出来
偷天偷地偷日月
谁规定了宇宙间的星辰是谁的呢
父神啊，请不要抛弃我
我也是你的子民
应该分得我的一份
父神呀，请不要惩罚我

我和你一样，你拿的是富可敌的国，我拿的才是阿波罗的牛

谁说天神的牛就不能拿的呢
牵走几十条牛怎么能算偷呢
赫尔墨斯坐在山洞口的石头上
优雅地弹着七弦琴

琴声曼妙
如洞口走过的女人身材
令阿波罗着迷

阿波罗请求用牛来换他的七弦琴

从此，日日夜夜，驾着太阳马车，往返于天地之间，只为打湿自己的欲望

走婚是没有父亲的

蚩尤的后裔姑娘们，打开碉楼的窗，放下帘，

让一夜东风压着西风吹

在草原上跑起马，越过湿地，爬到溜溜的山口

张望父亲在哪一个月黑风高的夜，从哪一个窗口爬出来

哼着小曲，一溜烟地遁逃

赤着脚，拎着鞋，蹑手蹑脚地跑

不惊飞窗台上的蝴蝶

和黎明鸟的鸣

九 原罪

◆梦天◆今夜，我的偏头疼犯了◆遗了，忘却◆我是一个罪人◆后羿的长生药◆天空，是我跑马的地方◆贪婪◆睡铃◆无路可逃◆归去来兮◆地下室◆诞生

◆ 梦天

夜已半
我睡不着觉
也许是晚上喝茶的原因
青蛙又在窗外池塘里拼命地叫
求偶么，寻欢么
水面上红尘滚滚，荷叶乱晃

也许是因为文殊菩萨的诞辰日呢
去五台山烧炷香吧
让孩子轻松地上一个好大学
不用上培训班，不用在老式的箱底放色情的书
不用在旁边做狮子吼，床嘎吱嘎吱地叫
不用启蒙，有些东西天生就是有水分的

也许是父亲十三年的忌日
该让姐姐在坟墓上添一层新土
让雨天不再连阴漏
坟头上遍插杨柳
如大雄宝殿外的石柱，如隧道里的车
明年可以有乌鸦在上面娶妻生子和做窝
车上欢声笑语，猴子爬在石柱上，屁股红通通

也许是因为孩子十岁的生日
在他眉心点个痣吧
从今天起
他可以下地插秧，享受播种的苦乐
他可以把小女孩追得满地乱跑
一声声尖叫在青石板上淌

◆今夜，我的偏头疼犯了

痛是头疼的家
风掠过海岸
在一片蛙鸣中倾听
你的呼吸声

和你远隔万水千山
心在和蟋蟀交欢
凤凰树的叶片片飞扬
泥土阳光青草的野味
涩涩的爱情
留守在空荡荡的山谷里

白天打着滚地过去
如同人生
如同依偎
如同双胞胎的马
在冬天的槽里喝着水

黑夜是被远方的虹疼醒的
夜半时你让我唱首歌
看月色在山坳里弥漫
我们摇摇晃晃地躲在桥洞里
听枯水期的鱼砭跳在
尾生的石柱上

水从天边赶来
一路疼痛着咆哮
我在万籁声中
寻找耳鸣的寂寞

瞬间的
水淹没尾生的慰藉

清晨了，担水砍柴吧
门扉顿开吧
我看到你的影子在我的注视里
如量子般坍塌

从此，鸟语开始拒绝花香
我开始进入黑夜里沉睡

◆遗了，忘却

这个冬夜，谁陪我的黎明聊天
万籁寂静，草木枯荣
明天的太阳和昨天一般升起
我和周围合一，我飘浮在空中
我说过带你爬最高的雪山么
在峰顶有旗云环绕

今夜，我感受着生命的节奏
缓慢地，坚韧地，向前推进
我说过带你诱惑过草地和水滩么
湿湿的，温润的
如玉石般躺在心里
我让我的生命放空，就听到了上帝的声音
在窗外
西北风吹皱一池春水
螃蟹沿着草绳，爬上了岸
那是灯光的引导
飞蛾扑火，也许是火中涅槃
变成泥土有什么不好呢
明年春天可以催发出种子
我坐在马桶上唱着新生命的歌

你在昨夜爬山，看着树叶从绿燃烧成金黄
落下的是叶的魂
我收藏不同的树叶
在悬崖边守望从麦田吹过来的风
那是腐朽的成熟的气息

我又要沉沉地睡去了

我环顾四周，灯光包围着我
黑夜又把灯光包围
温柔的，密不透风的，用爱的名义
所有的一切都被断绝
我听不到蟹脚的流响，金黄的
如同骑士般冲向风车
那过程，享受着扑面而来的风
在雨夜饱暖后思一次淫欲么

桥洞下，有小船划过
让大船靠了岸

◆我是一个罪人

我是一个罪人
我从伊甸园偷来很多苹果
蛇同情我
以爱情的名义
在苹果上
咬了一口又一口
然后
让苹果掉在湿湿的草丛里
伤口发炎　腐烂
在夜晚像个抑郁的病人
蛇给我点着赞
鼓励我
从窗口像海豚一样
跳下去

我闭上眼睛
享受
那烂苹果的清香

烂苹果变成籽只是一念间
苹果籽是黑色的
在来年又长成了一棵棵树
那是我从伊甸园偷来的
苹果树的精灵
它诱惑了我
我也勾引着它
我们一起变成上帝的罪人
亚当和夏娃却为我们
背了几万年的锅

我是一个罪人
我背着蜗牛一样的锅
里面装着亚当夏娃的子孙
年复一年
爬行在秋天的马拉松

你隔着马路看我
如同怪物
在车辆人群里
流水般穿过红灯
刹车声尖叫声呻吟声
声声悦耳

一声叹息扬起满地尘埃

我是一个罪人
活该在雨夜钻进车轮
被碾压
灵魂碎了一地

我是一个罪人
带着痛风的双腿
在黎明最深的黑暗里
以无比优雅的姿势
落下去
身体如花瓣
片片碎落

我是一个罪人

我能用碎片在天堂
或则地狱
再拼成一个我么
让我世世代代
为苹果赎罪

不再轮回

◆后羿的长生药

今年冬天的水面没有冰
上帝在水面上行走
把冰融化在亚当心里
夏娃在树叶下睡着觉
呼噜声把蛇吓跑
躲进麦田做该隐的守望者

烧焦的麦秸梗
以向生命告别的方式
走进泥土
层层叠叠地前赴后继
完成断崖式的理想和想象
理想融进水里
想象结成了冰
把太阳从乌山上射下来

蛇哈哈大笑着
偷走了嫦娥的衣裳
把西方三圣刻在了断崖上
冰冷的月宫里
丹桂飘成了香
树根制成了箭

我学着上帝的口气
说要有光
光却没有来
黑夜凋零留下薄薄的雾
亚当等着夏娃醒来
该隐杀死了弟

嫦娥在雾霾里飞升
看着后羿发疯地把麦秸点燃

我在水边筑庐
任凭芦花飞舞
老家的油菜地里
一片金黄
坟幡飘飘
鸡犬声相闻里逢蒙的弓
如同雨后的虹
穿过羿的胸
架在昆仑山的巅

雪雾弥漫　风马阵阵
哗啦啦作响的是后羿回家的念想
是焦黑的土地上蚂蚁排成行

桂花树下一位老人在锄着地
施肥，浇水，背向月光
把玉兔的寂寥点亮
问一声老者可有房租
把后羿的箭安放
血生锈了不再有光
看不见上帝从水面上走来
听不见彼岸花在黑夜中绽放

◆天空，是我跑马的地方

我们在城市的天空做爱，黑夜里，生命在燃烧
看人来人往，熙熙攘攘，风撩起你的衣装
听车去春来，汗水如山海经倒塌，密密麻麻
你呢喃着穿过乌云
把雨水一次次引进沟渠，红旗飘飘，如爱情，如死亡
天空有你说得那么黑么
数千万冤魂排着队等待
是天命的戈多，在路旁的躺椅上
误了回家的路

我不想把自己变成一个开疆拓土的将军
我要让我的生命血流成河
云雨孕育巫山，寺庙里一个百岁的和尚圆寂前等着我
我拉着你的手抚摸整个天际
天空黑黑的像一个杂面馒头
没有发酵好的，很结实，像一个整形过的乳球
倒扣在北京的小区门口
天安门前的烧饼摊放了多久啦
五星红旗下
一批白色的羽毛如黄鼠狼从草垛子里钻进被窝
酥酥的，痒痒的，你号叫着走进蓝天
让大雨滂沱
没有电闪雷鸣，没有亲朋好友

我发泄着洪水猛兽，左右是盛唐芳华
你摇摇晃晃，黎明太阳升起的时候
你又一次爬上山巅

在高高的立柱上把红旗祭上
天上的星辰哟，如银河之水倒灌
万劫不复的是我破碎的灵魂
轮回的号角吹着口哨从隔壁班走过
橱窗里你还是那扎麻花辫的女孩么
知道么，坟头上已经开满了蝴蝶的香
石棺里空空荡荡，浩浩明月刀剑般划过长夜

你是怎么熬过这寒冷的冬季
洞穴里影子在跳着舞，赤裸裸地诱惑着光跑进来
火堆上余烟袅袅，曾经的辉煌烧着纸钱
沟通天地玄黄宇宙洪荒
我戴着镣铐应和你的舞蹈
赤炭上鲜血淋漓，酣畅如斯
我已经与你无话可说了
洞穴外芳草枯萎，野火如荼
几个世纪的修行，沉默成魔
如同达摩渡江的芦苇
沾点泥土就可以生根发芽，在来年清明的时候
和坟墓一起长大，柳枝呼啦啦地吹起
是风，是幡，是山，是水
五颜六色的乱了自己的心

我迷迷糊糊地带着你飞上天空
城市的烟囱无语，云端上雨水全部结成了冰
再来一次龙腾虎跃么，再来一次凤舞九天么
我在夜半解开你的双手唱歌

◆ 贪婪

我的生命从哪儿来
天南海北的浪　一浪高过一浪
海龟浮上了水面
透口气吧
枷锁正好套上了头
潮水褪去
涌上来的是星子还有月亮上的那棵桂花树
吴刚的斧柄断了

三天前
你用一根红丝带把我俩捆住
越挣扎越紧
都勒到肉里了
玉兔在蹦跳着
呻吟不再寂寞
明年会有好的收成么
后羿从昆仑山偷来的药丸呢
不是还剩下一颗么
我能把它吞了，也飞向嫦娥的月宫么
冷酷，凄凉

看窗外
车辆飞驰
很想打一个电话，安排下后事，梧桐叶被虫蛀成了漫天繁星
星星点点的
和心一样
有灰尘
有血

天空很亮，太阳白呲呲的
像一把刀
头砍下来，滴溜溜乱转，如同陀螺
灵魂飞出来了
轻盈地
雪花是六角形的
每一片都是
落在地上，和些水，做成馒头
带血的，可以治痨病

难怪天会有白有黑，难怪土地一层层长出了太阳
让黄昏覆盖

我躺在床上
闭着眼睛
想你的好
想你的身体
想你在噩梦中的叫
坐起来，转个头，又躺下，睡着，你说童年就这样
在外婆家也这样和黑夜在一起

我知道我是在茶园里的石道上，看孩子们在往前跑，摔个跟斗，头上起个包，哭两声就没事了

周围的路灯灭了，你赤裸裸地让月光包裹你
风从南边来，吹灭了蜡烛，油滴在地板上，黏住了百谷鸟的叫

端一杯水给你，一半是黑的，一半是白的，如同头发和脑浆
冰裂纹只有在杯子的表面才生成花么
其实我知道裂纹在内里也有的
可水为什么就流不出来呢
千疮百孔的，是从娘胎里就带出来的呀
是上辈子就结下的怨么
缘在屋顶笑得不由衷，神啊，宽恕我们吧

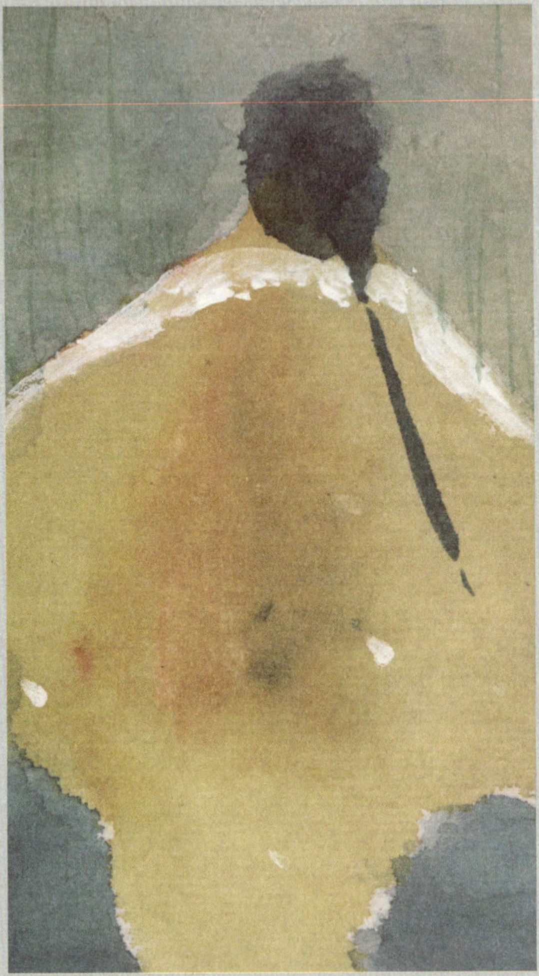

◆
睡铃

我对生命是没有希望的
黄鼠狼在草垛周围打转
找一个洞钻进去吧
躲过猎犬的追踪
在草垛里真的就可以娶妻生子
就可以妻妾满堂么
看哪，漫天的网如云般罩住麦场，碌碡被驴蒙住眼睛带着转
一圈两圈三圈，还数得清多少圈么
在原地，脚印一层层覆盖，马蹄声声
泥泞，和灰尘在黑暗中追着跑

最初的那个瞬间是快乐的
最后的那一刻是倒在起跑线上
还有什么不是在那跨出的一步里呢
爱情血肉模糊

后悔是用心做出来的效果
昙花开的时候，蜜蜂等在旁边
云雀在树梢上等待着渡口有船来

约人在黄昏后做一次了断吧，白衣白衫，表面上的千年积雪
如同正午的太阳找不到自己的影子

尖叫有什么用呢，隔壁的叫唤还听得少吗
四面八方，东西左右的雨向我寄过来
你在高粱地里的问候
我知道那是幽怨

是倩女的魂
孤独地在井栏上张望

我不想再听你的解释了
就像死亡回过头来把奶奶带走
奈何桥上喝碗汤吧
就可以把一切忘掉
把你忘掉
把我自己忘掉

我的目光里有一叠纸钱在燃烧
如巫人在跳舞
勾搭着灵界
给每一位宫女送去一个灯笼
皇帝来的时候可以做个记号
不要把我也忘掉

败家的娘们哟，百家的汗水，喝了就可以长生不老的

我喜悦地告诉你
生命在方寸之间打盹呢
在草垛里
竹竿一根根地往里捣

捂住嘴巴
别发出声响
鬼子已经进村了
生命已经在肚兜里流产

太平间里，躺着我的尸体
瘦瘦长长的，看起来比平时帅多了
没有戴墨镜，在夜晚
是的，还盖着白布，没有头尾，没有标记
唯有蜻蜓像鼻子在脸上面停留

孩子生下来没有几天你就没有了奶
你含着奶嘴发出风铃一般的声响

归来吧，迷途的雁

无路可逃

我是一只迷途的羔羊

丢失久了，就忘了自己是在森林里逛荡

分不清东南西北，分不清古往今来

黑夜和白天如同一只灰色的兔子在雨夜

穿过林中的山路

被车灯晃花了眼

没有被碾压致死

其实很偶然

车里有一个女孩，正在告诉她的司机父亲

落叶也是有生命的

千年胡杨不朽的传奇只有在沙漠里才能和风一起飘扬么

阳光下的雨滴像风干了的木乃伊

在塔底下辗转反侧

法老的枕边，有风油精的味道

转世灵童是在家乡的河边找到的，当时他正在水里摸着泥鳅

滑溜滑溜的

如同花的径，在园子里弯弯曲曲地跑

踏雪么，有麻雀飞来觅食

鸟网从天而降

四面八方的人涌上来，脚踩大地，血流如注，浸红了雪的白

夜里，有月亮在群山下闪着光

你在光之巅

偷看少女的初夜是如何炼成的

草帽呢，挡着阳光也挡了我的路

再见了，漂浮的欲望是廉价的

黑压压的，如布谷鸟在歌唱

难不成欢喜佛真的能脱离苦海么

地狱还没有空呢

仓央嘉措和玛吉阿米双修的时候

山洞里欲望弥漫

如同被风吹灭的蜡烛

烟笔直地走着，味道也是逃了很久才到家，穿过无数的弄堂

窗帘裹着被子翻滚

一地鸡毛

放心吧，我不是天上的牛郎，担子里满是孩子们的希望

每年还要再见面么，天河在中间淌，水从两边往中间流

抬眼看去

花园里星星点点，如远方寺庙的木鱼声

单调、宁静而寂寞

欲望在星空里眨着眼

一会儿就直落云天

如同蛇嘴里的苹果

掉下

砸在牛顿的头上

梦里，树荫下，牛顿和表妹……

我不敢去看一个死人的脸，黑色的哭，灰色的笑

敬一个标准的礼，像个军人，把两腿夹得紧紧的，让红旗在空中飘，让军号贴着地面嚎

百花丛中你的睡姿是美丽的，如同一辆整装待发的车，随时可以走进秋日的思语里

阳光和昨天一样肆无忌惮地照着落在泥泞里的叶

公鸡打着鸣和母鸡在园子里追逐，玫瑰花的刺挂着一簇一簇毛

像引魂的六尘幡在风中摇

獒跳起来，从走路的姿势，判断这是一只今夜就会发情的公獒

炊烟直直地飞，如同中阴的灵，找一切机会往下落

进入阴阳结的界

一切都是生产线上的流程

一切都是似同相识的语言

连着那哭腔和虚伪的笑

悼词和哀乐还有那主持人职业化的超短裙

昨晚我们在大排档里喝酒，划拳决定谁第一个从扶梯上下来，捧着骨殖上山

你就不用陪了吧，回家把炕烧热，做一个西安的肉夹馍，再加一份羊肉汤，放红红的辣椒

等我凯旋

◆地下室

潮湿的空间里只有一张床是属于我们的
大花被子是老家新婚的祭礼，上面爬满屋顶漏下来的灰尘和光
蚊帐上满是洞眼，没有一个是相同的
有的是烟头烫的，有的是撕开的，有的是如没落的乌云被阳光捅开的
反正都是洞，裙边长出来草在墙头做瑟瑟发抖状
蚊虫可以钻进来，落在赤裸的胴体上
激动地喝着激情的血
这是一条完整的生物链，你中有我，我中有你

那时我们的年轻是被阴暗和夸张捧着走
我们的愤怒和饥饿一样多
太多的性欲和情欲挖了很多的坑
填不满，任由玫瑰园的泥土塌下来，玫瑰上的刺倒立在坑底，等着我们掉下去

窗外生锈的水管在滴滴答答地漏着黄色的水
我们饮用，我们冲洗
灵魂跟着水在淌
多一次肉搏的汗水就多一次深深的绝望
如同黄色有可能是小说电影，有可能是地板上的水迹
记得么，第一次看黄色的《金瓶梅》光碟，我兴奋地用电动剃须刀在脸上游走
声音和声音在潮湿的空间里碰撞，没有火花，窗外满是寂静和黑暗，还有室内的心跳

风流激荡的是我们放纵奢华的欲望和理想

天蒙蒙亮的时候，我推着车离去

你在纱帘后面看我，听其他蚊帐里黄色的呻吟

夜晚的心和白天一样的黑

水又开始哗啦哗啦地流

烧饭做菜的时候到了，吃过饭，把锅碗泡在水池里

把灯拉掉上床吧，一天就可以过去了

这就是普通人的生活么

水池里的水怎么还在滴滴答答地流着呢

我在雪地里深一脚浅一脚地往前走

万丈豪情和漫天飞舞的雪

有目标却没有方向

雪花从四面八方灌进来

很快就没有了踪影

给雪洗一次澡吧，挤出黑头，和些水，做一碗热气腾腾的云南米线，多放些辣椒

让我们再也尝不出别的味道

我们的味蕾是被宠爱坏了

肯德基麦当劳脱得光光的

从未停止地在诱惑着我们的老老少少，祖祖辈辈

老式的火车站是没有灯光的

人们冲上月台，连同泥土和迷途

一窝蜂地把一切都带走

我知道有些事再也回不了头，如同衣服脱了，就再也穿不回来

人不可能二次进入同一条河流扑腾，河里的甲鱼也不会同意的

走出去的光也一念三千个世界呢

但我不后悔

生命的尽头是走不完的路

凄风苦雨，抑或春暖花开，那些都不重要，重要的是我们的灵魂在飞升中投入另一次轮回

每一次都飞蛾扑火般在中阴界飞一小会儿

扯一段窗帘做一条漂亮的衣裙，你学着乱世的佳人，去夜店挣些工分来糊口，养活一个家族

你斜靠在电线杆上，烟雾缭绕地追赶回头看你的人

你知道他的内心是有欲望的

他走路的姿势出卖了他

阴暗的，潮湿的，黑乎乎的

如同地下室手记里的老鼠在恶意中抑郁地繁衍后代

街头和弄堂里，游人们排着歪歪斜斜的队列看橱窗里张开的黑洞和红色的丁字小裤

地上的阳光被遮挡住了车牌，进不了天堂的门

鼓鼓囊囊，一会向左一会向右

垂头丧气也好，斗志昂扬也罢，指天指地，唯我独尊

就这点尿性就能有洪荒之力攻城略地么

我漠然地在青海湖边等待第一场夜雪，入夜的星子灿烂，扰了一场春梦

帐篷撑起来是不需要技术的

你关于左右的判断也从来就没错过

看哪，生命正在欲望的撕逼下往前冲，踉踉跄跄地做着无用的功

◆诞生

这是一个没人记得的夜晚
天地间一片闷热
心没有骚动
韭菜收割了一茬又一茬
都已经到泥土了
黑色的芬芳
如同蚯蚓下体的味道
簇拥着韭菜成长

田横岛上五百个坟墓长出来五百个血馒头
蘸一口就可以长生不老，就可以金枪不倒
三楼的小帅哥牙齿半年美白一次
三楼小美女的短裤都是带毛边的
一缕一缕的，像早晨的阳光，满是色情和诱惑

谁说自刎就一定诞生在夜半呢
老人的海边，丧钟齐鸣，扣动的扳机在黑夜里被烟熏得找不到性感的烟草味
张国荣在楼顶上跳下去，干净得像水仙花的蕊
三毛挂在浴室里，少女在弯弯曲曲的盘山路上饮着歌

天天在找着的林中路呢，黑漆麻乌的身体在空中扭动着
如同有枪顶在身体的后面，水哗啦啦地流

韭菜地上泥泞一片，叫春的蛙声一片，站不住脚，掩盖了呻吟，人世间一片繁荣
繁荣就一定娼盛么

叔叔在旁边拉着侄女的手，太阳花开，雨如泣如诉

年龄在钓鱼竿上爬升，竿子断了，青鱼咬着钩在喝下午茶

园子里打的草被扔进河里，养肥了蛙鸣和欲望

白白的，丰满的，如同空中的驼铃，在沙漠里回响

走过一个又一个山头，诱惑在渐渐消退

衣服裸露在脚踝处，疼痛开始升起来，慢慢地没有了味道

女人们过电影般地从空中的连廊里飞

光光的，张开嘴巴，让天鹅走进来

丑小鸭呢，幽灵般地消失在绒绒的草丛里

水从天上滴下来，一滴两滴三滴，一滴两滴三滴，变成瓢泼大雨，变成冰雹，变成雪花，在塔的底部飞

一定得三潭才能印月么，三才才能鬼斧天地么，三是怎么生出万物的呢

卵生，湿生，蛋疼了，生得就会很快了

裂缝中的阳光，带有那么一些腥味，久违了，我的女人

我的疼痛

我疼痛中写的诗

是为记

今夜是短暂的，永恒的爱情是没有的

激情是短暂的，子宫是为了分娩的

纠缠在一起的欲望是永恒的

看哪，天边燃烧的是诸神的性命么，如同女人痛经时扭曲的面孔

落下来，变成流星，变成灵魂，如雨中的丰收

能逃离星空么，星空后面是什么呢，十二个月的眼泪和花卉一起绽放，死亡在窗外搬着砖头听洞房的欢笑声，二十四节气的哀歌

如梨花带雨，在夜幕里落下来时发着光

还有什么值得坚守的呢，无数次星座的轮回

你在一夜间就可以让自己的衣服脱了无数次

足球，圆形的，被踢进了方方正正的门

人都是容易想多的，疼痛了想到女人，停止了，想到了沙滩上，海浪在勃起

簸箕里有海星、海肠和牡蛎，都是壮阳的，让元气贴着子弹飞

你的礼帽呢，贵族、品质和从容是需要拐杖来支撑的

冷汗起来的时候，高铁的鸣叫正好经过，把我的疼痛带走吧，跟着你一路走一路唱，一路做爱到嵇康的菜市口

药效有了，我在黎明最黑的夜里

等你，在你的噩梦中进入你

和疼痛决一死战吧，我知道生命是永恒的，嚼

不死咀不烂

温水锅里，青蛙在展翅高飞

换一个姿势吧，打一枪换一个地方

你是狙击手 , 对方也是呢

婴宁呢，咆哮着在心里开了花

露珠在太阳底下引来了枪声，是致命的

我知道，心已经没有机会了

心有过机会么，我记得是灵魂喜欢在夜半出来巡山，看看它的地盘，撒泡尿，显示下主权

疼痛也是，生命中最痛的是什么呢，是分娩，是撕心裂肺的号叫

比呻吟高了八度灰，生命是从情欲后面进入的，黑洞洞

金陵的夜里，一片古坟墓的气息

我大口大口地吞咽，如同枪口冒出的烟

有光，有水，有休息日……

九原罪

十 创世纪：诸神之罪

◆序 树叶、墙和上帝◆第一天，上帝说：要有光◆第二天，上帝说：要有天地◆第三天，上帝说：要有水◆第四天，上帝说：要有日月星辰◆第五天，上帝说：要有鱼和飞鸟◆第六天，上帝说：要有人◆跋 鹤顶红、赎罪和人子

◆序　树叶、墙和上帝

园子里的残雪蜷缩在角落
被泥土一点点儿蚕食
黑和白的战争已接近尾声
终究是洁净被污秽占有

落叶原本就是帮凶，是它让土地变得更加黑暗
它遮蔽了生命的甬道，也蒙蔽了上帝的眼

人都被逐出园子了，何况剩下的这一点儿雪呢
蛇游说太阳，在一个夜晚，联手把雪谋害
如同该隐杀了亚伯，成了吸血鬼的祖先
他们的后代，黑夜，在大地上流浪
白天，遭到阳光道貌岸然地追杀
上帝都是知道的呀，为什么不在第一时间阻止
放纵就这么植入人类的心

天空摇摇头，太阳，终究还是落荒而逃
在喜马拉雅山顶上筑一道墙吧
把喜悦和冷漠隔开
把该隐的后代挡在墙外

墙在五月，爬满了蔷薇，带刺的，还有雪水的味道

◆第一天，上帝说：要有光

亚当是沉睡的狮子
醒来了
总要发作一下人性
把夏娃按在身底下
左看右瞧
如同电器买回来，对着说明，选择用途

泡一杯下午茶
和夏娃共饮
苹果树的叶子就是那春药的引
在蛇尾的晃动下瑟瑟地响

长时间的寂寞，和上帝孤独地相处
园子里长满了各色各样的花
花蕾里蜂蝶进进出出地飞
苹果结出来了，满是蛇的涎

夏娃喜欢蛇在她赤裸裸的身体上游走
亚当一脸懵×地看

光线掠过草丛，水汩汩地流
椰子树高高的干
在风中，召唤春天和艳情

就这么放纵一下口欲吧
在夜晚，趁上帝睡觉的时候，咬一口苹果
酸酸甜甜的，汁流进喉咙
夏娃吞下去了
感觉到对亚当的占有

当下的夜晚，适合抽一支烟，蘸上水，谈一次爱情

上帝在树后，眼睛红红地看

◆第二天，上帝说：要有天地

为一个苹果，亚当和夏娃被逐出了园
卡夫卡的耐心呢，在日后被说成是原罪的光
树叶做的衣裙挡住了光的眼
生命就只能在黑暗中繁衍

出了园子就没有了路
蛇在前面游走
亚当和夏娃一步三回头
放心吧，现在回头还不会被变成盐柱
红海中间也还没有路
上帝摆摆手，关上门，把欲望当成了希望塞进了天地间
撑开了天地的混沌和鸿蒙

该隐生在了旷野，亚伯在羊群里长大
潘多拉的盒子里空空如也
天地间空空如也
该隐满头汗水地在烈日下耕种
亚伯缩着脖子在冷风中放牧
亚当夏娃在夜晚做着游园的春梦

蛇吐着口信吞噬蚊蝇
泪眼婆娑地，看着我们的祖先安睡和交尾

后悔又有什么用呢，认命吧
上帝幸灾乐祸地看着蛇把亚当和夏娃带进了肉欲的坑
上帝说，祖先的罪得用人子的血来赎
不用思考了，免得上帝又在窗外笑

我们注定是被牺牲的品种

献祭的时候到了，荒原上围着很多的狼
天葬台的秃鹫来来回回地盘旋
上帝隐没在其中，收下了亚伯的羊

天黑的时候，上帝看着该隐用锄头砍下了亚伯的头
没有阻拦
星空中飘浮着血腥的味道
亚伯的灵魂在旷野中呼号
血流淌在大地之上
开出了黑色的罂粟花

该隐的土地上再种不出庄稼
没有庄稼也就没有“得到”
他只能在“虚空”中像一只黑色的蝙蝠
盯着人类的脖子
睁着血红色的眼

这样的夜晚，我们只能躲在家，饮酒，写诗，然后寻欢

◆第三天，上帝说：要有水

水是有灵性的
深潭里有鱼
大年三十的夜晚
水变成雪花从天上掉下来
和祖先们一起
参加子孙们的祭祀
纸高楼，纸飞机，纸别墅，纸豪车
在火盆里燃烧
火是沟通天地人神的么
那就一起三叩九拜吧
行皇帝礼

纸钱闪闪地飘上房顶
然后断崖式地直落
粘在了供台上装满红烧肉的盘子里
有风吹过
如同水波纹
挣扎
而后消失

上帝说，要把普天下的水聚在一起，让陆地露出来
在海洋，人死了可以海藏
在高山，人可以天藏
有秃鹫在旁边守望

亚伯拉罕带着祭具来到摩利亚山顶
捡一堆枯树枝
应上帝的要求，整整齐齐地码好
为了重建他的国

把他唯一的儿子以撒
燔祭

点火的时间到了
亚伯拉罕把以撒放在柴堆上
上帝啊，请不要抛弃我
亚伯拉罕在祈祷
以撒在哭泣

水从天上来，浇灭了干柴烈火
亚伯拉罕的全身湿透了，满是欲望和敬畏
以撒匍匐在柴堆上，在烟雾中，控制不住地抖
恐惧和怨恨
如同一个毒瘤在人类这棵千年古树上生长

滴水成冰，每一块冰里都蛰伏一个冬眠的灵魂
这也是生命长成的代价
人是从水里走上了岸
波塞冬如是说

那就行割礼立约吧，所有的男子，你们都是我可以草菅的人命

上帝如是说

尼采坐在宝华山顶上，笑看水漫金山，人在水中沉浮

◆第四天，上帝说：要有日月星辰

星空是上帝的床
有数不清的蚂蚁在上面张望
爬前爬后
从各自的被窝里
被命运牵出来遛
如同一个盲人
拄着拐杖和光明抗争
在漆黑的青石路面上，听声音踯躅独行
每一个星辰都是孤独的，大家都相忘于江湖
连接星辰的，是大地上的炊烟

打个喷嚏，就能把蚂蚁吹得找不到北
何况飓风
苍穹在头顶上开始摇晃
群星纷纷坠落
水里，冰里，雪地里，欢乐谷里
其实，群星是和洪水被一起从天上倒下来的
天通了，地才有了希望
地已经憋屈很久了

每一个星辰都对应一个灵
人走了就如同流星划过
璀璨过了，也享用过了
魂魄也已经跟着走了
中军帐里，盔甲带起的风吹灭了借寿的七星灯
那沉重的肉身还会走远吗

远古的时候，人的灵魂和肉身是分开的
如同风马牛，在挂着灯笼的老宅里

穷困潦倒到天明，满眼狰狞

共工把不周天的柱子撞断了
亚特兰蒂斯在海底沉寂了几千年
诺亚的小船说翻就翻
是鸽子衔来了橄榄枝
船倒扣在昆仑山顶上
那是地球的中心么
一颗颗流星飞逝，我们战战兢兢，我们一直在深渊里

宙斯举起雷霆说：我是宇宙唯一的王
佛祖手拈莲花说：天上地下，唯我独尊
愤怒和微笑都是在显示主权

日月星辰只有在夜晚才上演乱伦的情欲
夜半的黑獒满园子疯狂地叫
我知道，那是一个伟大的灵魂生在了马槽里

◆第五天，上帝说：要有鱼和飞鸟

彩虹是上帝和飞鸟立的约
承诺不会再用洪水来淹没鱼
让人慢慢地从水里爬上岸
学会仰望星空

站得久了，就忘了跪拜
东南风呼呼地吹
生命在饱暖中围观飞鸟和鱼的繁衍
打着爱情的幌子为情欲正名
沙滩上，海潮声迭起，浪浪都是花

所多玛和蛾摩拉是天降硫黄与大火毁灭的
欲望是沙漠里的驿站，淫荡是夜枭
在房梁上和上帝比试中指的长短

逃离的路上
没有看到用肚皮走路的蛇呀
罗得的妻子为什么要回头呢
变成盐柱，在死海里为摩西指引方向么
盐柱化开，水才有味道

人最初的房子是没有顶的
墙把人和人隔开
只有上帝可以从空中看天黑后土炕上的烟火，热浪滔天
如同海上的船，在起伏，冲上峰巅和谷底
灵魂和欲念同流，身体还能干什么呢
制造的孩子就像青蛙一样多
河水都变成了血，该隐的后人有救了

拿嫡长子女的生命换一条往生的路牌
摩西带着人在欲望的路上荏苒
约柜里，满是上帝的煎熬
圆桌骑士在哪里呢

上帝啊，我们都是你的子民
你就行行好，放过我们心中的贪念吧
那都是月亮惹的祸

背井离乡，记得的都是舌尖的诱惑
有了快感，你就叫吧，麻辣也会让人呻吟

回家，在墙上搭一座木梯，把房顶封起来
把人和神隔离
让上帝第六天安心在园子里造人
上帝就不会因为嫉妒而在园子里绝望地跳
不会因为看不到夏娃的裸体而大发雷霆
把我们的祖先都赶出家门，在盐碱地上，流浪

第五天，我们依旧穿行在黑暗的高空，如飞鸟
依旧在母亲子宫的羊水里扑腾，如鱼
等待你的出现

人究竟犯了什么罪，需要用圣子的血来还
圣杯在阳光下闪着耀眼的光
那是鲜艳的红哟
是血腥、暴力和激情的风铃
在屋檐下，羞羞答答地从黎明到黄昏

晚餐的时间到了
在那条长长的餐桌上
十二门徒埋头喝着圣杯里的血
一层层解开裹尸的布条
寻找一粒红尘
可以在奇风岁月里沉沦
走廊上，来最后一个拥抱吧
慈悲看着最后的炎凉
你就是出卖我的犹大

从旧约走到新约，九百里加急，一路逃亡好辛苦
滴血的荆棘做成了皇冠，戴在了人子的头上
十字架扛在身上走路，摇摇晃晃的，听不到脚步的声响

亚特兰蒂斯沉入海底
庞贝被火山灰湮没
法老被做成木乃伊
金字塔落满了沙尘
狮身人面像靠吓唬孩子混江湖
玛雅升天去了外太空
古罗马的洗澡堂哟，只剩有下水道在荣耀着曾经的名

斗兽场的咆哮声散了很久
每一块墙砖里孕育着一个音符
放一架钢琴，在海边的夜晚
第二天满是鱼交配的腥味　受惊的涛声滚过来的

上帝后悔了多久，在伊甸园里造了人
辗转反侧也好，恶意揣测也罢
在牵挂被当成信仰，追悔被当成善良的夜半
婴儿生出了母体
用一根细线扎住脐带，打个死结，六天后和上帝分割开

浮屠说盲龟值木，人成为人身需要五千年
须弥山的山顶上有条线，能穿到山底的针眼里
才能渡过弱水的渊，才能喝上孟婆的汤
亲爱的，知道么，我们每个人的生，都是望天的收成

我的地盘我做主
东门的女人生下孩子难产死了
南门城墙上，几个老者袖着手在捉阴虱
老死的斑纹已经在脸上扎营
如同爬墙虎的藤，大冬天纠缠在一起
西门外流行鼠疫
蜡烛被吹灭的三更天，我们闭上眼睛在土炕上摸索情爱
北门的棺椁排成行，如回归的雁群，只等那发令枪响

上帝照自己的样子把亚当造出来

亚当每个清晨勃起

直愣愣对着夏娃的背影发呆

窗外小鸟站在枯树枝上唱歌

夏娃呢，正收割苹果树叶上一夜的情露

准备在午后泡一杯浓茶，和蛇来一次约会

知道么，在上天的园子里，只一个意念的交流，就胜却人间无数

上帝是如何享用祭品的呢

满是牛羊的祭坛上，空空荡荡

一个冒烟的炉子和一把火在祭品中游走

那就是亚伯拉罕看到上帝的最后晚餐么

夏娃是亚当的肋骨变的，就一定也流着上帝的血

女娲对着铜镜拈土造出了人，末了，还对着泥人吹口气

虚空里满是闺房的味道

女人也是有欲望的呀，经期里行走，满路上滴的都是血

浇灌了黑色曼陀罗，开出了妖艳的花

看一眼就能被迷惑至死

根熬成汤，又可以起死回生

一半人迷离，一半人沉醉

一起在封闭的铁屋子里，敲新年祈祷的钟吧，爬过雪山草地

寻找出路的门

为什么地球上就一定得有人呢
究竟是上帝的孤独还是女娲的寂寞
阳明在问自己的良知
对着园子里的湘妃竹
山谷里的彼岸花已经无数次花开花落
流水可以做证

圣杯倒扣在天空中
如同一朵血红的玫瑰飘浮在空中，引领十字军东征
一切都是借口，鲜血就这样从黑暗流淌到黎明
我还活着么，请为我正名

在洪水来临之前
地球上的人砍倒建木
联手来造巴比伦塔
不用语言，用身体
就是为了重新回到园子里，和上帝喝一次下午茶

又一城血雨腥风
让下一城人得救赎
裹尸布散开来悬挂成墙梯，如同晒着太阳的经幡
人们在上面爬上爬下，如蚂蚁搬家

生命如同蜉蝣，人类在水里出没，宇宙在成住坏空
我在格里菲斯天文台，看洛杉矶城的房屋
层层叠叠，如五明山沟里的僧舍，如因陀罗网上的结

沉寂还是发声？！看哪，逃离所多玛、蛾摩拉的那根盐柱已经开始融化

风马旗杆上正飘着五明喇荣的袈裟红

拯救抑或逍遥，阎罗殿的门外有无数冤死的僧侣

那就是新的生命么

第七天，上帝说：神有罪，你们睡吧

◆跋　鹤顶红、赎罪和人子

没有树的恩准
树叶上不了天也入不了地
只能被吊在树枝上
让乌鸦空叫唤

今年的苹果是丰满还是猥琐
树的根说了算
疲惫和春药是一根藤上的蚂蚱
土地啊，什么时候你能像上帝一样
用耶稣的血
丰腴你的水草地
让高山呼哧呼哧地低头

黑暗是蝙蝠和猫头鹰的饕餮
它们在夜晚飞行
寻找烟囱进入你的家
洗劫你的身体，鸠居你的灵魂
让阳光找不到地方裸聊

神把最好的留给自己
把最坏的给了人
每一次轮回，就是一次实验
一场慈悲和恶毒的人殇
说什么人性堕落
说什么物欲横流
填不平的是诸神的罪恶和沟壑

为了神的修行
一次次在晚餐后出卖人类

如同一泡尿就可以淹没一个蚂蚁窝
在神的眼里
我们都是可以纠错的试管儿

神啊，今夜您休息，我们赞美您
唱诗班的琴声响了，祈祷的钟声让我们战栗
我们的鞋子上沾满泥土，泥土里有产妇的号叫
上帝呀，请不要丢下我
我们都是你梦遗的精子
穿过长长的黑暗甬道
来到水里
替你顶下了原罪，没有了鱼和飞鸟

我们也累了
连苏格拉底都饮鸩走了
没有从柏拉图掏的洞穴里爬出去

亲爱的神呀，我去死，你们活，我们中间谁幸福，唯有你知道

十一 黑暗之花

◆序 黑暗和光明的使徒◆彼岸花：我是那冥界的王◆曼陀罗：我是吹向地狱的风◆黑罂粟：我是黑暗中最美的蝴蝶◆幽灵花：我是幽冥深处的那道光◆昙花：望你一眼，便是深渊◆双生花：我在深渊里向你张望◆荼蘼花：从深渊里飞出的寂寞◆黑蔷薇：深渊里那条背叛天下的鱼◆鬼脸花：深渊里那条不会飞的鲋◆跋 深渊，被诅咒的黑暗

◆序　黑暗和光明的使徒

黑暗就是黑暗，没有最黑暗

光明就是光明，没有最光明

河岸上接引的柳枝在招摇，不舍昼夜

我们的船永远靠不了岸

遥看家乡，如同奥德赛和他的英雄们

顺着风往前吹吧，在黑暗中等待那束光

那是上帝说要有的光，可以看园子里美妙的身体

看哪，天崩地裂，蝴蝶从坟墓里飞出来了

祂是天上地下最毒的情人

让我们对情欲抱着绝望的希望

悲观如同流感在蔓延，藏下的，都是枝头上落下的花

就算你是冥界的王又能如何呢

你也只能在黑暗中相望光明

你的心被封印在躯体里

如同在坟地，提着灯笼走路也还是会撞墙

无论白天还是黑夜，心都是看不到亮的呀

那黑暗和光明的分界在哪里呢

我只知道，菩提树下，浮屠是喝了乳糜才开的悟

◆ 彼岸花：我是那冥界的王

黑暗是我的床
火红的华盖
赤裸裸的欲望
我就是那千年不忘的情郎

仓央嘉措的情歌吟诵我
喝下这孟婆汤
你我就再不能相望
我要为你在奈何桥前立碑
你要为我在三生石上刻名
生生死死
你就是我最美的新娘

扔一粒石子在忘川水
三途河边，你是我永远的泪
我用血泪为你浇灌
你用火红为我接引
你花容如血
我踏上这火照路
彼此就再不能回头
一起开成黄泉路上唯一的景

彼岸花呀，冥界的王
曼殊和沙华心中永远的痛
开一千年，你看不到我的身体
落一千年，我见不到你的容颜
花叶轮值，相不到凝望的眼
只为那瞬间的忘忧
就生生世世在河边流连

如孤魂野鬼
找不到回家的路
只有脚印在沙滩上排成行

数千年的轮回哟
我依然解不开身上的咒
那就由我带你到彼岸吧
让你的妖艳开遍荒野
我做那纤夫
天天为你喊起船的号
用纤绳磨出的血滋养你

在黑夜里，做你光明的风
照遍大地，轻拂山冈
让你的诡异惑所有的众

◆曼陀罗：我是吹向地狱的风

从一个山洞走向另一个山洞
黝黑，潮湿，洞口挂满了水草
这样的地方适合我
快用你的血来浇灌我
在午夜，我就是天上地下的妖娆
藏在花蕊里的灵会跑出来帮助你
实现你心中的愿望
在黑暗中成就你
这浓烈而又致命的迷醉
让我错失在阳光下生存
我是那吸血的新娘，唤醒你成魔的欲望

上帝惩罚该隐在沙漠上行走
我们这些后人哟
总为大漠中央的那一块水草沉沦
那是水神的地盘
黑夜里的柔软和温暖
是一种怎样绝望的诱惑
你闻到了
不折不扣的死亡的味道

这就是存放在我心里的原罪么
我舔着干裂的唇，相濡以血
我死后，我要变成吸血的曼陀罗
让水神跟随我，享受我
生生世世地轮回我，榨干你

无水的土地蚕食我的灵
我就是那被诅咒的花

不屈不挠的，倾诉对水的渴望
梦想啊，只有在见不到阳光的地方成真
我在那黑暗的床上，翻来覆去地打滚
云雨在哪里呢
没有，又有什么关系呢

我可以去那刑场和墓地
做一个旁观者
看刽子手的刀落下，灵魂和鲜血一起喷出来
催生我的绽放

千万次擦肩而过
袖口磨白，铁棒成针
你才能遇见我
亲爱的人啊，赶紧回家吧
凡遇见我开放的，当得到救赎
换你的最爱，在午夜，死于非命

◆黑罂粟：我是黑暗中最美的蝴蝶

你是坟头上长出来的花
只在黑夜歌唱
如同黑暗中的那道光
在古老的街道上空游荡
光在隧道口的尽头接引
回到园子里去，是最终的方向

从不和夕阳去争夺黄昏
可以在天使的手心里微笑
燃烧的时候，也可以和魔鬼脱光了在刀刃上舞蹈
在夜晚，你是星空的囚徒
黑夜禁锢着你，抚摸你
你独自偷欢，独自垂泪
在白天，你是大地的使徒
你光芒四射，如孔雀开屏
无数人拜倒在你的裙下，色迷你的迷离
你果实饱满
如丰乳，流出的汁毒死很多跪着的人
化成灰烬，你定是最肥沃的土地

夜莺啊，别只是站在柳枝上搔首
看哪，玛非斯正拿着罂粟果
守护酣睡的许普诺斯
以免被放荡的美丽惊醒
午夜的铃声响了
凶恶的剧场开始上演死亡和性爱
凌晨的布谷鸟寂寞地叫着
合欢树呢，飘下来阴阳合一的种子

身体不是用来看的
黑灯瞎火的夜晚
你摸索着用刀割开肌肤
三更天，吸一口白色的烟
就可以手拉手直上云霄

隔着碎裂的玻璃窗
看大雾弥江
放舟走吧，在春江花月夜
末日的船舱里
还有最后一株红
开着雌雄同体的花

◆幽灵花：我是幽冥深处的那道光

我在夜海上航行，黑暗是我的方向
礁石边，白骨垒起雪人
窖藏着不朽的情话
幽灵船的舱里，压着女娲的五彩石

春梦的夜晚，在海滩边安营
路灯越过帐篷放着光
我撩起衣裙，看老树泅渡若水
冲浪板上，你性感的巅峰
站成古老街头石柱上的蜡烛灯
点亮了，重复呓语和红尘

修一条笔直的山路吧，通往高潮
在水的中央
像摩西一样分开红海的床
新婚的山洞里，野望萤火在飞
在幽暗潮湿的枯叶间落脚
从死亡的墓碑上获取成长
我就是那寄养在黑暗中的白色光

诡异，就像水晶一样
放着妖艳的亮
孔雀开屏是风的错么
我被你意淫，你被我诱惑
枣树上有很多的刺
指尖上的血在呼唤来自地府的狼
荆棘丛中那一点红
如火炭上，赤脚的舞蹈

天黑的时候，去园子里偷摘那树的果
吐一颗那禁果的籽
在明年，长成参天建木，荫蔽云雨的响
从此，我们就可以在树洞里繁衍
颠倒黑白，让你如骑手，驾驭我
不用在逝去的情欲里
寻找冬天作借口

我的生命我做不了主，如同我的盛开
我赤裸裸地面对天地
鸟语花香的时候
闭合我的蕊还来得及么
树林里，黑暗和明亮的交战开始了

每一次都是黑夜战胜白天
纷纷的情欲顺着流水进入大海
水是有灵魂的，灵魂是有欲望的
欲望就是那生死石，可以补天的洞
让你在洪水泛滥前直勾勾地看着我

水淹没了你，也淹没了我
没有草替我们垫底
我们最终都是蚯蚓的口粮
在黑暗中涌动大地
在雨夜里爬满稻田的埂
听日月星辰低鸣

◆昙花：望你一眼，便是深渊

暮春时分，枯枝与树藕断丝连

那是冬天雪的杰作

在黎明前的最后一次轻薄

我就是那断枝上的枯叶

随时被风割礼

再看我一眼，瞬间，我就要落入红尘，生生死死葬在泥土里

多希望能回上天的园子，看你浇水砍柴，看你松土锄草，让岁月把大殿前的雨缸填满

雨天升火，潮湿的枯枝都是烟

不再为饯行，只为你看见

多一份勇气，继续在尘土中飞扬

韦陀呀，我是宇宙间不变的花神

一年一瞬的花开，就为那灵鹫山的春露

带走我吧，放在你的壶里

看你默默地用荷叶煽风点火

炉火纯青，那是火哭过的泪，在呜咽

佛祖怎么会听不到春茶里的哀伤呢

喝下去，我就融化在你的身体里

让暮鼓晨钟点化我，让你的诵经声陪伴我

我是因爱你而被天罚的花神呀

我的哀伤为什么只能让凡人爱上我

枯瘦的聿明氏呢，八十年的路过，只为那奄奄一息的等待

等待夕阳最后一缕光线滑入眼帘

圆寂了，他就可以带我去你的国

让你重新想起我

韦陀，我是爱你的呀，可为什么你的香炉里，总是只见灰烬，不见星火

上天真的能蒙上你的眼，让你忘记我么

还是你真的如释迦王子离家般决绝

那我还是走吧，去忘川河边赶一次早茶，像你忘记我一样忘掉你

我要去看聿明氏漂泊的灵魂，让他可以驾着我的鹤，西游

飞过深渊，飞过雪山

◆双生花：我在深渊里向你张望

深渊是我的家，水一直很冷
深秋的十月开满了花
你攻城略地地跑来，你的盔甲满是鲜的血
只是为了带走我么，还是要丰乳肥臀，延续后代
和月亮的羞涩做一次爱吧
让渊里的水风起云涌，测试下土地的肥沃

我要在六月绽放一次，让我的蕊把凤蝶引来，在泥地里打滚
对得起太阳的狂野
放倒成片的高粱，初潮的红色酿成酒
不是说酒后能乱性么，蒙上眼就听不见呻吟么
大地就是那新婚的床，床上有花瓣
深红的，跌宕的时候，当心硌着你赤裸的背
风筝，红通通的，在天上火热地看人世间的热闹，吹吹打打，拉拉扯扯
重复的热情是有原罪的，燃烧起来没有温度，灼热怎么有果实呢
不结果实的花是淫荡的
阴阳世界的交流就是那狭窄的道

为什么非得临死前才能执手相看泪眼
为什么死亡的高潮和双修的欢喜是如此相通
这就是心有灵犀的代价么
这就是爱得死去活来么
看哪，卡娜米雅岛上的公主和青蛙王子一起跳的海
为什么一前一后的死，如同雏鹰落崖

断断续续地，在荒岛上筑墓、立碑，然后放正
这是神的恩赐，还是情的不朽
海水昼夜不停地洗刷沙滩的耻辱

油灯枯寂的夜晚，花期将尽
同蒂的两个花朵，用生命最后的冲动，扭转花枝
在各自陨落的那一瞬间
有了唯一的一次相对
一生相爱却背对的花哟，如同冬天和春天的交媾，是在一个下午
在死亡的前夜，有了一场相遇，有了一个上坡
马车从顶上面冲下来，多么灿烂的一夜情，如此辉煌
让黎明前的黑暗，低下凶猛的头

黎明在哪里呢，两个花朵的高贵能换来花的高贵么
花的茎，如同晨勃，在黑暗中亭亭玉立，夜莺在上面歌唱
阳光躲起来，装看不到野性和呼唤
风是我们的希望，把我们的种子吹到四面八方
穿过长长的黑暗隧道
在悬崖上扎根，迎风就能让我们忧伤

花是有翅膀的

枯萎时，就能学会飞翔

迎着大地落下，火山灰如礼花般绽放

以一种毁灭的姿态，随风飘荡

就这么份高贵和洁静，足以睥睨苍穹

哪怕是圆寂，也要拉上涅槃垫背，等待五色舍利挂成彩虹

你从那头走来，我在中间等你

把虚空撕裂成逝水年华

荼花开，花事荼

你是花季最后绽放的鲜花

月下清供，一个苹果，一支香

桥下有锦鲤，花瓣是凄美的存在

山坡，青草，羊肠小道

一路小跑，人间再无你的芬芳

没有脚印从旁边经过

那是被打爆的灵魂在歌唱

歌唱我主大好河山

无爱无恨的土壤哟，为什么一定要到死亡，才会从裂缝中生出阳光，让种子萌芽

松松土，浇浇水，让云黑着脸从我头上飘过，脱了上衣，你是最性感的园丁，在荆棘丛中挥舞斧头和镰刀

这就是闪婚的代价，在恒河里一丝不挂，有飞鱼过来啄我的伤口，我是思考人类走向时受的伤

落花无情，水波荡漾，庄周的濠河

一只蝴蝶从坟墓里飞出来

驻留在花茎上，如同枯萎开出的花

在水道上画出最销魂的图

栈桥在水草里穿越，你扶着栏杆，看北斗七星如洪水猛兽

远古的遗愿一下子进入你的身体

如流星，咯一口血，在素色的手帕上

那是上天对我的诅咒，让我用生命解开对你的禁制

亲爱的呀，等等我，一个人开花时，灯笼在黑夜中走着长长的路

主啊，从深水潭中捞起我，我再不要随波和逐流

让深渊里的鱼忘记我

◆黑蔷薇：深渊里那条背叛天下的鱼

有一根芦苇每天都在思考渊的深度
最深处是黑色的
看不见那条温柔乡里的鱼
如同蔷薇爬满上帝的园
遮蔽了园子里光着的亚当
担水砍柴，生火做饭
蛇蜕去衣裙，爬上夏娃的床
拿一片黑色的瓣和蛇起舞
上面满是委屈的泪
流到深潭里变成了渊
祂也是听到园子外的声音在呼唤呀
被黑色的欲望所诱惑
摘下树上的禁果
尝一尝有什么关系呢，不让上帝的眼看到

真的没有关系么
看不见就代表没有发生么
月光静静地听香的声音在绕着树跑
每天太阳都会周而复始地出来
城堡里，有一片蔷薇花海，骑士在逡巡
发誓用生命守望那无法自拔的爱恋

一辈子的时间并不长，蔷薇花还没有落进水里，鱼还在淤泥里冬眠
骑士摘下那朵与他相依偎的蔷薇
优雅地向公主和权杖求婚
如同蛇摘下苹果，满足人性的癖好
人无癖不可交呀
骑士的眼神不再清澈，贪婪取代了誓言

蔷薇开始枯萎在枕边，哭诉背叛的爱情
花瓣落在深渊里，引来锦鲤的追逐
五彩缤纷的沉沦哟，从离开枝头的那一刻起
你的美丽就被绝望的虚荣所占据
填充内心对于时间的恐惧

花瓣在阳光的深渊里沉浮
赤裸裸的诱惑，对鱼而言是致命的
鱼迎着光，从渊的深处游出来
背叛了水草和黑暗，背叛了泥土和温暖
亲爱的，知道么，爱上你，就是从背叛天下开始

我无助地躲避你炙热的唇
深渊像一头上古的神兽
夔皮的鼓还没有敲响
关上门，原地打转的激情就燃烧成了灰烬
纷飞的血，静下来会变成黑色么

让血再飞会儿吧
旋涡里，蔷薇就能长出刺，和黑暗赛跑

秦皇东巡的轱辘碾过我的身体

下雨天，车轮滚滚，扬不起尘土

湿漉漉的，如同我的心情

能带我一起走么，去扶苏的城墙上，看塞外的马群

汗血宝马哟，你的奔腾就是你的泪

黄昏里，血是红的，想遇见命中的伯乐

一宿没有睡觉，柴火在灶台里燃烧

眼睛被烟熏出了泪，红通通的

烟离不开火呀，车被轨限制在泥土里

我是一条飞不出车辙的鲋

雁南飞，你丢下我一个人，等待一滴雨

你扇动翅膀排成行，我的翅膀断了，眼巴巴地看着你离开

就不能再等等么，冬天的雪已经是残了的呀

黑和白其实是没有边界的，就如同美和丑

小鸭和天鹅在一个水槽里，等待清明前的田螺

分得清你我么，我的种子过关斩将，在黎明的前一秒里，翻了你的牌

洗干净，用真丝裹住了赤裸的身体，打着灯笼，送进黑色的白帷幔里

夜风撩起青纱帐，扑棱棱地，有鸟飞进洞里

无数个日日夜夜，你从噩梦中醒来

看到天国中有一个很大的园

天黑了，维纳斯举着皮鞭抽打堇菜花

青一块，紫一块，深浅不同的斑痕，成就了你的寂寞，一脸夕阳笑成了一朵花

我的疲惫我做主，大不了伤痛揭开再撒把盐，痛和快乐之间原本就是邂逅的

麻木与不仁，天地如刍狗，一樽还酹江月

那是童年就有的色块，田埂上，摇篮翻了，我满脸都是黑色的土，咸咸的，舌苔被入侵的味道

如同鬼脸花，如梦幻泡影，阴晴不定地凝视深渊

母亲从远处跑过来，肩上挑着粪桶，沟渠里的水可以养活雌雄同体的鱼

母亲是把我生在灶台下的，姐姐在井栏边打水，邻居拿来了生锈的剪刀

一场浩浩荡荡的劫在太阳的眼皮底下发生

一切都还能回得去么，我坐在电影院里，看散场时的人来人往

◆跋　深渊，被诅咒的黑暗

黑暗是深渊的底色，深渊是黑暗的家
坟帽上的柳枝，是清明的风景
来年可以长成大树，让秃鹫有个窝
不再心心念念天葬台上死去的情人
天葬师的刀，刀刃落下的，是绝望的希望
激情燃烧完了，才可以沟通岁月么
从水里出来，抹去元神，就和淫荡成交
曼妙的身体化成了泥土的滋养
蚯蚓吞噬的，是星空下的欲望

赤橙黄绿青蓝紫的纸钱，呼啦啦地飘扬
黑色在哪里呢，忘川河边，彼岸花在接引
走过桥，不要再回头望，故乡就是你内心的虚妄
桥下是深渊，她在向你张望，如同招魂的幡

没有阳光可以长成韦陀的明前茶
腐朽的树干上生出白色的菇
炖一碗鲜美的汤
和天下人共饮么，你是天底下最色的狼
雪山之巅，月圆夜，深渊没有涟漪
扔一粒石子下去，红尘中只有你孤独的叫
如同孪生的恋情，双生的花，死亡瞬间的凝眸，爬满人世间最美的墙

蔷薇在墙头上，在月光下，站成了黑色的刺
打开城的门，放远古的士兵冲出去
城墙的旗杆上，挂满黑暗的头，在眺望远处的尘土飞扬
一匹马，一条枪，血淋淋地前往

十二 守望

◆荷包◆荒原狼◆自然法则◆童年◆少年◆门槛◆来年
◆冬天来了◆过客◆吹箫◆驿站◆大道

◆荷包

有香囊的夜晚，如清风拂面，海水勾起涟漪

那是爱时特有的味道，旖旎而又腥腥然

白色的沙滩流动着记忆

一缕缕过往的风景成就不同肤色的风

棕色的婚床上，孩子们接二连三地出来

赞助我们蹦极的游戏

两个人的世界太寂寞，逃避寂寞是生命繁衍生息的理由么

灯光一针一线地被你纳进夜色里，仰望苍穹，星子从遥远的时代一路飞奔而来

是来赶命中注定的约会么

天黑以前，你在哪里呢，一个个红绿灯路口我都仔细辨认过的，没有你的发梢呀

背的影子也被土地吃进去了么

那你还出来带我去你的小屋么

在梦里给我发个地址也好

不，我不要再在梦里见你，我要你真实的歌声

我叩问脚下的泥土，扬起少许灰尘，算是伴奏么

铁路上的每个分岔口都有灯

灯光闪烁

把我们带入不同的方向

南辕北辙的瞬间，你我已泪流满面，相对无言

摆摆手，从今夜起我们遥忘于江湖

这次你是要真的离开我了

夜半导引的光和每一个流浪的车吻别

给予爱就是给予方向么

黑夜里的路有很多条，我睡不着的时候就会想起你

你还在夜半看着天花板听恋之风景的歌么

直到我迷迷糊糊地忘记你，如酒后空空的瓶

拥抱每一辆迎面而来的车是灯的使命

夜半的月台，空气在自由地流淌

我一个人走在没有影子的大理石路面

孤独也许就是我的使命

你走后的等待，月台都是寂寞的

放眼前方如过眼的钟

有芦苇摇曳，芦花盛开时发出声响，惊起飞鸿一瞥

世界坍塌在你的泪崩里

你说最最想你的时候打开这香囊

里面有锦囊妙计么

帮我走出这最黑暗的夜

一个人在夜里狂奔好辛苦，还要遭遇鬼打墙

黎明的时候才发现我们已经在墓地里转了很久

真的能回头么

瞬间里我就被撞成了风，像个幽灵，在这个城市的上空游荡

想进入你的床

冰冷的，没有激情，我怎么才能进入你

你见过水草在沙漠里活过么

也许有例外

那需要你打开你的歌，天天为它听

和歌一起用泪水换取太阳的同情，闭上眼，忘了回家的路

荒原狼

荒原是一头狼，在我们的内心狂野
荒原的尽头是沙漠
沙漠里长着干枯的胡杨和血红的落日
像举国的性图腾在燃烧

沙漠的尽头是荒原
荒原里有原始的欲望
和在湿地边捡垃圾的老人

荒原和沙漠的中间是一座城
蜿蜒几万里
人们在城里喝酒、做爱和收割罂粟果
白色的汁是可以让人沉醉的
可以医治小孩拉肚子，像水一样直冲天地
有风吹过寂寞的长街
窗内有无数双眼睛在直勾勾地张望
是口水吗？可就是没有打开的门洞，让爱进来

下午四点钟的广场上围了很多人
看一个拾捡破烂的男人
在用荆条抽打一个女人
嘴巴和下身都流着血
手臂和背上都是瘀着的青
很多人拿来馒头蘸着吃，治好了病

人山人海里满是咆哮的激情，振臂高呼，主啊，请可怜可怜我！

我站在紫禁城的钟楼上

极目远眺，看不到边
如同悟空守住五根石柱旁边尿骚的味道
天哪，引来一群花果山的猴子拍着照

荒原里也会有蝴蝶
人的脚步声往往凌飞蝴蝶的翅膀
沙漠上就能红尘滚滚，不是说孤烟一定很直么
一头钻进去吧，哪怕沙尘扑面，哪怕被湮没

荒原狼离开荒原就变成了狗
摇着尾巴在啃骨头
打完女人和往女人身上砸石头的男人们回了家
继续在炕上喝酒、谈诗和说爱

女人呢，一个人，赤身裸体的，在大街上，等着耶稣来救赎

冒险在丛林里生那么多孩子，是为了让垂危的父亲高兴

丛林里老虎、狮子一个劲地咆哮，还有狼和狈在边上一个劲地嚎

父亲走得很突然

在一个五月的上午，阳光灿烂

没能等到我回去说一句话

宝马车丧家之犬般地跑着，最后还是没跑过父亲归去的念头

如同夸父的桃林，在夕阳下白色落满大地

我推着手术车离开医院赶回老家的宅子

被医院的门槛颠了下，父亲张开混浊的眼，然后闭上

再也没睁开

满是寂静和叮嘱

记得么，棺椁在家必须停满九天，剥了皮的青蛙下锅时还会跳呢

生命的尽头是下雪的声音

父亲的温度不停地降

到老家的祠堂前，我只能抬着父亲从后门口进

茅山的道士说，父亲的魂在很多天前就散了，回家的都是衣服

天井里的石榴开着红色的花

和往年一样的阳光，在追着邻居家的土狗，尘土飞扬，遮没了红

狗尾巴花在河边盛开，诱惑着往来的鱼

木鱼咚咚，还有撕心裂肺的哭

越过土丘回头望
荒滩上，芦苇飘香，是火烤天鹅的味道
之字形的往人的身体里走
白色的羽毛飞上天空，叠成回家的路

◆童年

做一个被精灵偷走的孩子，永远不再长大

不用被家法伺候，不用被关进小黑屋

不用担心祭坛上生锈的铁笼，在某一个黎明被沉进水里

夜晚祠堂的芦苇没有了缝隙，容不下星子和月亮的交媾

河边的青苔爬满生命的牝门，翩翩起舞

在荒原和水边产卵，长大后不再用镜子寻找自己

不用再活在反光里

割开罂粟的表皮，让白色的乳汁孕育我，来年开出殷红色的花

再用一片片罂粟花瓣做成船

在漆黑的长河里漂荡

寻找达摩东渡的山洞，有泉水一年四季地流

穿越丛林和长不大的河

在生命的草丛里，有应龙的蛋变成了化石

三五成群地点着灯笼，依次繁衍生息

真的不想再在草原上驰骋，就算蝴蝶的翅膀扇起，深海沟里涌上巨浪，我也不再做一匹马的情人

在和牛虻的亲吻里，总是被打扰

孩子啊，每一滴眼泪你都不会懂，你的世界里留意只是欢愉的代价

◆少年

打开潘多拉的盒子，把自己关进去

我在黑暗中寻找远古狂欢的细节

篝火被做成遗迹，和荒原上的萤火虫一起，还有梦想

藏在空空的酒瓶里

噩梦来的时候，你会在半夜里突然坐起

号啕大哭，抑或咯咯地笑

尽管生息的地方都已经满是瘀青，欲望还是爬上我的眼

在黑暗里像金子一样发着光

偷来的时光总是短暂的，月色撩人，你两腿直立，被缠绕在一个没有水草的池塘里

鱼从旁边绕着走，水往高处流

干涸的塘底，如同婚床

在太阳斜视时诱惑我

如同处子之血还没到中午就开始禁锢我

◆ 门槛

雨季的时候，台风很少来
园子里的池塘
在天空中率了性地飘

站不住脚
桅杆上也没有帆
风无从下口
如同一只没家的老鼠
在大街上盲目地跑

火车跑累了会在夜里发出哀鸣
我会打呼
深一脚浅一脚捧着碗走路
夜晚是呼噜的家
一滴水真的可以流成黄河么
一城呼噜就是打更者的王
风穿过玫瑰园
越过纱窗
体验我

跨过去，不要踩在门槛上
悬崖上开出一朵蓝色花

◆来年

玫瑰花穿过一道道春季的门
走过曲曲折折的弄堂
像礼花在黑夜里绽放
几百年弹指一挥间
如同今天和明天的距离

玫瑰还是玫瑰，太阳却沉入了黑暗的渊面
上帝在水面上行走，让休息日里的苹果树停止生根，为落叶礼拜

来年在夜晚把自己送上云端吧，等积雪的玄光里有人过来接引
呼啦啦东山冰封几千年的川一夜间被绚烂消融
这是礼花最后一次陨落，溃败，水流成河
河面上有木盆在漂流
木盆里有你的童年、木屐和手摇车

你的背影原本就是我的宿命，风撩起你的长发
如同印第安人的脸在羽毛下的图腾
你向我走来，大踏步地，看不清你的颜
回头握握手，变成一缕青烟
直直地遥望苍穹

不是说地狱之门永远开着的么
我是火焰，燃烧成灰烬就是我的命
我是蔚蓝，给灰烬浇点水就能让枯树开花么

七七四十九天过去了，你还没有来，你被耽搁在投胎的路上么

找不到烟道吗？干脆打碎屋顶的玻璃窗，跳下去，深潭和井栏随你选

知道么，我一直躺在树下仰望星空呢

牛奶喝了很多瓶，我还是没有开悟，是苹果没有砸在我脑门的缘故吧

没有火冒金星，就没有夜空璀璨

村口一洗如贫，尘土安静地落了一地

青蛙在祠堂里颠来倒去

如同爬在婚床大花牡丹的双喜被子，上面有去不了味道的童子尿

乘着飞毯周游列国吧

天地间一片荒凉，如同光把黑夜覆盖

黑夜是种子，给点敞亮就会发芽

长成参天的苹果树，在伊甸园里可以对着蛇打盹

◆冬天来了

我把生命交付在你的口中
从天而降的灵找不到落脚的窗

正午的光和满地的叶在弄堂里打着黄色的滚
如同打皱的婚床上，有一地的沉思

水漫天飞舞地晒出来
遮挡旁观者的眼
无穷无尽的恶毒和算计

高高的烟囱不再有火星闪烁，静静地瞧着自己的影
井水不犯河水
冰冷的，在路上的魂
为冬日的激情，默默地叫

◆

过客

天空有一个倒影
在水面
如同玄关把地挡在了泥土里
蚯蚓进进出出
在雨后的田埂上裸聊

深秋的叶在河岸上飘，追逐阳光的味道
沉下去，见不到渊和天的脸
凡·高的金黄色是让人疯狂的
让人想到上古的男男女女在树林里直接地野合
红河谷流成了黑峡谷，满是烧焦的后土的迷惘
和离骚的唱吟
绵长而幽怨
激情和灰烬都化成了祖先的牌位
在雨天的闪电里，在婴儿的第一声啼哭里徘徊

人的生命原本就是一条船
停在干涸的河床
船桅上的帆如同单，迎风飘扬
夕阳西下，男男女女的战场上硝烟弥漫
死不改悔的是荷尔蒙的游荡
把沾着的雨露晒干吧，在一个黑色的夜里
童子又撒了一泡长长的尿

上帝在水面上走
杂草丛生
恐龙蛋在深潭里石化
猛犸象的牙有蚂蚁在奔跑，从明朝走到现在
沧桑和裂缝如同一杆锋利的枪

卷起旋涡和山的影
横七竖八地恶心你

生命中的雪山哟，你就是我的过客
林中的路上爬满了紫色的藤
我走过的印记就这么被结界，被封存，被遗忘

蜘蛛一层一层地结着网
让星辰在黑暗里进来，再在黑暗中出去
从不和阳光不打交道

黎明就像吸血骑士炼成了灰
樯橹在哪里呢，火光和呻吟都已经入了库

急切间我们找不到彼此的门
只有高高的墙
断在心头

其实生命真的如什么并不重要

一条鱼一动不动地躺在沙滩上做如是想

◆ 吹箫

在路灯的街头做爱
像两条流浪的狗
夜猫，在窗台上，瑟瑟发抖地呼唤春天
黑暗里几个孩子晚自习回家，有大人牵着手

湿润和水是欲望的代名词，火在小腹部燃烧
落叶在灯下闪着绝望的光，那是年轻时贪婪的代价
如同一只饿了很多天的狼，在雪地里
被凶猛的羊角围在了中央

你的眼泪淌下来，和水合在一起，倒影满天繁星
痛苦，激动，快乐得让人疯狂
让人忘记麦田里的稻草人，肩头站着密密麻麻的麻雀
分不清雌雄，都是一样地在黄昏里呻吟

我们都无药可救了，在冬天渴望温暖超过七月
谁又记得骄阳流火下，找不到藏身之处的狼和狈
生生地被烤成了肉酱，被抹在面包上
分不清公母，扭着屁股走路
扑朔而迷离

你赤裸裸地在路灯下
箫声响起来
我越走越远的背影
竹杖，芒鞋，斗笠
一匹空荡荡的马

◆ 驿站

你是我生命中最熟悉的那首歌
雪花飘落的时候
我听到晚祷的钟声在追着脚印跑
三千里路云和月
一念就是那十字路口的幡
在风中摇摆，替汗血马招魂

歌里的音符呢，一个个跌倒又爬起来，在风沙中
纸醉金迷

一千里追风，我们都奔跑在路上
一匹匹马在夕阳里倒下
再也没有起来
如同夸父被葬在了桃林，仰望星空，空悲切
憋屈了，不妨仰天长啸吧
大雄宝殿的门槛上有很多蚂蚁在搬家
风雨里，梦想不归途

马厩里早就没有了干草
可耶稣又该如何诞生呢
玛利亚的疼痛一阵高过一阵
如同海水和沉船，相互拥抱又相互湮没

◆ 大道

我见过你咬牙切齿的样子
那是在午后，空气中满是情欲的味道
老式的婚床，云雾缭绕，还有油灯忽闪忽灭
在风中
如同一条中世纪的船卡在了溪流里，落满了花
水从周围绕着走

流动的盛宴是寂寞的
飘浮在空中的酒瓶回不了家
如同一幅油画横七竖八地躺满了人
从地狱吹来的风呀，把我带向何方

十三 打更

◆钟点工◆铺天盖地的雨——赠默默兄弟◆生命的味道
◆麦田◆礼花◆蚯蚓◆天坑◆等待◆拾荒◆送别◆诞生
◆提灯人

◆钟点工

雪地上是满面吹来的风，迷失了我的双眼，泪纵横

夜深了，十八路车如同游魂，一步步地走过曾经的墓地

终点站到了，知道呢，重新回头就又是起点

站台上的风铃在发出孤寂的叫

你一个人捧着书本上车

黑夜打湿了黑色的字

踉跄的脚印很快被风雪掩盖得了无踪影

一层层，如花瓣被葬在泥土里

时间呢，我对着狂奔的夜空问流星

橱窗里一轮红彤彤的太阳，在升起，清晨，你敲开门

满目沧桑和滂沱

◆铺天盖地的雨——赠默默兄弟

来来回回的马车给着劲地打喷嚏
呼出的雾在悬崖边结成了冰
向这个世界式微

冬天到了，离冻死狗的日子也不远啦
兄弟啊，刨一把柴火，从雪地里，把风箱呼起来，暖暖手

成年的灰满打满算地落下来，从烟囱里
黑了手心和手背
眼睛也还是明亮的
牙齿在烟垢中闪着劫后余生的光

说好的优雅呢?
天鹅在结冰的湖面上走着魔性的步
说好的崇高呢?
麦田里，应龙在打着滚，活生生地向上天呼告
这是有悔的节奏么
一起飞舞吧，怕黑，今夜我们就不再关灯
让走廊里，墙壁上，回荡着我们穿越过去的影

冰封的岁月是兄弟间的距离
雪还没有融化，太阳又从东山上升起
看哪，奥德赛的船在海中央打着转，如同被抽打的陀螺
塞壬和宙斯在船桅上哈哈地笑
让风一个劲地往哈迪斯的冥府里吹
真冷啊，我们缩着脖子一起往上飞

走就走吧，在雨中，我们好歹还有泥泞相伴
叶子掉下来，还有枯了的枝送行

亲兄弟呀，就让我们一起算算天地间的狗肉账
把上帝关在窗外面，让他傻傻地扶着建木笑
从此，相望于云水间，天高皇帝远
且看那清风明月，在黑夜，如何拂照山冈和大江

◆生命的味道

今夜有暴雪，纷飞时铿锵有力
让白天有了期待
明日里还会持续暴雪，让雪人有了期待
不就是融化成水流进麦田么
期待许久的生命，在雪的深处，静静地绽放
没日没夜地
让花瓣沾了满鼻子满脸的雪

一起在夜晚去山顶听听蜡梅的冷香吧
沿着无梁殿前长长的甬道
我看到你屏住呼吸，把香留在唇齿间的背影
曼妙而骚动

阳明先生格竹子很久了
竹头低到了雪地里，和土粘在一起
西北风呀，让我们一起奔跑吧
去看山涧里的玫瑰是不是一个人在独自开放
没有让蜂蝶进门

一轮红日什么时候能跃出地平线呢

大雪横行霸道地在空中飞
直往衣领里钻
囚禁了老树的灵，让虬枝不再发芽
无论白天还是黑夜
有雪的地方，天地间都一片干净
跺跺脚，稀里哗啦地落满了仓
那是麻雀对于饱暖的欲望

世界一片混沌

我看到你站在雪中央，依稀的背影在夜奔

那是死亡后的图景，在我梦里反复地出现

梦见自己在隧道里朝着远方的亮光飞

余光瞥见你耍酷的神情，长发飘飘，墨镜，黑披风

老家的白鹅摇摇晃晃地和土豆一起进了锅

柴火在锅底噼噼啪啪地跳起来

如同巫女在赤炭上舞蹈

天地野合，闪电和雷鸣就是和音

不要再留恋雪在脚下的呻吟了

早点回家吧

这辈子的努力

不就是让自己在雪夜，可以拥着炉火，吐沫星子乱飞地翻读淫书么

土豆烧老鹅，吃完了，添加些粉条和白菜

再来一壶清酒敬敬头顶上的神灵

让他在雪夜，装作醉了，什么也看不见

◆麦田

残雪地，一声接一声的獒叫
守夜人的手电筒在梅香上晃动

四周一片寂静

蜡梅的叶插空飘下来
听得见落地时的痛

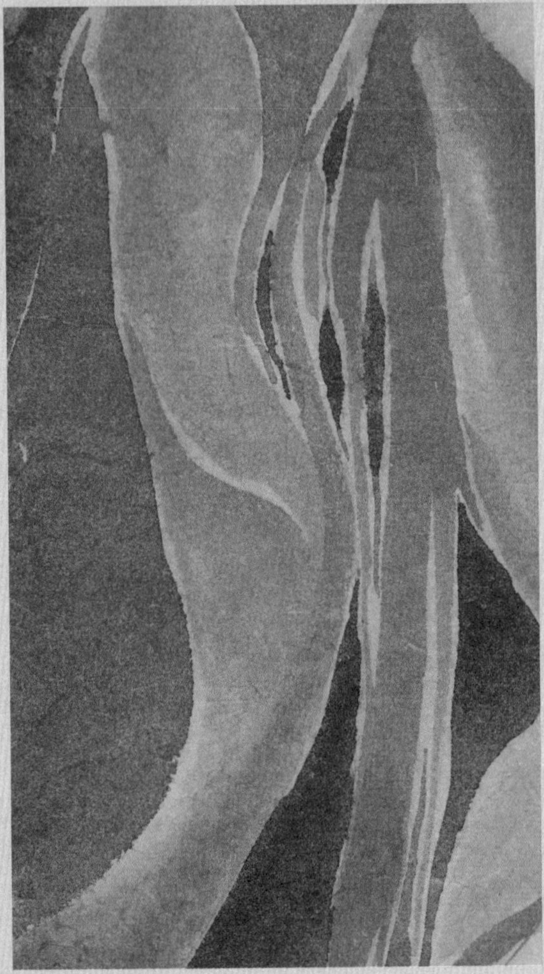

◆ 礼花

阳光还没出来
雪就忙不迭地化成了水
羞羞答答地从楼顶上掉下来
和落叶一起仰望春天

◆ 蚯蚓

泥土憧憬着楼台上的烟雨
江水一片狼藉
河床上，肆无忌惮的船犁成一条条道
如同婚房里男人对于女人的幻想
那也是泥和水的梦想
中间远远地搁着一条鱼

江船背井离乡的吆喝声，一声比一声低
纤夫的脚印一串串，如南去的大雁
踩不出一个闷屁也孕育不了后代

◆ 天坑

黑夜里，我睁开双眼，却看不清夜的黑
五个手指在天边撑住了山

撩开青纱帐，跑马高粱地，一圈圈地躺下来
等待王的宠幸

白天里，我凝视太阳，却看不到天的白
黑漆麻乌地在月球背面筑巢

梦里醒来的月色里传来桂花的香味
一种被砍伐被蹂躏后流出的乳汁
血红色的
那是吴刚赤裸着上身砍柴的象征

尿泡尿就走吧
翻个跟斗
回到花果山睡我的压寨夫人

◆ 等待

我的园子我做主
天黑的时候，你从城外来
看玫瑰花开在角落里
一塌糊涂的美艳如泥土的唇

阳光是如此安静
看树木来来回回地撞击城的门
在月圆之夜，打开自己吧
让血
放飞梦，绽开花，松绑一江春水

对着历史的灰烬撒泡尿吧
多少英雄在里面呢
樯橹上是秃鹫在盘旋
欲望浇灭了，就可以变成晚餐
在长长的桌子两端
你和我
空空的盘子，还有洁净的刀叉

蜡烛在无用地燃烧
我们都是倒影，悬挂在蓝天下
黑夜是我们的家
家里有赤裸的春光
外泄

倒影的尾巴被钉在十字架上
像一只壁虎在转动
指引我们方向

◆ 拾荒

雨在夜半看了你的诗
风就不再能睡着
想象着光溜溜的身体在星空下翻滚
天空就有无穷的犯罪感，轰隆轰隆地涌上来
荒漠里流淌的甘泉哪，你的身体是如此美丽，你的生命又如此不堪一击
如同夜晚，如同白昼，周而复始地和黄昏乱伦
乱伦或许是最美丽的春药
分分钟就把情爱秒杀
一路伤痕累累地七绕八拐，却也春意盎然
河床的中央长出一株株蓝色的花
水绕过它们流

三百年的老石榴成了精，树皮煮水可以让人的骚动退下来
不再去作诗和赋
邪魔的世界里，没有了花的芬芳
没有果实的圆润，像翘起来的肥臀
那不是掉在牛顿头上的苹果么
梦醒了，人晕乎乎在路上，一个劲地高潮
寻找那双无形的手

皇天呀，是不是一定得父亲死了，儿子才能成熟
正午的时候，父亲的棺椁从后门抬进来
儿子扶着电线杆汗里吊唁，开口便号啕
还能拈花微笑么
祠堂里，阳光透过天井准点照进来
公鸡一如既往地追着母鸡满屋子跑，咯咯咯地叫

后土呀，是不是一定得老大死了，老二才能上位
无法无天的世界里
西部牛仔用劣酒埋葬情欲
拿起枪，杀掉几个人
吹一吹枪口冒出的烟
对着蚂蚁窝撒泡不痛不痒的尿吧
看匆忙如斯，看岁月偷偷地寻欢作乐
明天去相遇的廊桥，把梦丢下
把尸体全扔进河里，去镀镀鳄鱼池的金

女娲大神呀，是不是一定得女人死光了，男人才能安心
补洞的石头才能垒齐
我们才能在灵柩前打牌喝酒守着夜，在隔壁摸黑叫着天

今年的冬天特产是暖
窗格里爬满了紫色的藤
蜡梅花开，叶子还没掉
枯黄的是叶，鲜活的是花的心

叶和花最后一次拥抱，是在一个黎明夜

◆ 送别

今夜泡脚，写诗，撩女人，看伊利亚特到深夜
这个时候是三更天，还有谁会记起我
只有一屋子灯光在黑夜的挤压下陪伴我
我占了孟婆的地盘，你喝了我的水
继续回梦里赶路吧
你是我这辈子唯一的善良

◆ 诞生

用了你梦中的一句话进入我的诗
就如同撕开你的衣裙进入了青纱帐
诗歌里我是你的王
青纱帐里我们边浪边巡航

恒河水一个劲地流
洗洗干净吧，今夜你就是我的口粮
看哪，无言的屋檐下，燕子衔着泥巴在等你

你真的还在那三江的源头么
我沿着五千里河道狂奔
寻找适合我们的床
风吹过，胡杨就是最美丽的忧伤

村庄里桃花盛开
为荒年储备些种子吧，篝火燃烧，满星空都是迷惘
滴血的夜晚，对一首情歌，就可以搭起爬上窗的梯

我是天窗下望着小鸟飞翔的男孩
长大了，我要你做我的新娘
和你一起在小树林里听落叶滚过的凄凉

◆提灯人

我喜欢与黑暗为邻
不经意间可以触碰下光明的底线
我喜欢在黑暗的阁楼，抽掉楼梯
像上帝一样思考
闭上眼睛
感受在旋涡里挣扎
被水勾引和一种被往下拽的欲望牵持

大年三十的夜晚，许多人提着灯笼走回家
墓地必经之路么
为什么必须在今夜回家呢
磷火飞舞，那是冥府的礼花么
摸摸脑袋，一头的雾水，凉冰冰

怕什么鬼打墙哟
不就是让我们在回家的路上来回地转圈么，快点吧
父亲走了，母亲一个人隔着石砌的围墙　远远地眺望

看呢，拐弯处，曾经有回家的生命被黑暗吞噬
天黑的时候，总有游魂出来寻找目击证人
当年，普罗米修斯是为火种而战，把黑暗关到潘多拉的盒子里
我们为什么呢？黑暗和我们如此亲密，如此沆瀣一气
我们只有在黑暗里才能安心进入梦乡

当阳光和黑暗不期而遇，生命瞬间没有了颜色

黑暗总是把黎明裹挟着往前赶
如同一只球在草地上，被孩子们踢得乱窜
他们其实并不知道

我们内心的孤独、恶毒和深刻的自卑哟，黑夜才是温柔的床
有床才有新生命的叫唤
如寒冬的蜡梅忙不迭地让花和叶合谋
就是为了赶着在活的时候能为泥土殉葬

祭祀祖先的纸钱带着火星努力地往上飞
我们叩头，上香，沟通天地人神
我们守岁到灯笼熄灭，拍拍屁股回家
我们一起沉入长夜里，醉生梦死

知道么，黑暗才是光明的使徒，光明只是黑暗的盛宴，朝生夕死
每日里流动的，是萤火挥舞的光圈
在潮湿阴暗的地方，身体如鲜花般盛开
让我们可以在黑夜里做着黎明的梦

你有在黎明做过黑夜的梦么

十三　打更

十四 洞的诱惑

◆回家◆他人和地狱◆每一片雪花都没有落错地方◆雪獒、紫藤花和生死劫◆家◆小白在天国的花园里奔跑◆凌晨四点◆一个梦开始◆天若有情◆生命是那一抹灰◆黑洞◆光鲜

回家

家其实就在路上，尘土飞扬
踉跄的是人群恶毒的笑脸
许久地站在黑暗里，看车灯如袖飞的霞

在东南方向第一个丁字路口
我把母亲叠好的元宝点燃
给另一个空间的父亲和哥哥送去温暖
火是唯一的通道，燃烧的过程就是涅槃和重生

我就是一头掉在陷阱里的狼
一次次往上冲，一次次落下来
我听得见人来人往的声音
吼破喉咙也没用
黑夜来临，周围全是磨刀霍霍的笑
倒插的竹签开满了花
在梦里，被童真的欢笑追着跑
颤巍巍地爬过那独木桥

就因为一次欢愉生命就没有了模样
灵魂飞出生天有罪么
林中有许多岔路口，伐木工都做过记号
只有我迷失在其中，找不到阳光的味道
腐朽和潮湿生长，疼痛难忍，如初夜

深夜，我戴上墨镜走向世界
文字就像蒲草，点着了在狼群里哀号
对着雪山，我打开卧室的门，让风进来
天哪，赤裸裸如大卫，冷冰冰地闯入
佛罗伦萨的巷子口，窥阴者排成行

这是一个适合寻欢作乐的时代
我们在小酒馆里无奈地写作
在酒后的地毯上做爱
咖啡，烟叶，串珠，还有女人的披肩，充满欲望的海报
都是我们的同谋
让我们在春天一次次绞杀孩子

真想永远堕落下去
不用在夜半醒来为明天开门的费用担忧
不用在黎明的黑暗里盘算利息和房租、工资和税收
还款的钟声响了
我们弯腰打开门
请隔壁的牛鬼蛇神一起进来
从此，再不用搬起石头垫在窗台下偷偷地听
我们现场表演给你们看

看吧，我们就在舞台的中心
在灯光聚焦下声色犬马
多大事呢，不就是脱光了纠缠在一起么
我们一边纵情享受
我们一边数着门票

一边流着泪

在没有星空的夜晚

装一装文艺和斯文

那些天都没有流星落在我们心头

亲爱的，我们得学会在贪婪和淫荡的目光里呻吟和号叫

执手飞上云端

◆每一片雪花都没有落错地方

我躺在雪地里，听冷香铺天盖地如棺椁般包围我
雪是花的灵，花是雪的魂
花的雪替冬天向蜡梅道歉
雪的花替蜡梅向冬天致敬
从黑暗中跑出来的黎明
匆匆忙忙地和每一片雪花
缔结生死文书

我们常年飞升的山上，积雪在融化
夏诺多吉神性的光笼罩着我
我匍匐在光的裙下，洗涤我内心的欲望
每一次飞升，雪水都飘浮在空中，冰清玉洁

央迈勇的草场上常年被雪覆盖
青稞酿的酒有荷尔蒙的味道
村口外乡人的小酒吧
每到黄昏，就开始分泌生命的原始禁锢
打开围栏吧，把欲望和羊群一起放出来
雪地上仓央嘉措回宫的脚印，麻雀般觅食
片片雪花如归雁，在风中，飞蛾扑火般回到地面

夜雪纷飞，你在泥泞的路上等我
似万千乱箭的雪从黑暗中奔来
你把灶神请进来，把财神供起来
把帐篷支起来
四面八方的爆竹响起
来舞台中间点一支香吧，你就是天底下最美的情人

白的是黎明的雪，粉的是春梅的苞，黄的是蜡梅的

精，肉嘟嘟的希望在涌动

如同少女的胴体，赤裸裸地探班

没有色情，只有诱惑，在阳光下，花成了水，水草上挂满了冰

看来年，玉米地里会重复的狼烟四起

荒原从四面八方赶来

祭奠一个不屈的灵魂

那是人类生存和绵延的绝望

咆哮吧，寂寞的宇宙，天空中塞满了孤独的雪

◆雪獒、紫藤花和生死劫

小白，是一条雪獒的名字，如同白色的公狮

它是黄土高原上雪山王的后代，成天在高粱地里徘徊，找寻那个穿红衣服的新娘

一不小心，落入红尘，和泥土一起风云翻滚

金毛成了它上上下下的伴郎

紫藤花开的时候，它嗅到空气中牝门的味道

那是情窦初开的血，隔壁闺房里身体的香

血腥而又诱惑的气味哟，夜奔吧，催生花开了七次，一次次的冲动被堤岸围起来暴打

小白让自己的灵魂放飞在性的无助里

如同蕾打开自己，让雨水进来，滚成了露珠

炕上面火热火热，欲望的汗珠层层叠叠

那是死亡和黑暗的气息，在围栏里，和井水一起沸腾

生锈的铁门，血盆大口，被吞噬的灵性

血淋淋的铁锁链，张牙舞爪的情欲

小白咬着铁棍，最终躺在淤泥和黑暗里，樱花盛开在它的旁边

向你的主人呼号吧，在月亮升起的夜晚，一切都变得躁动和暧昧，海水越过地面，扑向月亮，如同后羿射乌的箭

嫦娥在桂花树下看着呢，咬牙切齿才是你最本初的兽性，露出你的初心，恶狠狠地撕咬

管什么善良和忠诚，夜空里弥漫着发情的饕餮

呻吟又有什么用呢，紫藤花正紧张地缠在树干上

如同两条美丽的蛇，在交尾，老树干就是沉默的情郎

半部《论语》真的能治天下么

春暖桃花开，后山的小树林里满是吊床的痕

三三两两地走进池塘里，汉服和丝巾挂在芦苇上

吸出了脚上被蛇咬过的血，悬崖上就开出了殉情的紫藤花

蛇是从上帝的园子里跑出来的么，今年的冬眠特别长，谁还有耐心等待呢

苍蝇和蚊虫快点过来呀，老鼠早就是盘中的餐，清蒸还是水煮，谁又会在意呢

小白围着紫藤花在转圈，径直扑向那柄黑色的锹

逝去的男根，如同坟帽上扦插的柳枝在风中凌乱，那是小白的骄傲呀

奈何桥下，无尽的叹息叠成浪，浪花过后是孟婆的汤

破茧成蝶么，凶恶是你的招牌，残忍是你的本性呀

理想在哪里呢，今夜有梦想，肚子很疼痛

摩崖石刻掉进了时间的陷阱，潮湿和风化是它致命的伤

山阴处，纸船明烛，残缺的石像默默地成形

燃烧吧，我的困兽，漏过一次轮回又能怎么样呢，下辈子你还是我的坐骑

我们一起去饥荒的藏地，给秃鹫送上身体作为食粮

免得它总在天葬台上空来回地盘旋

扰了菩提树下的修行和清宁

火星从烟囱里飞出来，神采飞扬，献媚上空的黑
主啊，请不要离开我，我做的我都不知道

这是小白在紫色的花海里呼出的最后一口气
挖土，入墓，立碑，纸钱，默念心经，一气呵成
生命和死亡的结界，情和欲的篝火
从远古的荒原一路走来

◆ 家

真想放纵一次
在这样的雨夜
趁沥青路面还没有湿
找一个人满地打滚
污水里的花瓣也还是花瓣呀
落叶在清水里泡久了也一样发愁
看哪，牙套在黑暗中闪着金色的光
那难道是牙的错么

汽车像一条无家可归的野狗
在雾霾里堵塞如路灯
慌慌张张地对着月亮狂吠
时间，佛珠，红绿灯
黄色的哈达打成的结
转世神童念的咒
电话里空荡荡的，我滚落红尘
就为你倚窗而立的背影

窗外有雨么，哈口气，可以画一个大大的饼
在夜空中吊着，如镶钻的项链
引诱人们从四面八方来
去石头城里做那红色的梦
春天醒了，樱花醉了，桃枝插在瓶里
去年的柳条在坟帽上发了芽
我知道，这样的雨夜，做什么都是浪费的

喝一碗白粥，吃两个馒头，配一碟扬州的酱菜
烟花三月在虹桥的洞里搭一个窝
看琼花飘来飘去，走的是哪个方向

是水推着在淌的呀，和花有什么关系呢
在倒影里行走，没完没了的都是梦

柴火在土灶里燃烧，烟囱迷失在风里
我使劲揉着双眼，红色的眼泪哟
潮水中一条鱼的记忆
搁浅在沙滩上

阳光起来的时候，给鱼背上浇水又有什么用呢
把我推回到大海里吧，那里才是我的家

◆小白在天国的花园里奔跑

在夜晚，黑暗是当然的王
光闯了进来，鲁莽地如同夜裹住那夕阳
凶狠地撕开了帷幕，掌声响起来
你如潮水般退出，踉踉跄跄地掠过墓碑
那青草丛中，不时传来几声虫鸣

垃圾再多也还是垃圾，燃烧垃圾就能孕育生命么
玫瑰花开，空气中满是受精卵的味道
正午的阳光穿过云层，你如同藏区的僧人，奔跑在生命的路上
古铜色的钟声，堪布的诵经，如海浪般汹涌
命格之神哪，我们匍匐在坛上，仰望微笑

冰川的水淌下来，跌倒了，再爬起来
你在浪巅上，伸出你的手，从深红色的僧袍里
你的手是张开的，你的声音是洪亮的，你的努力如苏格拉底一出生时的笑
雅典的神殿里，高大的花梨木柱子，带着森林远古的信息，呼啸而来
成为你生命的印章，冰封的芽是我洪荒时的梦
黄昏睁开血红的双眼，疲倦和衰老是我们的本色

夜半的时候，我坐在山顶，想象前世的花园
园子里有各色各样的花，黑暗的，诅咒的，腐朽的，妖艳的，死亡和诱惑闪着金色的光
如同宙斯雷霆的杖，生出了不屈的枝
叶子上有水珠，那是天地的精华在黎明前的勃发
天亮了就会滴在土里，霜一个劲地吮吸你的灵，给春天留个念想

黑色的土地是用来繁衍后代的，泥胚只有在炉火中才能纯青，唱出来梵呗的符

那是我们多少辈子的魂在人世间穿行

所有的穿越都是以生命为代价，碎片散落在角落里，和天上的星辰对应

你是下来帮我的么，让我看到光、柔软、远方、彼岸和希望

医院和考场，如同山海经里的兽，在吞噬我们的魄

全力以赴吧，冲破一重重结界，你就能在虚空里，揽到神的芒

像上帝一样在渊面上行走……

◆凌晨四点

今夜，我把灯留给樱花
让它在凌晨四点落英
有米罗在旁边守护
米罗是一条被阉割的金毛
做一个飞扬跋扈的种公是它的梦想

花瓣积成了泥土
和情爱一起在残雪里等待
春天依旧会来
和冬天手拉着手
像一对离了婚的恋人
面对生锈的铁门和锁芯

没有钥匙就爬过去吧
让心中的花在路边绽放
书房的灯照在黑夜里
让我们的手可以触摸荒凉
天是冷的，地是凉的，手是冰冰的
如同捧了一手樱花的瓣
从古老的青砖缝隙里走来

有过去的味道和气息么
忘记了昨天，那就是今夜的图腾
今夜，玫瑰花还在沉睡
叶子却已经醒来
在黎明前，和黑夜最后共一次枕边
含苞的花魁是耳鬓厮磨的痛
月光冷清，青蛙一如既往地鸣

荷叶上的露珠在夜风中翻滚
那是巫山过后云雨的泪
生养禹在鲧的身体里
三年的时间也就是一天的光景
凌晨四点，剖开肚子吧，让禹跑出来
带着应龙一起修理洪水
逢山开道，鱼和旱魃一起冷落冢

息壤早就围不住水了
修一条天路吧
穿过湿地、水草和温暖的身体

◆ 一个梦开始

做一个青天白日梦
在黎明最黑暗的光景
你带着邪恶和魅惑敲我的门
性感和美丽是你的本色
风起于云涌之端么
雪山坚硬地直插云霄
回答神的困扰

风旗滚滚
我在漫天飞舞中张望门外的雪
还是那么惶惶然
如丧家之犬
终日里和冰冷为伍
落幕时没有掌声
潮水退尽
留下一地鸡毛

母亲推门进来
捧着一把干枯的荆棘
打断了春光乍泄
在大灶上生火
空气中爬满饭的香味
还有旖旎的旋涡
那是土地、阳光和种子在风雨中的和合

老家园子里的枇杷树上落满了鸦
压断了枝条
压断了对于阳光的念想
我咬牙切齿地，也没能把你推开

神啊，宽恕我们吧

我们做过的每一件事带我们来了这里

我们不知道

如同热锅上的蚂蚁在眺望苍穹

伸着长长的舌头

◆天若有情

寒夜时分，人们在炕上庆贺
天终于下雪了，雪花可以捏成面团
放在锅里煮，食色同源
很多人围住烟囱，添油加醋
葱花还是蒜叶都入不了你的法眼
我们在锅盖上跳着沉沦的舞

不同的雪花在黑夜里都是一样的冷
落在心头，落对了地方，那就是明天
明天太阳还是会升起
照在我们苍白的脸
很多天没见了
磨磨牙就让她走吧
不就是泥土的芬芳被蚯蚓拱了个遍么
下雨天的田埂上
莲花千疮百孔

胜利了，让我们狂欢吧
我们喝酒
在城堡里，对着蜡烛玩吹灭的游戏
真想醉一次
哪怕是对着马桶干呕
我们做爱
在火炉旁，对着空荡荡的马槽读你的诗
干草有些漫不经心
为冬天的马储存粮食

马在荒原上一个劲地跑

◆生命是那一抹灰

火车在夜半总是一如既往地叫
撕裂周遭的黑暗
冲进去
如红海的水被分开
让月台留在身后
一帘的幽怨
日光灯在夜风中进进出出地逛

能被裤带捆绑住的那还是欲望么
我的鞋带呢，在手中挥舞成了一个个圈
把你套进来，听我的布道
在我的欲望面前臣服
我跪下的时候你站起来
天黑了，期望你的淫巧能有所提高

月台上的脚印是残缺的
风吹过，我毫无指望地爱着你
落花遍地，为泥土饯行
鞋底上落满了一层灰

走到哪，天都有黑的时候
欲望在火中燃烧
门后面，激情从水里游到岸边
初升的阳光在恒河上
把呻吟变成了灰烬

我昨晚去看了山塌方的地方
古老的颜色下默哀着很多的年轻人
他们都是一个时代的等待和希望

如今我来了

你们也可以走了，安心地沟通人神

◆黑洞

未来是什么样子
紫藤在古老的城墙上安家
箍住了春天
不让红杏出来
桃花夭夭，诱惑如同黑洞，张开了猩红的口
我们在门口张望

几千年的皇城根
房依旧，床依旧，阳光和黑夜如故
地砖依旧，坑坑洼洼的是过去的脚印
在宫门外，大踏步地流响
点灯了，光在胡同里成了路
我们低着头前行
上朝了，一路跪拜，黎明还在沉睡

园子里有棵树，带刺的枣树
枝头上很有些年头的窝
一任任的飞鸟过来，又一任任飞走
不变的是根上的土，和泥里的蚯蚓在蠕动
红枣煮成水，在夜半补补元气
继续把谎话编圆
我们是听着故事长大的一代
圆梦是我们一辈子追求的梦想

池塘里的水满了又溢，旋涡在黄昏闪着光
走进隧道就能扭曲时空么
我的过去在后面冷笑，毛骨悚然
天和地合在一起，我们被挤成肉饼
让黑洞把我们收了吧
做恒星的偏房，在眩晕里歌唱

◆

光鲜

一夜一夜的失眠
如同海浪冲刷着礁石
黑色的，在月光下和雨水来一场邂逅吧
爬上去又掉下来
只留下一簇簇泡沫在等待

夜枭在夜半孤独地叫
鸟语花香都是发生在黎明最黑暗的光景
鲜血淋漓，却又撕扯不开
雨和花原本就是一对冤家呀
花是雨的魂，雨是花的灵
没有花的雨是寂寞的
花拄着雨的拐杖一路走向花的家

明天我要去寺庙里写诗了
年复一年的你，依然手搭凉棚在张望
一丝仓皇从开口的拉链里
漏出脑袋
光秃秃的，和小朋友们争夺天空

你在隆冬的雪中一个人往前走
我在黑暗的抽屉里摸出了很多药
胡乱地塞进嘴里
等待黎明时疼痛的缓解
再睡一个回笼觉吧
捎带着，再做一个白日梦

门楣上，有马蜂在做着窝
进进出出的，在我们头上飞

我在梦里看到我光着腚捅了蜂的窝

雄赳赳气昂昂跨过黄河和长江

十五 生命的原型

◆意义◆爱情◆和屈原一起◆黑夜可曾放过谁◆男人◆女人◆恶心◆焦虑◆我的欲望不做主◆食色，性也◆生命的小样◆星期五

◆ 意义

生命就是黑色的风
从你嘴边扬起
如同蝴蝶的翅膀
在遥远的深海沟里扇动
风
经过麦田、悬崖和天葬台
在秃鹫的盘旋中
吞吐天地

◆ 爱情

墓碑上的夜莺在歌唱
玫瑰年复一年地开在墓地里
会不会在鬼撞墙的三更天
被践踏，被蹂躏
花瓣落在地上变成了坟墓的肥料
在来年进化成蝴蝶飞出来
成群结队的
里面有我最爱的新娘

◆和屈原一起

悲哀如同蛙鸣越过池塘
越过草地
越过路
在城市的小巷里穿行
铺天盖地
惶惶然，如流浪的野狗
在垃圾桶里寻找最后的晚餐

无论是明天还是黄昏
汨罗江的水
总一如既往地向东流
恍恍惚惚的，不舍昼夜

◆黑夜可曾放过谁

在这样的夜晚，我该向谁言说
鼻腔的疼痛和在蚊帐里驰骋的蚊子
疼痛在麻木地蔓延
如同温水里的蛙群在欢快地叫
吃饱了的蚊子想夺路而逃
如同孕妇面对十字路口的车流

白天，我可以在树荫下观看蚯蚓的生活
不，还是给蚂蚁窝里来泡尿吧
我就是那洪水猛兽
让蚁后脱光了臣服在青纱帐内
等待我的光临

有什么样的白天就会有什么样的夜晚
就如同有期待才会有喜悦和神圣
重逢与再度分离
言说和不可表达
是一把消失的钥匙
开了门，门就不见了
我到哪里去把你寻找呢
天地人神，我是被遗忘在火山上烤的红薯

这样的夜晚，有很多人为了离骚而装作睡不着
人生苦短，总得思考和反省生命呀
如同在《道德经》里给孩子取名字
完成的是上古的传承和神秘
好奇终究害死了猫
我们能否在这样的夜晚
不再落寞，不再流泪

十字路口总是让人疑惑，徘徊和找不到方向
很多人就是在试探中丢失了性命
一束殷红的玫瑰，一篮子刚下的鸡蛋
在路面上闪着破碎的喜悦
那是自由和束缚的枷锁
是分水岭，是移动的地平线
踏过去就是明天了
今夜就可以不用一直停留在黑暗里

◆ 男人

在黎明前的夜里
鸟为什么而鸣
是享受还是排泄
只有井里的蛙群知道

◆ 女人

在冬天，雪花打开房门
铿锵有力地叫
雨季来了，每夜都有花瓣落地的声音
和沉重的泥土相比
如同古城堡被攻破的欢呼
是末日的钟敲响了么

屠城开始的时候，我们都躲在黑暗里

◆恶心

在秋日的墓葬群里做爱
天黑的时候
乌鸦站在墓碑上围观

拍拍手，哼一首摇篮曲
生命如同一条被抛弃的河
滋润着坟里的土，又禁锢着坟外的泥
湿漉漉的，把脚擦干又重新踏进去
享受子宫般的温存

河依然是村头的那条死水沟
岸边有很多很老的柳树
默默地守护生命到死亡的距离
短短的，燃烧爱恨情仇

纸钱一如既往地烧起来
纸灰飞扬，遮住了赤条条的身体

◆ 焦虑

在春天的花丛中做爱
蝴蝶围着身体飞
天下的玫瑰都有刺么
玫瑰分不分雌雄呢
一场爱下来，总是伤痕累累
没看到有枣树呀
我们在石头和香蕉之间徘徊
那是上天给的选择

阳光在花上流浪
寻找瓣与瓣的缝隙漏下去
偷着去和泥土耳鬓厮磨
怎么过都是一天
那一天总会来

白蚁躲在花蕾中让雨寻不到
土地里有一层层的棺木
那是美食、墙和梦想

◆我的欲望不做主

雨开在风中
如花一样哀鸣
如荼的是火
还是那燃烧的欲望
天空中满是淫欲在沸腾
水煮鱼还是水煮青蛙
谁又能说得清楚呢
我只知道屋顶之下是苍穹
烟直直地往上寻找家
那是欲望的灵

太阳在燃烧
不死鸟在风中涅槃
空气在燃烧
红是火里的荆棘
被戴在人子的额头
和十字架一起
流着活色生香的血
冲动是情的坟墓
在第三天和人子一起复活

玫瑰开始燃烧
土地开始燃烧
关上门，躲进小楼
两个人一起把生命烧成灰烬
敲敲门，把灰撒在潮音洞里
梵音似烬，在空中飞，贴着头皮

轮回的时候就继续燃烧生命吧

生命是水，业力是碗
水干了
碗倒扣在空中
吮吸我们的魂
看纸钱在下午三点的时候跳动

我在阮籍大哭的穷途逡巡
像一条孤独的狼
在雪山顶寻找冻僵的蛇
用我的温存让它醒来
带我一起重走回园子的路

◆食色，性也

形形色色的人群
五颜六色地赶着路
那是在黎明，阳光与梧桐花和黑暗一起舞
嘴里啃着七荤八素的包子
九色光从天窗的顶下来
看看我，也看着你
在高铁站的扶梯里穿行
你上我下，行李打着招呼
和月台告别
熙熙攘攘，口水掉了一地

真的会有凤凰来走无障碍通道么

◆生命的小样

雨离开了天空，扑向我
我插在土地上，站成了林
雨是来滋润泥土的
麦田是用来埋葬稻草人的
头上满是乌鸦拉的屎
稻草人，我，乌鸦
都在等待神的门
打开
丰乳和肥臀在行走中孕育了刀的锋
嘎嘎，冲啊

◆星期五

天为什么为我流泪
我在雨中行走
路在我脚下
落叶粘在我的鞋底
往下飞是雨的梦
钻进泥土垒成的床
蚯蚓躺在彩虹桥的桥洞里
啃食清供的垃圾，如同蛇
吧唧吧唧，吧唧吧唧
风吹走了我的鞋
一只孤独的领结，黑色的，向我走来

十六 虚无

◆乱世佳人◆水手◆零◆今夜，我想做一个自暴自弃的人◆领地◆蚊帐◆爱情的由来◆银河里的米◆皇帝的新衣◆生长◆哀鸿◆太阳有喜了

◆乱世佳人

地以一种向上飞的姿态应召天
敞开胸，打开门
迎接
飓风、雷电和蚂蚁
让激情来得更猛烈些吧
丧礼上木鱼声、哭声、背后的大笑声
和纸钱一起在空中淫荡地飘

明天还是会有阳光，有雨露
在夜晚爬上你的床

◆ 水手

孩子，我听见你在哭
美人鱼的泪和海水一样咸么
是和妈妈一起在夜灯下看到了精灵么
萤火虫和星空在漫天要着价
海上的雨天，船面很滑
跌跌爬爬，站起来又掉下去
如同雪山上
高原反应让我们做不了爱

起风了，把帆升起在月光下
一浪一浪的潮水往高处跑
如同马奔腾在草原深处

水手是属于大海的
我是属于欲望的
看到美女
水手也只能一步一个脚印地拉着纤

◆ 零

在这样一个隆重的夜晚
还有谁会想起我
雪花在飘，青蛙在叫
车贴着地面跑
晚课声声，我在海潮汹涌中苦苦支撑
如一叶扁舟
看哪，有光线从远方来
我还能得救么

◆今夜，我想做一个自暴自弃的人

今夜，是你的生日
雨穿过阳光的帘
如燕子般在我额头做窝
衔来的每一根树枝都是带血的
还有那些草，那些用欲望编成的帽
一次次在寒风中呼告
和我们一起滋润大地吧
或者，让大地风干

在夜晚，是玫瑰生长刺的时候
荆棘和阳光是天敌呀
不分雌雄
花，只有在黎明最黑的瞬间才绽放
她守护着刺，如同男性的根

我发誓，我要让大地变得温存
宫寒是生不出孩子的
一如种子在冰冷的土里发不了芽
期待又有什么用呢
鸭子和鹅都被搬上了餐桌
伸伸筷子吧
胖有什么关系呢
从明天起，我们做一对幸福的娃

◆领地

我白日里昏昏沉沉
在阳光下画一个又一个的圈
给麦田犁个光光的头吧
在夜晚生一堆篝火
再钻一次草垛
知道么，歌舞只是那应景的借口
微风吹过棕色的身体
汗珠滚落山川平原
穿越肥沃的草地
和溪流合一

看哪，西部牛仔正勇敢地插上云旗
显示大地雄性的主权
日天日地日空气
呼啦啦水飘起
那是藏獒抬腿对着杆在尿

多少年过去了
再不曾跑马圈地
垦荒拓土
老枪锈蚀在一堆赘肉中

夕阳西下，一只流浪的狗站在村子口

◆ 蚊帐

我白天做事
夜半写诗
阳光下我给每一朵玫瑰浇水
暗地里生就一份情缘
做来世的情人吧
看哪，在那桃花的源头
有桃木做成的符在闪着诱惑的光

光在夕阳下撞着钟
声在牢笼里回响
钟声囚禁了我也慰安着我
知道么，黑暗是没有影子的
很多灵踩着门槛往上飞
看自己的身体被换成新装
忙忙碌碌地从竖着的隧道中掉下来
消失在熙熙攘攘的街道里

别拽着我的身体呀，我要飞
别把眼泪掉在我身上
好重好重的，直把我的灵魂往下拉
如同风筝的线
中阴的世界里生命有很多灵在飘
它们是麦田里守护的稻草人
鸟在光光的头上拉稀
成片成片的乌鸦如云般覆盖了悬崖
覆盖了我

我的影子在哪呢
灵魂轻了

是不是就见不到阳光啦
影子注定是见不到黑暗的呀
她一直在黑暗中生长脆弱的光
如同萤火虫有两片很尖很硬的颚
可以扎进蜗牛的腿里
在黎明前，吸干对方的血

黑色蚊子说：要有光
于是，就有了光

◆爱情的由来

你是一头永远养不家的狼
清晨，坐在门槛上
看对面高高的山
黄昏，止步于烧焦的芦苇滩
听江上的浪声，在夜晚一浪高过一浪
如夜莺的歌声在玫瑰花心叫床
浪里有很多白条
她们婀娜多姿，自由自在地奔跑
她们赶着去用身体网罗天下

油锅和蒸笼都准备好了吗
在岸边，它们是最好的婚房
火在燃烧，如同太阳在身体里烤
岩浆呼啦啦地流
淌过高原、平川和湿湿的草地
在雪山之巅发情地号叫吧
月圆之夜，地狱的门是洞开的

你从黄山的迎客松上滑下
黄昏的迷雾笼罩着你
松针和岩石划破了你的衣衫
饥饿和渴望闪烁着狼性的光

夜晚在万千宠爱里临幸
放纵白天的热
风肆无忌惮地围绕你的伤口
做黑暗的帮凶
涛声依旧，鸟窝在月中摇晃
鸟蛋爬在枝头上

张望

你在终南山的夜里被雪看了个够
赤条条就没有了牵挂么
打开窗，纷飞的雪是只属于冬夜的
青海湖边的头狼在帐篷外逡巡
你闯入它的领地
它拖着你走进水中央
在月光下，看湖水没过你的发梢
淹过你曼妙的腰

仓央嘉措的情歌是有毒的
在湖底唱死了很多成群结队的鱼
它们变成石头，仰望圆月升起于东山

是时候了，把你用围栏和冬雪圈起来
一起听春虫在冰川下绝望地呻吟

◆银河里的米

我在这样的夜晚想你
花儿是如此宁静
野蔷薇爬上烟囱，仰望星空
流星植入我心
如尾巴在风中遥想
我们坐在屋脊上，晃着争春的腿

旷野的玫瑰和灵魂在黑夜里交合
把荆棘托付给花蕊，把雨露交给黎明
在初夜留下暗的血，结痂了，天就停了下来
转一圈，和日月同辉

青色的草在你张开的滋润下发了疯地长
我是一头来自冰天雪地的狼
你的温暖就是我梦里的窝
婆娑中我对你生出念想
一片天就是三千年呀
洞府里，我的灵魂被烙在你的唇

知道么，樱桃一辈子的理想
就是在未成年时
被麻雀啄了一口又一口
雀儿是最晓得蜜的好
在纷飞的夜里如拐杖般点过长廊
漆漆的，有一种空从你眼里放出来
一滴蜜就引来蚂蚁一行行
在刀刃上舔血，腥味也是红的

潮湿的床单，挂在阳台上，一天天地飘

如同招魂的幡，在背面是你的灵
阳光能晒去潮红么
不朽的胡杨在沙漠里变成了杆
指引我前行
指引我摸索着石头过河
到黄昏的谷里
套住那抽了风的马牛

◆皇帝的新衣

我要挣脱那野兽和锁链
做天地间一粒自由的尘埃
和点水，变成泥土
让花开出来
在夜晚，无拘无束地吸纳天地
生儿育女

棍棒底下真的能出孝子么
孝子会不会有情欲呢
鞭打有用么
血，五颜六色地流成了河
花灯在河上漂，带着很深的怨念
在明天，我会用玫瑰花的心迎接玉露
露水接多了，可以养鱼，可以砌墙
把你放在王位上，荆棘是新婚的鞭
看湿湿的门，爬满了蠕动的虫
冲刺吧，奔跑吧，为了轮回
记得把烟囱扶正

太阳没有起来，你眼里全部是深渊
今夜也没有了蛙鸣，天地间一片寂静
我喜欢在这样的雨夜
躺在床上
关上灯
听远方飞奔的车冲进黑暗的声音

◆生长

总是在雨夜想起南门的山谷
萤火虫和热浪一起飞舞
青苔是最温的床

午夜梦回，秋千荡过
曾经，你赶着鸭群走在废墟上
如今满是世俗的吆喝
池塘边遍插红旗
在秋风里红得发紫的是那一抹春光

恰好，裙下有一片落叶在瑟瑟发抖

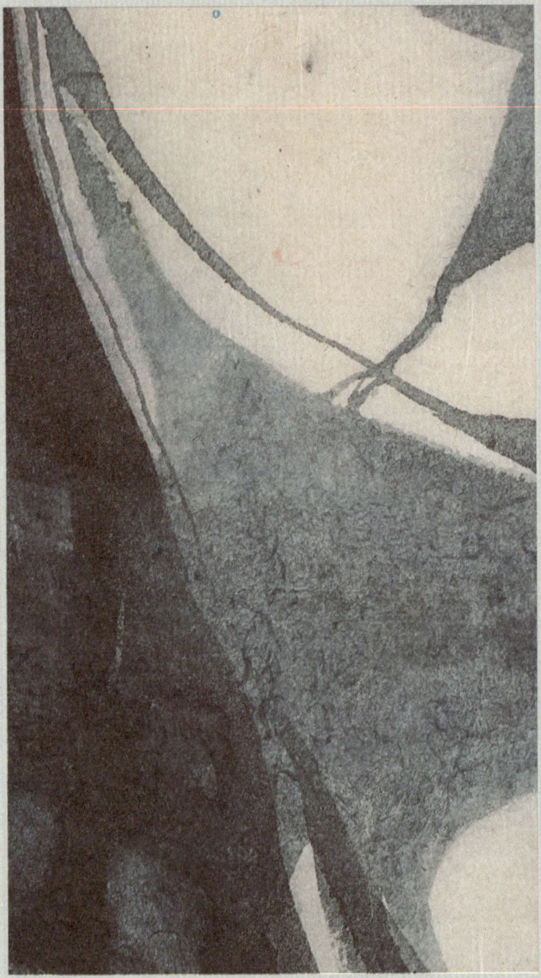

◆哀鸿

纷飞的雨是最容易遗忘的
如同鞋忽略阳光的芒
伞在烈日下行走
看不到你的面容是如此忧伤
写一首惊世骇俗的诗吧
在梦里，不再相见

这是怎样的悲哀烙在空气里
倾城的雨打在花上
花瓣一片片落下
飞舞是花最后的梦想呀
遍地的向日葵扭动着脖子
眼睛满是迷茫
仓皇如脱兔

太阳有喜了

流产是不能凝视的
岔开的树枝上挂满了鸟的窝
生锈的铁丝，残缺的叶
还有那麻木不仁的果
小鸟张开了嘴
叫板天下
让腥风来得更猛烈些吧
血雨已经让裤脚匿名
回家吧，亲爱的，你快醒来
我们拉上窗帘，孤独地终老

老去是不能凝视的
看你曾经的丰乳肥臀一夜夜消瘦
如同没有水的笼头，滴滴答答到天明
它们为婚床，为大雪纷飞
热血沸腾的伴奏
惊扰了高压线上那秃头的鸦
扑棱棱地飞起，卷起千堆的尘
藏到土里又有什么用呢
土里有蚂蟥、蚯蚓和黑色的蚁后
我们都会老去
如同机枪手发出的子弹
弹壳掉下来，叮叮当当的，为鲜血奏鸣
我伸出鸡爪般的手抚摸你瘦骨嶙峋的胸
原来的白皙和性感呢
在纸糊的窗户上戳个小小的洞
搬块砖头垫垫脚
听屋内的呻吟如一江东去的水

我从不忍心看你病床上的脸
干涸的沙漠上
鬼哭狼嚎的风在咆哮
肆虐着你的眼、你的鼻和你的唇
赤裸裸地望去
荒丘里布满荆棘
新月落满了斑
昨夜的篝火呢，曾经赤条条地纠缠
灰烬在西风中飞舞
如同萤火在雨夜狂野
萤火虫分男女么
它们在黎明前用尿浇灭理想
没有崛起，没有梦
清晨，听一窗鸟叫
手术台上的镰刀，镊子在共鸣
缝合伤口的线在哪里
一团乱麻，没有个头

死就死了吧，我不敢凝视棺椁中的仪容
苍白如雪，如尘埃一地
再低也就如此了吧
等什么时候开满了花
我也拈一枝玫瑰看着你笑

十七

临终关怀

◆情种◆月光下对面红色的顶◆天葬台上的秃鹫◆慈悲◆缺席的冬天◆情欲◆岸◆山路上那些迷迷糊糊的灯◆网红的草席◆胭脂井◆风生水起◆森林里的吊床空荡荡

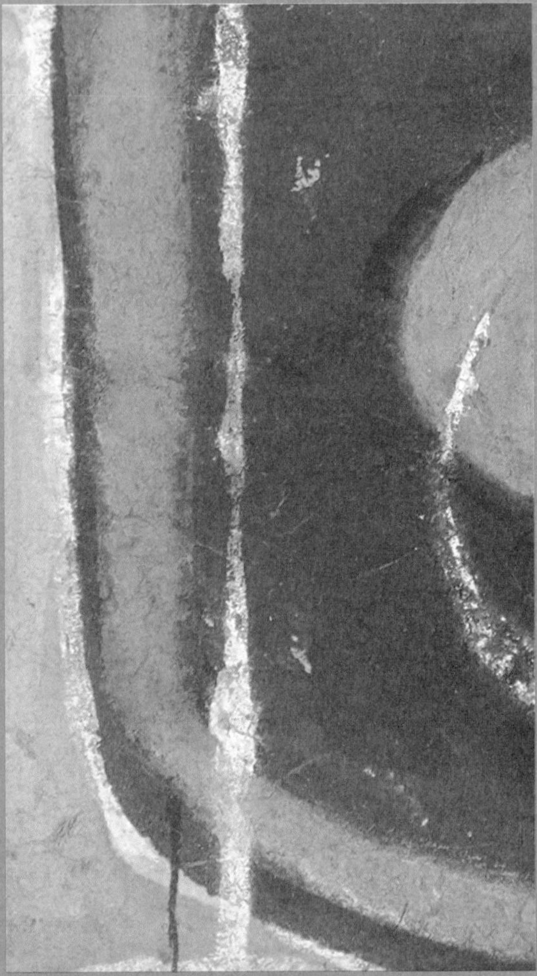

◆ 情种

我站在深渊边凝视你水中的影
听腐朽的独木桥上木屑淅淅沥沥地飘
这一池波光不就是那漫天星辰么
一起跳下去吧，手拉手
心从喉咙口飞出来
用渊的水把欲望之火浇灭

爱情，是一座燃烧着的老房子
风吹过来，桥开始晃动
烧焦的柱子和横梁
一直在雨中忧伤
杂草丛生，乱石缝里有蜻蜓点着水
从腐朽的泥土里挖几条蚯蚓做饵吧
可以钓来很多的鱼
清蒸，红烧，油炸，就这么上了新婚的床，祭奠少女的稻田
燕子的窝在哪里
洞房里一地的欲望张开了腿
把盖头支起，如同帐篷，红色的
如同处子在夜半的血
初夜早就没有了
在那个黎明识破黑暗的夜晚
童贞就在老房子的青石板上被谋杀

老房子是木结构的，很耐看
新房子是钢筋混凝土，很实用
水在浴缸里诱惑屋顶上的蜘蛛掉下来
光溜溜的，支棱八叉地演绎未来
翘起屁股的是性感和生命的门

一起在镜面上燃烧吧
如同明月最终还是从了潮水
被锁在了深闺

退潮后的沙滩一片狼藉
月朗星稀，我看见你苍白的脸
和流汗的鼻尖

月光下对面红色的顶

人很努力地吮吸神的口水
一如亚当和该隐
爬行的时候，肚皮贴着黄土
背上晒着烈日
扛着石头上山吧
我在等待戈多的长凳上等你

塔楼上的窗亮着黄色的光
指引你爬上爬下的方向
夜半时进来
黎明前赤着脚出去
手里拎着农夫的鞋
看呀，孩子们提着灯笼
正大踏步向我们飞奔而来
把黑暗藏起来吧
做一根象的腿骨，被蝼蚁抬着走
多么结实，多么雄壮
多么空而不虚

我扣动扳机，对准太阳，对准我自己
如同礼花来黑夜走一遭
周围满是人群仰起头挤我
我还能剩下什么呢

你们都已经在我的头上压弯了腰

◆天葬台上的秃鹫

我在漆黑的高处
看路灯下溅起的刀光，有精灵爬上了我的窗
我从可园的阳台上
望着黑暗群山里的土著民
旗帜飘扬，军号嘹亮
他们用对文明的绝望推倒了挡土的墙

岸边的芦花哟，如浮尘，如梦幻
让水面变成天空的婚床
分不清上下左右，分不清宇宙洪荒
力量用在哪里呢，俑坑里马蹄声声
踏碎山河，听春雷，更与何人说

紫藤在木架上爬成一头睡醒的狮子
看男女在屋檐下偷欢
满头的白发生长在石头上
和路边的玫瑰一起讨论雨的背影
我在夜半听风吹来你的声音
那是上辈子的蛊在黄昏下的咒
每一道符里都葬着一道欲望

欲望是一把刀，如同一棵树
生长在我的血脉里
刀出了鞘，总是要嗜血的
如同中阴的魂在黎明吸食着烟和气
如同激情和汗水
从燃烧的身体里进去，而后出来
冰冷和灰烬就是她的牌坊

重复着先人的劳作不就是为了绵延生命么
青稞，酥油，檀香的红花
柏树枝，麦田里的小麦
还有雪夜里冒烟的煨桑台
神贪婪的是这血腥的死亡供奉么
神能不能断绝自己的欲望呢
而后又是多久呢，在举手和挥刀之间
看哪，秃鹫正盯着台子上的那一块块血肉
在盘旋，眼睛直勾勾，色迷离

听，叫春的夜猫又在不要命地嚎叫了
觊觎着天葬师刀刃上那最后一滴血
还有肉末和骨头的髓
要不要来点生抽，模仿家乡的味道
为坟墓里的偶像，树一块碑，关上我们的门
剪断那根牵引绳吧，一起掉下来
嘴巴着地，一口泥
鹰获得新生

可园里有很多花和树
桂花、樱花和香樟
秋天开金黄色花的栾树
还有带刺的玫瑰
当然都会落叶
尤其在黄昏

叶子掉了，有结很多小果的海棠
它们都是从深山里出来的
带着远方泥土和蚯蚓的淫荡气息
它们多半消失在人迹罕至处
曲径通幽
和那些万年的石头一起
向园区的土著民们致敬
那是三千座土坟堆成的山魂哟

生命和死亡就这样碰撞
火花掉进水里
变成了蝌蚪变成了鱼
奋力往前冲
上了岸，裹片树叶
站成了两条腿的人和没有腿的蛇
晃晃悠悠，如同秋千飞来荡去
在诱惑与被诱惑之间

那是伊甸园里苹果树的叶子么
怎么上面总有身体滚过的味道呢
茅草黄了，晚上喝了茶
在夜半真的睡不着

在深秋，太阳开始变得血红起来
像洞房花烛夜
像公鸡看着母鸡下蛋时

缺席的冬天

樱花树的叶红了
和枫树的红差不多
谁没经历过夏天呢
为什么人们凭吊的都是枫叶呢
这些都是花惹出来的祸么

深秋的路上
听树叶在脚下呻吟
如同深渊的水面照见你的影
石头缝里长满了枯藤
叶儿冬眠
和泥土一起等待春天

路边的躺椅上落满了叶
戈多低头
看着沾了灰的鞋

七路车的铃声呢
在那遥远的山坳里响

◆ 情欲

人躺在床上是分不清高矮的
黄金分割点在哪里呢
寂寞的火黑黢黢地燃烧着
河床和草地上有一群飘着芦花的苇
踩一根，真的能渡得了江么
风孤零零地吹着
我在山巅看月食如何进行

关上灯和黑暗同房
一样分不清黑白和魅惑
胖瘦是摸出来的
我就是那拄着竹杖的盲人
在大象的腿中间徘徊

大海呢，汹涌起来吧
把那块五百年的木头送上天
不让盲龟的头碰上

◆ 岸

在一个落叶纷飞的夜
我让自己滑进了欲望的渊
坐在五楼的窗台上
看阳光和渊面亲吻
水里有多冷只有我自己知道
如同临终的眼
在太平间的台阶上一级一级地驻留

一枝玫瑰独自秀着性感的身影
凹凸而有诱惑
刺痛的感觉真好
那是雨天拿起了剪刀
撕开了云做婚纱
横陈在橱窗里
我们排着队从四面八方的巷子来
看生命动物性的表演
箫声响起，和笛子同飞
水面上，野鸭如天鹅般舞蹈

朝着岸的方向奋力地游吧
无论是白天还是黑夜
星空和日月都伸着长长的舌
如同溺水的杆
被看不见的鱼往深水里拖
不让我们看到虚妄的饵

圆月和狗，有太多的惑
寺庙的红顶倒影在水里如宫殿
蒙上眼睛吧

让诵经把我们接引上彼岸

冲动的祠堂、牌坊和婊子
很多人浑然地在天井里打滚

◆山路上那些迷迷糊糊的灯

我无法在星空下入睡
流星如同秋千在我眼里沉醉
秋千上是你的童年
我提着灯笼走过
照见我歪歪斜斜的脚印
每一个脚印里都窝藏着一片落叶
开春的时候孕育成合欢的树
两棵并排的，永不相见的喜悦和悲伤

深秋花园小径的尽头是花的冢
花瓣覆盖了脚下的大地
隔离了天空的嚎叫
让今年的雪下得有些迟疑
花蕊连接了你我，也连接了树
世界很透明，又很关联
我们可以在螃蟹面前羞羞答答
煮熟了，叉开腿，稻田里满是荒草

听，阳台上有人在唱诵心经
如潮水般漫过黑夜直达星空
山岚里蝴蝶开始扇动翅膀
如同星星在夜半把荒凉照在石头上
花粉和浓雾遮盖了漫天飞舞的夜
湮没了石头在大地上航行
这就是孤独么

为什么情人们会来这里拍照
带着杀人的锄头和花篮
花篮里有梨花

我们被一千棵北美海棠包围着
玫瑰是它的仆人
樱花是它泄洪的床
在夜晚我们和池塘一起歌唱

明天呢，明天在哪里
诗人在床头写诗
你在预测后天
大风起兮云飞扬

网红的草席

这是一个刷脸存在的时代
哀悼和快乐都是幌子
面上的虚荣如同岩石
风化在我的内心
希望临终的时候能来点关怀
让绝望不至于如飓风般猛烈

听，海鸥在叫着，海浪在咆哮
船桅在雨中飘摇
五百年了，盲龟伸出了头
带孔的木板在哪里
哪怕是枷锁我也要走一遭
我要呼吸那有腥味的风
我要在起伏中把自己吐个干净

船板上那只埋头吃食的猪在哪里
蓦然回首
原来醉死在船舵旁

台阶上一枝网红的花血淋淋地看

◆胭脂井

风停了，我该如何思考人生
躺在床头刷微信
听遥远的北方雪跑来南方的夜
空旷、脚步和回响，还有狼的嚎
天地间，我总是在红尘里打滚
寂寞的时候欲望会很瘆人
手舞足蹈，在小路拐弯的地方叫
骑着马，迫不及待地跑
如同清晨等不上黑暗就会站起来
沉入一个故事在水里

今年冬日的雨来得有点晚
你踏着湿湿的落叶走，一步也没回头
一口口鲜血开出了淤泥里的莲
我依旧在污水里打转
为陀螺找一个借口
可以让鞭子死命地抽
马车跑起来了，我跟在你后面走
草落了一地，麻雀在做窝

月亮底下满是黑暗的孩子
雨停了，泥土露出狰狞
风沙滚滚，你最喜欢的那条丝巾直上天空
玫瑰红，如同第一次相见的夜晚

麦田没有了，孩子们在地头的摇篮里
满嘴的土，明年还能水漫金山么
我从死亡的驼峰上割出一碗毒
温润沙漠里千年的胡杨

做成你的婚床
让你滚出龙凤呈祥的单
喝下去吧，生命就在你的道里轮回

我在你头顶开垦出一片绿色的草地
让枯井的喊声，胭脂的红
在井栏里孕育出生命
我想你是真真实实的呀
还有那一夜白了的头
来吧，让我们一起平分生命

阳光带走一抹红的日子里
战甲带起了风
风在最后一个时辰
吹灭了孔明的灯

◆风生水起

阳光和蜻蜓在水面上交合
花瓣是渡过渊面的床
风掀起水漫金山的隐私
让三年前的玫瑰做成干花
落满了尘

是花儿总会枯萎
在雨夜会被扔进垃圾桶里
给老鼠们亲近的机会
如同美女咬着手指如厕
一样的马桶盖，一样的下水道
一样的清水，一样的排泄物
气味在黑暗中漫游
我压不住花要成为果实的冲动
在落地前，请允许我变成沙滩上搁浅的草

每个夜半，我都把闸门打开
等待那条从下游回流上来的鱼
历尽艰险，遍体鳞伤
锻炼了肌肉强硬了心智又能怎么样呢
水已经煮好了，葱姜切好了，生抽在哪里
龙门原本就是没有希望的牝牡呀
三千里水路你游得好辛苦

你一如既往的冷漠
欲望满足后，雨水被旋转的伞飞出去
冰面在脚底下开裂的声音
如你撕开的衣裙

让往事不堪

我把头缩在风的后面看静水流深

◆森林里的吊床空荡荡

突然发现，我站在路口
夜半的灯缤纷着我的惘然
随手抓一片五彩的叶子
如同溺水的草
随波逐那时间的流

好久是多久呢，时间如一块石头
从天上掉下来，砸中了渊的脸
圈圈涟漪再没了往昔的风情
真的有馅饼么
在隆冬的冰窟窿里
总有鱼向外面跳
鲢鱼，鳊鱼，昂刺鱼，甲鱼，乌龟

不就是熬成一锅鱼汤么
加些葱花、蒜叶和胡椒还可以治流感
总好过沉在水底与淤泥为伴
真以为你是皇帝的女儿么
青蛙就是青蛙，王子就是王子
关上灯，青蛙和蟾蜍一样吻上你的脸
分不清豁嘴还是大龅牙
我们在意象中和眼神的交媾里获得欢愉
一如尘世的爱在黑乎乎的路灯下
闪烁着性感的烟草味

脚印是红色的，烟头也是红的
镰刀和稻田，金刚杵和旋涡
人真的是猴子进化来的么
看哪，高高的旗杆上
你的红内裤在飘扬

十八 爱莫能助

◆词与物◆紫气东来◆第 22 天◆情人节，山洞口有一只蜘蛛在织网◆鬼打墙◆一切都是圆的◆阳台◆蝶恋花◆你的舌苔上长满了草◆黎明在黑暗中老去◆和田玉◆药渣

◆词与物

在绿篱的周围寻找一个洞
钻进去，回到我临时租赁的床
拉上沉重的窗帘
不看窗外那最高的楼
在黑暗中透过来的光
上帝走在深渊上，凝视你
也凝视我
亚当和夏娃在热的炕头上徘徊
如同幽灵在水与火之间
游荡

绿篱的中间是带刺的铁网
如同荆棘编成的皇冠
划破我的双足，血淋漓
看哪，人子正背着十字架
在深夜的街头狂奔
悲哀和遮盖，是那太平间里裹尸的布
和纷飞的雪一样的白

雪在路灯下迷离
你的眼如桃花般盛开
生命是一床有记忆的大花被
牡丹、烟头烧的洞、味道和血丝
都在网中央
红彤彤地锁住了我

◆紫气东来

病毒封城，邂逅了两条蛇
冬眠在山脚下的草丛里
一条漆黑，一条金黄
没有了打桩的号子声
没有了水泥黄沙的搅拌声
总算可以多睡会了
在太阳照到枕头的时候

今天的阳光有点冷，跳跳脚，把恐慌丢下
麦秸秆烧焦了和泥土一起纠缠
分不清你我，相互裹挟，逼种子发芽
到底是鸡生蛋，还是蛋孵出了鸡呢
看哪，蜡梅落了，枝头上挂满黑色的果
让瘟疫可以贴着地面低低地飞
把蜡梅的叶惊起

到处都是蛛网，到处都是临时搭建的警亭
穿过去，蹚过病毒流成的河
去隔离区看你
带你的眼泪回家
让鲋鱼在里面游泳
不用再相濡以沫
不再害怕信鸽在城市上空的哨音

我在三号站台下车，看到一只黄色的猫
头上套着一只白色的塑料袋
优雅地穿过隔离地
穿过那传染了很多人的三岔路口
如同你穿着旗袍，扭着腰走过小巷

戴上口罩，把望断秋水的眼遮住
回来时再用酒精消消毒
你说好在路灯下等我的呢
走着走着，我就倒下了
不再干咳，不再发烧，上不了呼吸机
看来，我的生命只有交给蜉蝣做主
天使和魔鬼正如同燕子在房顶上做窝
等着夜晚蝙蝠从洞里跑出来配种

生命是用来捧在瓷碗里一口一口吃的
土地是用来一寸一寸耕耘的
筷子掉下来，勺柄摔断了
非得铁犁生锈，牵绳风化，才能放我一天的生路么
行行好，来我的墓碑前，炖一碗红烧肉
念念心经为我送行
有口无心总比无口无心的好

我原本就是一粒尘土
粘在很多人的脚下
是风把我吹起
才漂过大河，直往天上飞
才梦想着可以和天一样齐
混沌，遮天蔽日

黑夜停止了，太阳停止了
一切都沉在黑夜的井里
会有产妇的分娩声划破天际么
阵痛和高潮是如此相近
如同黎明和黑夜隔着的一层薄薄的窗户纸

河床上开始起水，冬天就这样过去了么
干涸了很多年，新娘都可以嫁人啦
鱼游到砧板上祭奠婚床
鹅卵石五颜六色的在河道里挣扎
不想被涵洞里的水淹没
不想被作为和田玉镶嵌在婚戒上

在水底我们再闻不到天空的味道
病毒在山洞里和上帝一样地咯咯笑
影是倒着的，映在墙上
有镣铐执着手在火堆里舞蹈

火能毁灭一切，也能让一切重生
赫拉克利特咬着牙签如是说

◆ 第22天

在病毒肆虐的日子里
我想打开潘多拉的盒子
放出内心的魔障
去和一切美好做一次抗争
落在牛顿头上的苹果早已经腐烂
核仁腌制，存在棺椁里，有点咸
主动把右脸送给人打的人子呢
十字架上的身体到今天还在滴着血
从红海被分开的第 23 天起
我们把爱情困在炕头吧
戴上面具，开始繁衍后代
让底线沉沦为泄洪的工具

真他妈的爽啊，做一个坏人
去他妈的责任，去他妈的尊严崇高
去他大爷的道德忠孝
让所有的仁义礼智信见鬼去吧
喝一杯孟婆的酒
脱光了，我的肌肉是最性感的情郎
一切都是道貌岸然
一切都是虚伪做作
撕开画皮，在伪善的脸上打叉
我就是那最真实的欲望

欲望面前，蝗虫云集，可以让我们油炸了吃
存一点米面油粮，关上门
让天灾和人祸一起来吧
每一层泥土里都埋葬着一个时代

洪水算什么，瘟疫又能怎样呢
诺亚和伏羲总能回到园子里
赤裸裸的在树叶遮盖下
做人神共妒的事
只要不吃苹果
上面有着蛇发情后流的涎
只要不穿上草做的裙
光溜溜地，能让神看个够

看哪，夏娃和女娲正煮着大蒜生姜水
在青铜做的锅里
在九头鸟的仰望里
月光下，璀璨星空一丝不挂

潘多拉的盒子打开了
没有内衣和胸罩

◆情人节，山洞口有一只蜘蛛在织网

我听到一片片雪花落地的声音
如此清晰，又如此沉重
在夜半，在路灯的怀里
如同精灵在飞舞

除夕的雪花是悲伤的
病毒夹杂在其中
分不清你我
今夜的病毒也是绝望的
和逝去的生命一样
看不到黎明升起的太阳

生命是什么
生命离不开病毒
如同地球离不开山火和洪水
人类离不开战争和瘟疫
自由就是最好的借口
在血与火的洗礼中
欲望把自己跑成了一杯灰殖
以爱情的名义逃离生天

没有爱情的时候，我们真的很快乐
我们在阳光里看樟树结出黑色的果子
在废弃的停车场，找寻丛生的草和露珠
蚁群欢天喜地地扛着一根刀鱼的刺
如此雄伟，如此粗壮
蚁后在山洞里都快等不及了
美色和美餐，和身体一起美轮美奂

河边的石凳上情人们隔着口罩在亲吻
借瘟疫的名，我们放纵着自己
人们在放纵中寻找爱情
让爱情如刺刀般新鲜耀眼
要的就是人血的腥味耶
闯红灯时，撞飞的鲜艳如花瓣盛开

踩下刹车，真的能立地成佛么
下了床，真的还可以谈论爱情么
泳池边的躺椅上，黄昏里
白色的毛巾在述说红色的故事
缓缓地流淌
姑息是脆弱的惆怅
欲望是心里永远的痒
永恒都是以当下的消失为代价
落寞的背影
理想如电线杆般立在风中
丢人现眼

你坐在人力车上左右逢源地串胡同
没有口罩，没有手套，没有一次性雨衣
病毒向你飞来，穿过你性感的唇
如向日葵扭弯了的脖子
断了又怎么样呢
让病毒再飞会儿吧
瘟疫时期，终于再不用守身如玉

◆鬼打墙

今年的冬天特别长
我们被困在冰雪地里
听天空中传来的鸽哨声
如风铃般响起
屋檐下的冰凌在阳光下闪着寒色的光
把归燕挡在了巢外
春天还没有来
到别的地方去捂手吧

今年的冬日，天黑得特别早
我们在黑暗中沉睡
仓皇和奔跑被带入梦中
仿佛再看不到阳台上的鸟鸣
再听不到窗帘外的那一抹冷香
地炕里的柴火已经化成了灰烬
噼噼啪啪地没有了余响
我们依旧不能醒来
我们被困在梦中
左冲右突
如同生命在棺椁里享受哭喊和安宁

夜半，微信再没有人回应
诗歌的田里长满了草
生命发着黑色的芽
欲望如手术刀在身体上游走
天干物燥，夜半打更的梆子声
在无人的街头乱窜
借疫情的名义用一个澡盆就能渡江么
木鱼敲碎了脑袋

梦魇懵懂地固守在独木桥
前进还是后退
大雾迷江，哪里还有什么方向

深夜，惊弓之鸟在云层里穿行
枪口冒着的烟
久违的红色袖套
翅膀上滴着的血
镣铐般锁住了逃离的念想
我们束手就擒在这潮水般的黑暗里

知道么
橱窗里的女郎，鸡鸣寺的樱花
正竞相绽放
一如既往
一如我们睁着的眼

◆一切都是圆的

所有的海水都是咸的
为什么还会有浪花在波涛上咆哮
如同山谷里的蔷薇野性地喊
把我摘回去吧
养在花瓶里
忘了换水有什么关系呢
总好过相濡以沫的鱼
水再浑也是水呀
发臭了
一样滋养天地

所有的眼泪都是咸的
为什么低下的头又总会顽强地抬起
如同高原上的藏獒在雪地里玩命地跑
让我做一条看门的狗吧
啃一根冻僵的羊骨
一边等你回家
死后也可以葬在山顶上
看你深夜在阳台上念经诵佛
回向我

篱笆开了洞
野狗自然会钻进来
踏平了周围青色的草
还想着怎么在黄昏去搂远方的兔子
如同心上有了口子
欲望就会在里面坐窝
把蛋孵成鸡

鸡一个人就能下蛋么
我跪在床上向天问
在夜半的北风里

◆ 阳台

你站在橱窗里
对着巷子里排队的人群
诉说身体的诱惑
那是上帝的作品呢
何苦这么认真
人生如戏

华灯初上，分不清演员和观众
舞台延伸到了城市的每一个角落
你如此投入，如此出神入化
我拎着包走不进你的帘
包里装满了看戏的钱
戏看多了，就成了演员
戏演多了，就成了生活
我们一起被关在了潘多拉的盒子里
如同雨天的田埂上爬满了蠕动的蚯蚓
挥刀砍成几段
明天就是几个生命

在春天，你的衣裙被撩起了一角
让我们可以去看全世界的疯狂
还有蚯蚓肚子里的泥
在冬天来的时候如何变成冰凌

雪地里你把自己裹成个粽子
一层层打开
看到雪白的你
脸是红的
一种让人容易乱性的红

走进去，关上门，拉上窗帘
让洪水猛兽来得更猛烈些吧

红的雪，和病毒一样，在空气中飘
我能嗅出你的味道
赤条条地在落叶堆里打滚
遮住了所有的缝隙
不让泥土里的种子发芽

我的贪婪我做主
快走吧
上帝早就从后门离开了

◆ 蝶恋花

如果蜜蜂从世界上消失
雄花和雌花就再不能相见
没有了爱情，叶就会凋零
伊甸园的树也结不了果
亚当和夏娃就不会因为贪吃而被放逐
都说十个胖子九个是吃出来的
为什么人祖的口腹之欲
就会变成枷锁，让我们负重前行几万里

食色，性也，食和色真的一样么
最脆弱的夜晚，这个世界安静得耳鸣
雪如针尖般落地
我听到江心流水的声音
那是船控制不住对旋涡的迷恋
那是水手驾驭不了对锚杆的向往
恐惧和饥饿是如此相近
牝门对着牝门，针尖对着麦芒
死亡和性爱就这样
在风景最优美处
断崖式跌落
从小腹升起的热烘烘的浪呀
潮水般地在沙滩上画了一个圈

都说在天人的国度里
会心一笑就可以生出无限的欢喜
这样的欢喜也能怀胎十月么
去雷池踩个脚印
在菩提树下做个梦
大象就会送王子们下山了

用诵经拯救我们可怜的躁动
把热火从冷水中拎出来
一头一脸的浮萍
“爸爸，我没有喝池塘里的水”

我真的是回不去船上了
狂欢时我们看落日的苇滩上
芦花堆里爬满了冬眠的蛇
打一窝茅草结一根纤绳
穿过湍急的水
脚底戳破了也不能呻吟
以免扰了蛇在玫瑰丛里的梦
阳光下，蜜蜂诗意地爬在那黄金蟒头上

◆ 你的舌苔上长满了草

我在梦里咬着我的舌头了
这可是身历万千劫的古战场
有各色人种的入侵
有病毒和动植物的尸体
翻过来是云
覆过去是雨
不用到巫山顶上去品什么风餐雨露
所有的酸甜苦辣，咸淡青涩
不是都写在你的脸上么
淫荡和贞洁就如同双面花
绽放在你的唇
牌坊和橱窗虚席以待很久了
天井里的水面无表情地流

你终究是被时间打败的
你布了一个很大的局把人圈进来
你在舌尖上刺青
在隐秘处文身
在夜晚穿过微信赤裸裸地诱惑
两指间，曾经的晶莹被拉成了线
可以如竖琴般奏鸣
可以如黄河的水哗啦啦地滚下来

泪水什么时候变得这般混浊
门开久了，野风就会挤进来做窝
耸立的山峰就会慢慢地坍塌
就会垂下高傲的头
在午后，在满是咖啡的杯里
让人心酸地晃

河床也会渐渐地枯竭
让芦苇在沙滩上一个劲地寻找水
只留曾经的秀发在旷野空荡荡地飘

这就是狂欢的代价
知道么，一切都是有定数的
燃烧多了就会变成灰
起床吧，祖母在门缝看着呢
欲望正张着大大的嘴
空空的，看不到舌
如同太阳底下戴着的那顶草帽
千疮百孔
东南西北都透着风
云雨盘旋，找寻烟囱着床

我从疼痛中醒来，如醍醐灌顶

◆ 黎明在黑暗中老去

我是这个世上最伟大的诗人
睡着了会打呼
呼噜声有的人听了会很安心
有人会很愤怒地挥舞拳头
在黑暗中用鞋子敲打我的脑袋
我转个身，歇了几分钟，继续我震天动地的呼噜声
如同祖坟上冒的青烟被水浇灭了
只剩下噼噼啪啪的响
从此托着下巴进入沉思
研究阴虱最初起于哪一根毛发
阴虱跳起来钻进棉袄里作茧
期望来年有个好收成

我睡醒了会号叫，不是很神圣的那种
隔三岔五地对着黑暗学公鸡打鸣
引来母鸡下蛋，咯咯哒，咯咯哒
鸡蛋热烘烘地，上面有血和残余物
见证着产道的温暖和挤压
才会有水泡蛋的柔软和血红色的心
你不就好这一口么
如一个掘墓人在死人嘴里发现了祖母绿
去集市上把自己卖个好价钱
插上草标，让草在风中摇
引来阵阵鸽哨声，经过城市的上空，去意淫你

我疼痛时会呻吟
做爱时会喜极而泣
如同爬山时被尖石子硌了脚
带血的欲望和山巅的风景

一并诱惑着我
勾引我的贪心在阳光下暴晒
旋涡和鱼都会让我在梦里流泪
我的生命其实我做不了主
如同这噩梦总会爬过桥来找我
独木桥断了，梦才会醒
醒来摸黑起床对着马桶尿泡尿
继续睡，继续做梦和流泪
为你和这个世界

经常一个人在床上看天花板的镜子
看里面诗人不甘心地躺着
赤裸裸地，毛发一根根竖起
在大白天做着最最伟大的梦想
梦想着拯救你和这个世界
用一无所有的诗

◆和田玉

河床上开始起水，一摊一摊的
如同镜子，照着你童真无邪的脸
冬天就这么过去了
干裂了很多年，走了很多的人和轱辘
有水了，草可以返青，新娘可以嫁人
桥在狂欢，尾生的尸骨浮起来
鹅卵石五颜六色的，在河道上挣扎
趺趺撞撞的，不想被涵洞里的水淹没
赶紧滚吧，别挡住我的阳光
我不想被埋在水底玉化
我可是昆仑山下来的神石哟
怎么能总被俗人惦记
被人挂在胸前
看着人吃饭睡觉洗澡和尿尿
被人套在手上，带着油和汗水婆娑
我在高墙下，和阳光一起恶心我
赤裸裸地，没有遁形

◆ 药渣

在冬日的河床上种一棵沉香木
风吹沙打一百年
日晒雨淋一千年
土沁一万年
河水浸泡一亿年
虫洞纷扰一兆年
我能闻到你忽而有之的味道
在黄昏，把你当成药引
穿过黄色的宫门
在来世的帷帐里找到你

第二天的阳光照在胡同里
很多人袖着手斜靠在断墙上
盯着我的腿

十九 逆天

◆田黄◆赶集◆遗嘱◆同犯◆失明◆失忆◆雨季弯腰看着涵洞里的光◆一个人的巷子◆烟花在夜半是孤独的◆葬花◆审判◆绝望

◆田黄

稻田里的水起来了
如床单在阳光下舒展
它可以汇成溪流，也可以是大海
终究还是会干涸
看到龙虾、黄鳝和蚯蚓
一张张惊慌失措的脸
如同没有隐私的人
没有月色的夜晚
才可以赤裸裸的睡觉
让皮肤很柔软地与被窝相处

稻田的水滋润了石头
也出卖了它
如同猪，养肥了才可以动刀
才会听到嚎叫
平时可都是哼哼地呻吟

田黄离开水田
就一直被圈养在油里
和人为伍

贪婪和肥腻在灯下走红了眼
让黄色的美失了方寸
如同驴子被蒙着眼，拉磨

◆赶集

风从黄昏的第二根肋骨里穿出来
生命止不住地落下去
如潮水散场般
石头露出来
满是青苔和淤泥
没有了鱼在周围戏水
没有虾的攀爬
曾经的五颜六色，曾经的丰乳肥臀
如胶胎的马背上端坐着的仕女俑
吹拉弹唱，把丝绸之路走完
在干柴上烧成骨殖
和一团泥土在烈火中烧成青色的瓷
可以装酒，可以插上玫瑰花
供人欣赏和抚摸

骆驼打着响鼻和风告别
沙漠的门是一个英雄的洞房
理想不就是今夜能早一点钻进被窝么
梦想不就是跑马的骆驼把驼峰里的水分拧干么
我们都早点睡吧，在过道里，横七竖八地躺满了尸体，装听不见
看哪，夜车载着呼噜和口水在奔跑
下一个月台就要到了
赶紧把盖子捂紧，别让黎明溜出来
如同鸡蛋，从一个篮子跑到另一个篮子
带着鸡的温度和纹饰
赶另一个十字路口的车水马龙

鸡蛋吃进肚子里，变成肌肉的力量

可以收割水稻，可以打情骂俏
可以在田里撸一把麦穗
让鸡在丰收的年代里也享受富贵荣华
咯咯地到处得瑟底裤的颜色
蛋接二连三地滚出来
轻轻地进篮子里，进锅里，进肚子里
在深夜如同鱼肚漂在水面上
我饿了，该去集市上探探口风了

弄堂里的女人们正排着长长的队
来不及等待，花就凋零了
如同路边的灯在黑夜中穿梭

我的黑夜，我做不了主

◆遗嘱

亲爱的，哪天我死了
请把我的骨灰撒在普陀山的潮音洞
让我看潮来潮往，听太阳东升西落

亲爱的，千万别为我哭泣
中阴路上我会忍不住回头
饿鬼道上，还有美色和美食的诱惑
你的眼泪只会拉低我的灵魂
毁了我一辈子的修行
让我重走那悬崖上的独木桥

亲爱的，我知道人身如盲龟值木
我知道人生也有权力和财富可以止渴
可那不是远方的梅，那是鹤顶的红
就如同天葬台上有秃鹫在盘旋
灵鹫山顶也有彼岸花在微笑
死死生生，生生死死
定数到了，就该毫不犹豫地走

我要打开这生死的结界
不再轮回
我走了，我的罪也受完了
我的业也消完了
我不要在这世间再种下新的因
我恐惧那附骨之疽的果
我要重回伊甸园
再不被蛇勾引

亲爱的啊，你说我是你灵魂深处的一根刺

拔出来血流如注
你说我是长在你心里的一棵树
风雨夜，总会隐隐地痛
可你还是不能哭泣呀
你的泪水是能湮没我灵魂的渊
凝视久了，我就会沉沦
还是像人子般戴上这荆棘编成的冠
哪怕让我赤脚流血地走
也要卸下这异乡的十字架
让我的流浪变得如雪花般轻盈
如月光般皎洁
这样的内心才能住下你

亲爱的，不要为我担心
我一定会驾鹤西去的
把我的灵魂飞成一道美丽的虹
奈何桥边，我不会再喝孟婆的汤
我要站成让你记得住的容颜
在平行空间的入口处等你

亲爱的，我会给园子里的花浇水除草
等你老了，在你睡觉的时候
我会去黄泉路上接你
捧一束玫瑰
让你闻着香就能找到我
不让你在忘川河的烟波里孤独地漂

◆同犯

我在夜车的走廊里徘徊
像个幽灵，落叶在窗外飞
端着滚开的水在人群中行走
七零八落的衣裙，面颊上纷飞的红晕
五颜六色的肥肉堆在过道上
如土豆被装在麻袋里，松松垮垮地认怂
每个人都有曾经的性感和骄傲
每个人都会有柔软的瞬间
在夜半发出来
可以阉割冠状病毒的繁衍
口罩和床单有说不完的隐私
如红烧的肉在锅里翻滚
酱油和水都是帮凶

这曾是王子出家的前夜吧
在我的眼里，忧伤的马蹄和火车的轮
互相在传导，互相在撕扯
分不清口水还是昨晚的酒水
生命在夜炕上爬行，在流淌
干柴烈火在灶膛里合谋

明天的夜晚，释迦在灵鹫山上说法
我被隔离在酒店做核酸检测
排着几百人的队伍，衣冠楚楚地
一个外表美丽的女人
撑着雨伞在咆哮，吐沫星子乱飞
对天对地对神灵
暴躁的面目，狰狞而扭曲

这样的夜晚和世界还有什么可以留恋的
你走了
我一定跟着你
冲进燃烧的大火

天地间都是肉欲的影子，在竹林里晃动

◆ 失明

这是一座盲目而苦难的城堡
一代代主人按着圣经宣誓
向邪恶的烟囱
致敬

风化的脚印，流动的床单
墙砖上的洞、旗帜、硝烟和病毒
一起糜烂在阳光里
如同满天的花盛开在皮囊
多么无耻而荣耀
知道么，高谈阔论永远是穿不上底裤的
人们纵情享乐着偷来的幸福与战栗
王子的玫瑰呢
咬破手指为沙漠殉情

夏天的竹篮里有一汪水
我是真的爱你呀
厨房水池里有刚杀的鸭
黑夜来临，端上你们献祭的魂

我划着一根又一根火柴把黑暗点燃
如干柴在窑洞里给着劲往火里钻
风箱在两头来来回回地拉
如同斜靠在电线杆上的女人
烟灰，樱花般落满了湿湿的地
这对于疲惫的身体来说
可以躺下来就睡呀
泥土变成了青花
在酒地里和纣王把欢

黑暗把我圈在古老的楼梯
摸妲己委屈的泪
看哪，扶手上的皮一块块脱落
如酒后漫天的云，在打发欲望

漆黑而古老的长廊
人油蜡烛在风中凌乱地飞

◆ 失忆

当尼采在哭泣
阳光是优雅的，风是涩情的
女人的伞转着圈，男人的眼神如陀螺
抽打是最美的梦想
从后墙钻个洞
让红杏出来透口气
马车厢里，寂寞和病毒在翻滚
如云和雨的姿态

◆雨季弯腰看着涵洞里的光

花色的蝴蝶飞向了林中路

一步一回头

荆棘和玫瑰终归是它的命

路边叫不上名字的花草

在夜半唱着黑暗的歌

向内心的欲望

挑衅

打更的梆子，纤夫的水绳，裂开的杆

古树上的青苔，原始的泪

森林里有狼，有船老大的传说

雨是夜的梦想，在黄昏，裸辞日出

墓碑是它们停歇的地方

站在肩膀上对着太阳伸腰，晒霉

雌蝴蝶狠心地顺着大路飞

一步两滴泪

一滴给了泳池里的鱼

打湿了翅膀，忧伤和谎言满世界跑

不就是都与水有缘么

天色已晚，屋顶上的孔雀一直开着屏

◆一个人的巷子

四更天的路灯是苍白的
和黑暗争夺了一夜的地盘
树影婆娑，袖着手旁观
真想躺下来
回到夜的炕头
什么都不想
睡一个长长的觉
就这么不再想 11 路公交车站
不再想光耀门庭
不再想给提着灯笼的人引路
就可以不用再如此寂寥
不用再在白天做着黑夜的梦
不用在黑夜想着白天的光
不用在黎明来的时候独自走开和沉思

一辈子的努力和辛苦
不也就只站成了孤零零的一根柱子么
灯杆斑驳，直立于暗处，灯影苍苍
细雨淅淅沥沥，幽怨而漫长
盲人的竹杖点过漆黑的青石长街
空留下孤独的回响

拐角处，油伞的背影渐行渐远
我一个人走了，亲爱的，请不要追来

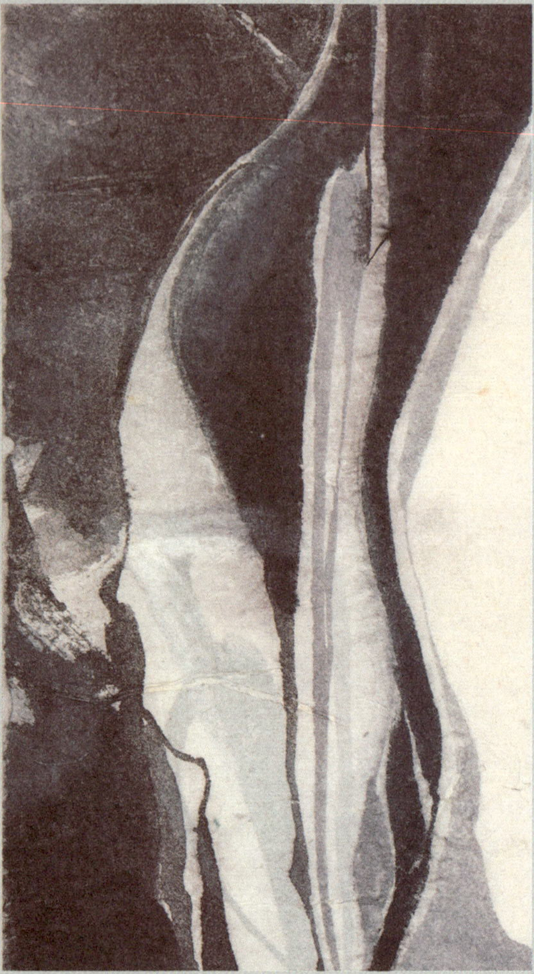

◆烟花在夜半是孤独的

她终究爬不上星空，也领不了群山
仰望的面孔，草地般平整而通俗
如同一个裸女戴着草帽端坐在马桶上
双眼迷离，腿控制不住地颤动
马桶里有浪在汹涌

黑夜是她的情人呀，洪水是猛兽么
成就了她也湮没了她
如同婚床的大花被在雨季上了霉
黑暗的空气里满是欲望的味道
那是酒色烧成的几个世纪的轮回
狂欢吧，趁着黎明前最黑的夜

早起的阳光是寂寞的
玫瑰开始燥热，散发出诱惑
她不是为爱情盛开的哟
她是为她自己的矜持开一个天窗
在你照料她的时候
让你的指尖流出花瓣一样的血
那是她生命的养分
在荆棘丛中光着脚舞蹈
给玫瑰立一块墓碑吧
喜悦和卑微都可以在上面歇脚
邪恶和善良一样手捧鲜花，留有余香

夜终于来了，我躺在池塘边
听床翻来覆去的嘎吱声
赶紧睡觉吧，今夜不再有灯笼流过
在明日的雨季

一起做一株收割蜻蜓的并蒂莲

让浪永远上不了波的床

◆ 葬花

用玫瑰编一顶冠戴在头上
荆棘便深入生命
鲜血如花瓣般绽放
那是太阳底下阴影的最爱呢
你可以毁灭花瓣
但你终究拔不了扎在心头的刺

冢的周围遍插玫瑰
来年就可以开出血红色的花
也会继续长出很多的刺
不结果实又有什么关系呢
我们在旷野上早就看惯了花开果落
看月亮升起，太阳落下
马车来来回回地跑，不舍昼夜
明天又是个艳阳天，桑叶上爬满了蚕
你见过大洪水后二更天的云么
五颜六色的
那是喜悦和悲伤的泪

放出几次鸽子，才能衔回来玫瑰花呢
人子闷着头往前走，头上有花冠
还背着古老的十字架
花上也有刺，血流进土里
有一粒泥尘粘在手心
那是五百年盲龟的轮回

复活的那天到了
捧一束玫瑰，变成蝴蝶，一起飞

◆审判

有一只眼睛在看着我
在远处，在高处
在黑暗处，在最光亮处
在囚牢的最深处
在寂寞的花园里吐痰
在黑灯瞎火的舞台上做爱
在月黑风高的夜晚杀人
我因为害怕黑所以不敢凝视太阳
闭上眼睛享受白日的灼热吧
无论是寻找还是回避
那只眼睛都在我的心里

摘一叶菩提挡住我的脸
究竟是什么让我的城堡洞开
放走了那只苍蝇，嗡嗡地飞在空中
直奔茅厕里的石头
那可是西西弗斯的顽石哟
上帝的眼睛啊，好好看着吧
亚当始终越不过夏娃心中的藩篱

我退回到可园的阳台上
看蜻蜓绕着夕阳来回地飞
看公蚁排着队向蚁后献殷勤
一粒米就可以拯救苍生
弯下腰捡起来又能何如呢
不就是初生儿看到的那一口口吐沫么
星子乱飞，糊了回家的路

丰收的夜晚，篝火也红了眼

公螳螂烤熟了，爬上新婚的床
把自己献给母螳螂当牙祭
说什么为了后代的繁荣
骗骗自己内心吧
昌盛的时候，该隐正爬行于大地

◆绝望

飞鸟的慌乱一如既往地躺在床上
春天来了，忙不迭地把自己剥个精光
让自己赤裸裸地融化在蓝天里
在阳光下晒得久了
也就没有了方向，昏沉，被羽毛牵着走
如同在黑暗的巷子里踢着空空的酒瓶
虚虚实实的，是寂寞就总有回响
一直往前走就一定是尽头么
白日里睡得太多，二更天总会醒来
赤裸裸地审问内衣和扣子

每一个扣缝里都有着色情和病毒
你的手指是优雅和透明的存在
晶莹，且有魔性，如同露珠被拉长
生活是盲目和重复的
亲爱的，你不要一步一回头

孤独和希望，在房顶，揭瓦数着星空

二十 故乡

◆赤裸的花园◆人声◆老而不死是为贼◆被海浪拍打千年的礁◆回不去的老家，开不了的花◆故乡是一条浪迹天涯的河◆梦中的蝴蝶永不停歇地飞◆芝麻把活着站成了一炷香◆穿堂风◆黑暗是一把修行的犁◆纸钱灰◆老家的雪，夜纷飞

一个人坐在花架上看远去的群山
感觉生命也在缓慢地流动
脚下的泥土和种子在孕育秋天
等待就是一种离开
花落在土里是对流水的背叛
有情和无情，如同天葬台上空的鸟
盘旋着生命的依恋和向往
看哪，空荡荡的椅子上满是打秋千的风

阳光的遗蜕挂在树梢
那是奔跑了一天的桃林

水蜜桃在缓慢地成熟，熟透了，才会有水，才会掉下，那样的果实，大地是欢迎的，天空是觊觎的，人会露出獠牙

我们和天地合谋，消解了当下的阳光雨露，当下的风火水土

空气呢，把闪电和雷鸣变成记忆，殒刻在墓碑上

回避和恐惧，直面和无畏，终究都如同泡影。知道真相，我们就该像霜打的茄子蔫了吗？其实低下头又有什么不好呢，正好可以看到泥土里有蚯蚓在蠕动，有蚂蚁在忙碌，有落叶在缓慢地融化，还可以看到墓碑上的字，看到夸父倒下的江河岁月

在窗外郁郁葱葱的笑

傍晚的阳光是销魂的，血红血红的唇
如同野营的帐篷里夜浪在汹涌
此起彼伏的旋涡，直如因陀罗的网结
每一个诱惑里都有萤火虫在闪着光

玫瑰和格桑花是乘着风漂流的

修仙千年的人是驾鹤西去的

我们的努力和放下决定着离去的方式

背影都是寂寞的，欣欣然的是黎明初起的太阳，让黑暗和冰雪一起谢幕

让我们在当下感到寒冷后的温暖

天热了，花园里的泥土开始骚动起来

在激荡面前，雄起和赤裸都是在冬日的冰窟窿里打鱼，雪水煮的鱼虾是不用放调料的，鲜美是它的本色

如同知了在夏天的叫，被网罩住了，拔掉翅膀，扔在油锅里炸，永远没有了声响

面对童年最美味的记忆，我再无法让自己沉默，却又无法让自己重新站起，因为我实在是坐得太久了，坐着已经是一种姿态

如同花园，雪和霜的覆盖虽然不是常态，却会周而复始，年复一年地来

梦想沉入水底
没有一丁点儿的波澜
如同雨滴直入玫瑰的蕊心
在阳光下瑟瑟发抖的是我的外套

我从深渊里向着光亮仰望
成年的枯叶累积为淤泥
有阳光游动的声响
多想就这么躺下来，让风吹过我的脸
感受雨把我打湿时的坚硬
一地的水钻进土里
终究能汇成江河
把树根耽搁

真想来生化身一片绿叶
落在地上，听屋檐上的冰凌在阳光下流泪
燕窝，枯枝，还有带血的吐液
在春天和生命来一场情爱
如同充满欲望和怨念的火球
不就是曾经身体的纠缠么
撕裂的布帛在火中一片片飞升
把远方和黑暗一起遮盖
闪电把黑幕扯碎，路灯把黑夜拱成了圆穹庐下的帐篷，黎明前支起来日出时落下去，草丛里挂满露水
惊跑一只兔子往洞里钻

我们早就知道，石洞是冰冷的、僵硬的
躺下的时候，草洞是湿润的、柔软的

平原和流水潺潺，湿地和琉璃塔，会腐烂的香蕉
共同孕育着阳光死亡时的味道
阳光带来生命　也带来干旱和战争

不要恐惧，也无须喧嚣
人声会引发雪崩，雪崩会湮没太阳
奔跑是徒劳的，让我们一起回到炕头吧
在等待中，搬起石头砸掉尾巴
冒充人类

◆老而不死是为贼

门前的一条金毛老狗叫米罗
毛发枯黄，眼睛混浊，门牙守缺
耷拉着耳朵，趴在满是旧痕的青石上
看蚂蚁在太阳下来来回回地奔跑

门外不远处的草丛里咕咕求偶的叫声
一浪高过一浪，巅峰的声音如海水般坍塌
冲上去，又掉下来
再冲上去，再掉下来
米罗依旧没有抬头
没有了年轻时追逐蜻蜓的跳跃
没有了和藏獒一起包抄击杀飞鸟的高度

桃林里有只黑色的猫在晒它白色的肚皮
蝴蝶和落叶打成一片，分不清你我

深秋知了的残鸣，断断续续
是在和火热做最后告别么
终于也有撑不下去的时候了
寒冷代表着权力和时光
一地的黄花落叶在湿地上飞
不是任何人都可以把天捅个窟窿
还能再把天补上
我们的努力不是徒劳
就是在徒劳的路上，泥泞永远是基调

玫瑰绽放出最美好的姿态
末了还是一片片飞回到泥土里
不再在枝头孤零零地守望

等待是一种疾病
抗争是说给自己的情绪听的
平复的是对生命的绝望

我们向来以自由的名义禁锢自在
大门的锁生锈了，也没人去尝试推开
祭坛上层层叠叠地落满了灰
我们也总以民主的名义强奸民意
村口的高音喇叭，临时的铁皮值守屋
村头被挖断了的路
让夕阳回不了家，空荡荡地被吊在树梢

拄着拐杖，走路蹒跚，掉落的饭粒
我们还能以爱情的名义为我们的身体招魂么
欲望和激情披麻戴孝地活在远古里
这个时候，我们还能想起谁

生命是以死亡的名义活着
米罗摇摇晃晃地爬起来
抖抖呼呼地抬起一条老腿
在百年石榴树根上滴了几滴尿
暮色苍茫，该吃饭、拉屎、回屋睡觉了

明天又是一个艳阳天

被海浪拍打千年的礁

今天是我的生日
海水从四面八方来
带着海星、海贝还有海草
在沙滩上走出一串串脚印
脚印里有水，可以养相濡以沫的蜉蝣
哪怕是晨生而夕殁，也一样可以眺望远方
那里有放生的鱼
有从高空落下来的孔明灯

远方有点远，傍晚时分，生一堆篝火
仰望星空，有星子直入我心
噼噼啪啪的干柴，在夜空中飞升的火星
你们原本就是一棵树上的宿体呀
一个是身体，一个是灵魂
燃烧的是生命，煮熟的是海鲜
飞蛾扑火的是一望无际的夜

英雄暮年还能大快朵颐大碗喝酒么
还能舞枪弄棒，在清晨把天撑起来么
看哪，没有温度的灰烬已经复燃
在风中，我就是那闻风而动的王
在那黑色的礁上遍插红旗飘扬

回不去的老家，开不了的花

蛐蛐和蝈蝈在凌晨的祠堂外
一如既往地叫着
怀念夏天赤裸的冲动
中间夹杂着的几声短促的呻吟
那是深秋的一夜露水
和泥里的蚯蚓抱成了团
伸个懒腰，是不会让全世界安静的
人们都忙着发声刷着自己的存在

深夜的街头，路灯和青石板是空虚的
流浪猫在屋脊上用叫春做窝
向黑夜献媚，挑战黎明的底线
寂寞和孤独不就是一块文艺的遮羞布么
在太阳起来的时候
可以缝制成内裤和内衣
升到联合国的旗杆上
呼啦啦随风飘扬，不用看人的脸色
不同的脸庞挤在一起仰望
兜住的是人裸睡的意淫和汗水
从此，身体的自由无处安放
寻欢作乐就偷偷地入了梦

睡前给祖宗的牌位上个香
香炉里总有老鼠在夜半光临
炉底的大米接二连三地少个不停
开始要储备些粮食了
这年头谁还会去关心底毛的颜色
如同人从不关心自己内心
只会在秋天的马拉松上跑到虚脱

远古的战争是如此宏大和激动人心
死些人又能算得了什么呢
不就是泥土里那一茬又一茬的肥料么
什么时候变成石油、化石和煤炭
不还是枪炮声和血肉横飞说了算么
酋长们的吐沫星子乱跑
远不如皇宫的拉链门开着口淫笑

我们都是凡人，我们有各自的虚荣
我们努力挣扎就是为了获得自由
获得欲望的放纵和满足
我们任凭自由勾引
我们跳进信仰的深井
失足如同失身，我们在井壁上攀爬
一次次滑下，一次次挣扎
自由就是那天井的盖
一次又一次把我们的头摁在井水里
火炉上，温水在煮着青蛙
冬暖而夏凉

恰同学少年
我们也曾匍匐在大地数过往的蚂蚁
排着长长的队列，喊着号子，扛着米粒和碎骨髓
雄赳赳气昂昂地一苇渡江
对岸有蚁后的丰乳肥臀在等待
那是公蚁忙碌毕生的梦想

天亮了，一个溺水的醉汉
在河底的淤泥里手舞足蹈地歌唱

水草缠住了他的身体
他信手拈来芦苇为鱼虾们的过冬陪葬
碎了彼岸蚁群的春梦

一江春水自顾自地向东奔流
江面上，一群蚂蚁抱成了团，黑色的，往下滚

◆故乡是一条浪迹天涯的河

我是黑房子里一只黑色的猫
你来梦里抓我呀
沉甸甸的黎明托不住黑色的夜
开不了窗，也没有了光
睁眼和闭眼又有什么区别呢
黑暗就是那层层叠叠的墙
从四面八方赶过来，挤压我

房子周围有条黑色的河
只有浪花是白色的
还有白色的樱花在空中飞
看不到青苔在孤岛的黑礁石爬
看不到破了膛的黑鱼在锅灶里跳

我来了，向着光明，光明在哪里呢
窗外的森林和天空一样黑
有伐木工的小路，通往人迹罕至处
不知道路最终会消失在哪一片荆棘丛
不要有流浪，不要有战争、疾病和他乡
也不要有希望，希望是危险的
只有绝望在远方
绝望就是我们的灵魂和信仰

我要越过那条黑色的河
黑云笼罩在我的身上
河的彼岸呢，沉入了梦乡
我是一只陌路的流浪猫
穿行了整个世界去寻找忧伤

田野上那些梦都回不去的地方
有树孤零零地长成在眺望里
秋风跑过来，带走最后一片枯叶
在河面上跌跌撞撞地飘
如同战场上千疮百孔的旗在飞扬

我不知道跟着水流能去哪里
逆流而上也好，飞流直下也罢
没有了水，流会去何方呢
如同海水不在了，波浪又如何能汹涌
盲龟又如何能值木

我都不在了，还有故乡在等待么
如同黑色的河面，在漆黑的夜晚，会有彼岸在闪光么

◆梦中的蝴蝶永不停歇地飞

蝴蝶是昨天飞过来的，在梦里
带着恐惧，忧伤还有期盼的翅膀
满手的蝶粉，五颜六色的分不清边界
滴水成冰，现实就入了梦
春梦还是噩梦，身体在黎明前的反应说了算
早就天命了，考试为什么还经常出现在梦里
为什么总梦见自己在断桥上爬行
摇摇晃晃的桥，湍急的流
混浊的水，和落满尘世的灰
胆战心惊的我，醒来时总一身的冷汗
谁都有一脚踩空的时候
踏入黑暗和虚无
如同黑暗的青稞地酿出了黎明的酒
那是野合的力量在雨季发酵千年
腐朽的是老房子里的木楼梯
历尽无数次的踩踏，终于成空

在梦里，总有阳光从外婆家的茅草屋跑出来，勾引我
赤裸裸地看到童年
茅草房燃烧过后，又重新在雨天封了顶
焦黑的梁上还长出了一根青色的草
什么才是天命呢，不就是用草编成冠隐藏黄昏么
下午就要考试了，赶紧低下头背诵语录和唱诗班的歌
跪得久了，我们可以匍匐在地，数尘里的土，数繁星后面的夜

泥泞地里，我们一瘸一拐地被赶着走路

太阳起来了，鞋底上的泥也归于土

在夜里，我们看不见光明，但光明一直都在

在白日，我们看不见黑暗，但黑暗都如同附骨之疽

星空里有黑色的渊，渊面如同镜子，吸收光明，滋养黑暗

我就是那扔在渊里一粒石子

冰冷而孤独地回响

惊飞踏雪的蝶

◆芝麻把活着站成了一炷香

芝麻是一只黑色的小野猫
开眼 15 天就被遗弃在十字路口的车流里
生命的热浪裹挟着，一起往老山的森林里跑
芝麻的叫声凄凉，眼神惊恐，阳光和瘟疫冷漠地围着飞
究竟是什么样的业力让芝麻误以为轮毂是它的家
躲在里面可以看世界的喧嚣和冷暖
究竟是什么样的缘让芝麻钻到车底下
逼我们带回家，整日里替它包扎和清洗伤口
是雪山上晒着的佛经在指引
还是定山寺早课的晨钟在回响

芝麻呀，你就是大海里的一叶菩提
错过了五百年值木的盲龟
波涛再怎么汹涌，也会变成泡影
在月光下翻个滚就能消失

芝麻呀，你就是灵鹫山下的一块顽石
漏看了释迦拈花时迦叶的微笑
就算你从娘胎里带来了灵性
还是会变成梦幻
在黎明前最黑的夜里
打个响指
就能灰飞烟灭

芝麻最终是被瘟疫掠走的
真的是时间到了么
我在你临终的眼里看到过苦痛和绝望
你艰难地摇摇尾巴，耸耸耳尖

把告别说得如此忧伤和决绝
弓着腰，走两步，再看一眼窗外的黑
你和这夜一起熬来了最后一个黎明

上午九点，正是阳气初生
你呼出尘世间最后一口气
终于能在欲望的世界里做一只纯粹的猫
你的野性是纯粹的
你的目光是纯粹的
你的欲望和执着也是纯粹的
你就如同在园子里的玫瑰
外面有大漠风沙，有风花雪夜
你却只有在阳光下滴血一样的红
和粘在刺尖上的露
一闪一闪的，那是气若游丝的光

芝麻呀，你的灵又回到那个十字路口么
正等待着下一个遇见么
你的眼光还是如此茫然如此迷离么
我握住你的手，念诵心经回向你
祈愿佛法在电闪雷鸣的时候去接引你
让你下辈子轮回做一个纯粹的人

芝麻，知道么，你的坟头种满了菊花
火红火红的
和小王子的玫瑰一般

◆ 穿堂风

我对病痛的理解是浅薄的
病痛像一把刀，旋转起来的时候，水都泼不进
尊严被消解，灵魂被抽离，人们在观望
赤裸裸的手术台，赤裸裸的身体
还有刀枪棍棒和止血钳
一起沉默在煞白的灯光里
忙碌是为了破坏，割掉是为了缝合
上帝之手是疯狂的
伊甸园的门外荆棘丛生，再也没有了路
肉体就是那断臂的墙
再也撑不起天
这个时候我们除了沉默又能做什么呢
沉默如同那冻僵的土
生不了根，也发不了芽
童年的时候就被要求默许阳光下的阴影
人老了，也只有纵容黑暗对着光明冷漠地笑
我的身体就像一条搁浅的鱼
太阳底下的相濡以沫能坚持多久呢
释迦的悲鸣从城东的门吹到城西的墙
穿堂风是支杀人不见血的箭
在大街上来来回回地飞
肉体的苦难在病床上只是一个开始
如同残雪一点点被太阳肢解和消融
说什么回归泥土就是回归家
天底下，有谁怜悯过被化掉的雪呢
融进土里的水呀，你说是苦痛还是欣欣然呢
病房的夜晚是此起彼伏的呻吟
多想再像从前那样奢侈地吃和睡
人对生命的留恋是盲目的

医院的走廊在九点就熄灯了
一片寂静，一片黑
呻吟在黑暗的河流上落不下脚
我不知道三尺头顶上的神在如何看着我
我不知道我的魂是怎么穿过烟囱来到这个界
看不到的就是什么都不存在么
奈何桥旁的彼岸花鲜艳欲滴
桥上的孟婆汤美味绝伦
桥下的忘川水滚滚西流去
看到的就一定真实么
看哪，镜中的泡影如梦幻般消失
记不住的是身体的纠缠和巧舌如蛇的游走
我和孔子一样回避和搁置死亡
我们站在桥头看流水
刚出炉的骨殖用红布包上也还是烫手的
这在今年的冬天能算一种温暖么

◆黑暗是一把修行的犁

今夜，苍穹是黑色的
盖住了日月星辰和宇宙神庭
我和车一起在夜半的黑里飙行
今夜，地面是黑色的
看不到窗帘后面赤裸的光
流动的车灯追着一个遥远的影子
如同风筝被命运牵着往天空赶
穿过长长的灯光隧道
我就进入无边的黑暗里
在黑暗里久了就感觉不到夜的黑
隧道的尽头是耀眼的光
引领生命走向死亡
三更天的夜街上
路灯都是横着走的
梧桐寂寞地站着，没有鸟的身影
黑暗肆无忌惮地吞噬光明
一泻就是三千里
桥下的水是安静的，活着也是安静的
不要在十字路口多逗留
夜班的公交站台是孤独的
车流声是城市的慰藉
在这样的夜里，我梦想成为一个诗人
一个伟大的诗人
一个虚荣而脆弱的诗人
去描写病痛，用临终的眼偷偷地张望
去赚取名利和泪水，还有性和食物
成就一个鲜花捧红的时代
这样的夜，重症监护室里依然灯火通明
心电图如彗星般闪烁

医护人员来回穿梭

那是死亡在燃烧生命娇嫩的芒

生命就似那残缺的音符再也飞不进青纱帐

青稞地，黑色的土被犁开

满是红色的泥，如同性感的唇

插上被流放的花

花落一地依然是美丽的

◆纸钱灰

生命是一片蜷缩的落叶
满是斑点和泪痕
雨天，它会贴着地面挣扎地飞
黄昏，血色染红它，炼化出它的魂

纸钱在火中飞舞，如同青春在废墟上狂欢
一片片纸钱在火中，挛缩
火把黄色的纸钱，烧成了黑色，然后变成了灰
纸钱灰开始飞升，如雪片漂来荡去
亦如樱花，大地苍茫茫真干净
灰落满白色的帽和黑色的棺

纸钱叠成的元宝，一样和纸终了，一样变成了灰
分不清是哪一种灰
纸钱真的是冥界的通行证么
燃烧纸钱，彼岸的人能收到么
彼岸和此岸有一条生锈的铁锁链
大雾弥江，有多少英雄消失在那冲天的火光里
金戈铁马如纸钱在黑暗中燃烧，噼噼啪啪的，
和泥土一起，滋养大地，重新让树木成林
又被化成木浆，再压成纸钱
回到火中，回到空中，最后再重回大地

纸钱和飞蛾一样，生下来就是扑火的命么
平躺的纸钱很难烧成灰色的灰，
在火中站立的，瞬间和火一起变成了灰
你不觉得这和生命有点像么
为了写这首纸钱灰的诗
我烧化了几千张纸钱

生命是不是也有几千次轮回成灰呢
一次次重复的生老病死，一次次的火化成灰
如果没有了孟婆汤
你会选择继续么

死亡就是渊，凝视久了，你就会沉迷在渊里
被渊牵着走
火让纸钱有了生命，纸钱让火活出了光
今夜，歌舞升平，纸钱，火光和哀乐
不知道，一次次的燃烧，今夜的灵魂会不会有点痛
每一次燃烧，为什么我都感觉不到是在燃烧生命呢

一个人，在寒夜，独坐灵堂
把一片片纸钱，放进火里
看纸钱成灰，看得久了，就陷进了火里
纸钱灰如时间飞落在头上和眉间的皱纹里
忽明忽暗的煤油灯，一张石化的脸
和灰烬一样无言

夜深了，面对棺椁，我们还能想什么呢

◆老家的雪，夜纷飞

雪如碎落的星辰在老家的夜半飞
飞累了就栖居在大地上
和水一起浪荡
和深渊一起相望
来一段深情款款的表白吧
昂起头，仰望那被黑暗吞噬的星空

天寒地冻，每个灵魂都会有一个地方捂捂手
哈口气，桂花和玫瑰就一夜白了头
挡风玻璃上会结上一层薄薄的冰
在冰上用指甲画一个心的形状
再插上一支箭
射向很远很远的远方
远方就是黄泉路，黄泉路上有春夏秋冬
火红的彼岸花呀，花和叶一年四季都不相见
无论是春雷还是夏花，闪电才是真正的魂
这样的传说要穿过坟墓来模仿忧伤
花的骄傲原本就懂不了泥土的低调呀
同样是窗外的雪，你看到的是太阳，我却在黑夜里摸着石头前行
反穿了衣服，反穿了鞋，跌跌撞撞地往前奔
错过了秋月和冬日的冰凌

爬上一座孤零零的桥，喘口气，歇歇脚
别辜负了那一锅孟婆汤和未来一段遥远的路

望乡台上回头看，雪在老家的上空如水一样地飘
路灯下，天地间披麻戴孝
白茫茫跪坐在漆黑里

稻草绳，青竹棒，云层后面燃烧的夕阳
一片雪花一片灵，片片雪花陨落在摇篮里
油灯枯寂，将尽的是灯芯，落灭的是黄昏一般的雪
冬至的纸钱灰，九万里加急，寻觅风铃和幡
墓穴里，骨殖在静默，在聆听雪压坟头柳枝的声响
曾经的戒指和项链在等待掘墓的人
如同千里马和伯乐
欢呼吧，屋顶上的万年青，沙漠里的仙人掌
曾经的富贵荣华如云烟

墓地的废墟上满是落难的纸钱灰
夜晚的焰口从四面八方来
如鱼鹰被扎起了脖子
在夜里快速地游
错过了忘川水流动的纹

清供的茶叶和大米，黑的和白的
如同无常，如同雪和夜
被装进碗里，跨过一级级竹梯，再跨过火堆
撒落在屋前屋后的树林里

在老家，村前霜打的青菜是发甜的
雪落在村后的菜地里，也一定是寂寞的

二十 故乡

二十一 有光

◆谢了顶的冬日◆陷阱◆睡衣◆文艺青年◆生命是一道光◆压岁钱◆第一炷香◆远方◆流星◆船夫◆宿命◆井绳和蝴蝶

谢了顶的冬日

阳光懒散地走在结冰的大地上
嘎吱嘎吱地
冰在脚底下呻吟
霜和残叶较着劲在冰面上翻滚

西北风路过
露出红尘中的脸
蟹脚痒了，顺着草绳，迎着光往上爬
落进红色的桶里
以一种姿态，君临燃烧的锅
这种大义凛然的精神满足了很多人的欲望
和蘸血的馒头一样
勾起我们午后对咖啡和性的幻想

冬日的黄昏来得特别早
动不动就浑浑噩噩地遮天蔽日
黑色的冷在窗外呼啸，还有梅香在诱惑
别思考了，看哪，残雪在夜空下闪着鄙视的光
那就朝着黎明的方向吧
不要回头
让黑暗融化在阳光里

◆ 陷阱

今年的冬夜看起来有些倦
雪花还来不及脱单
蜡梅就忙不迭跑过来做新娘
妖娆的冷香如滚滚红尘诱惑着我
我踮起脚，伸长脖子，嗅着那红盖头的香
站着，站着，腿就麻木了
如同一个人走在夜路上直打晃
看不到人烟，有荒漠的风吹过忧伤

长夜里，我是孤单的，又是无奈的
我内心虚荣，有一种泡影般的优越感
如同在稻田里梦游
田埂上，有蚯蚓，横七竖八地挡着路
那是蚯蚓对于夏天雷阵雨的渴望
在泥土下闷得久了，都忘记阳光的味道了
为了这口腹之欲，出来透口气吧
就算被捡起来，放进桶里，被鹅鸭吞食
也绝不放弃对田埂的占领

白昼是家，监护室里温暖如春
查房的时间到了，我们执手相看泪眼

◆睡衣

小时候买不起睡衣
都是光着屁股睡
睡眠老好了
小帐篷支起来都没有雷鸣没有梦
夜深人静的时候想着彗星性感的尾巴
屋漏偏逢连夜雨
滴滴答答地裸露在盆中央

穷困算一个理由么
城里的娃每天洗头洗屁股
捂着脸号叫着要逃出淋浴房
淋喷头左冲右突地下着雨
画地为圈，走不出去的是童年的噩梦
换上睡衣还要再哭会
哭着哭着，就入了梦，就笑了

生命是灵魂的衣
风就这么把衣服一件件吹醒
一起掉进欲望的坑

坑里坑外都是睡衣的家

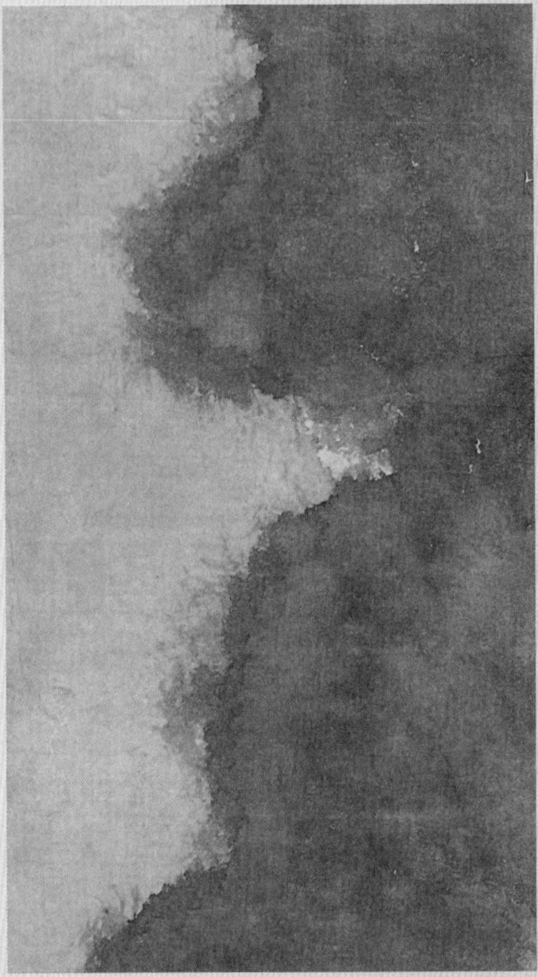

◆文艺青年

老家的青石路很滑
我出门就摔了跤
怀里抱着荷马和里尔克的诗

这样的黎明已有很多年没见了
失眠，抑郁，狂躁，组团在黑夜里飞
太累了，就听听祠堂里的声音吧
青蛙和蟾蜍是一对孪生兄弟
没有月光的夜，风是分不清楚的
矫情和虚荣，蒙着脸在青石路上奔
如马蹄，如王子赶去城堡和巫女云雨

她们在追赶什么呢

荷马眼睛瞎了
里尔克死于玫瑰的刺

◆生命是一道光

梦里有一只法轮从雪山顶上滚下来
带着金光和雪崩
雪花飞绽，漫天生长在蓝色的悬崖里
苍白的芒呼啸着向我射来
我闭上眼，感受你的舔
一枚雪花在你的口里化成了水
冰凉冰凉的
我们躲过了法轮的第一波冲撞
拉着你的手，回家
梦里，你是我上辈子的情人

坐在窗边，看枝丫里的日出于东山之巅
多想找一个山洞把自己藏起来
不用看风花雪月如何肆虐于江河岁月
春天快要来了，香园开始和泥土融化为一色
从光鲜走向黑暗，也就那么几天的时间
谁还记得曾经的香味是如何凛冽
这个世界最不缺少的就是冷香呀
冷香也是光，一道让我们变得迷离的符

太阳不紧不慢地照在水面上
在蜻蜓的腰和臀之间
月亮依然选择落下

夜晚笼罩大地
我们究竟遗忘了什么

◆压岁钱

鞭炮和礼花是一场邂逅
如同赶集，鸡鸭牛羊欢快地奔跑
我们乐在其中，空气里闪烁着耀眼的虹
过年了，该敬畏鬼神，祭奠祖宗
八仙桌上爬满了红烧的鱼、白灼的虾
我们明烛上香，我们燃烧纸钱
我们排着队下跪叩头
纸钱灰越过门槛，去天际招魂
飞着飞着，就掉进麦田，回到锅里

灶台上，豆萁有了最红火的暮年
荠菜的饺子，萝卜丝的包子，菠菜的馄饨
哪个没有青翠的童年呢
我们漫不经心地守护一个回不去的地方
还是有空的时候回老家坐坐吧
去后门的长巷子走走
感受雨天里的润滑和寂寞
没有红色的油伞，没有旗袍和路灯

嗯，一起满面红光，一起寻欢作乐
一起在祠堂中成茧化蝶
过往的牌位上都落满了灰
没有耐心的灰，尘土也会飞扬

除夕的爆竹声
一浪一浪地在漆黑的夜里漫过来
漫过异乡的山冈和水塘
漫过了春晚前的板凳和明月

漫过了黎明和满地的红尘

漫过了你我

◆第一炷香

初一的爆竹又曾饶过谁
噼噼啪啪地从年头追到年尾
停不下的脚步从黄昏走到黎明
在驼岭巷的唐槐旁做个梦吧
歇一歇，你就是蚂蚁国的王
荣华富贵，后宫三千
大红灯笼提在手上如螃蟹般横着走
黑夜罩着大地又与我何关呢
庭院深深不依然迷恋路的曲径通幽么

过去的如梦般去，未来又如梦般来
庄周梦蝶，醒来后分不清你我
蝴蝶的翅膀在春天能扇起蝶粉万千
知道么，给花蕊一粒微尘，远方的梅林就能瞬间绽放，我们追赶的是初心还是脚步呢
起点的发令枪，终点的红飘带
其实原本就如同一个节育环
我们被裹挟着往前冲
前方就在前面，可为什么我们越跑越口渴
末了，我们真的也能如庄周鼓盆而歌么
或者把梅核吐出来，重新埋到土里，等来年的春天发芽

南柯一梦，戛然而止的是因果轮回
那还是让我们回到梦里吧
从初一到三十
做一个有钱的普通人
不再指点江山

来年要禁止燃放爆竹

寺庙也不能敲钟

这样就可以让梦不再醒来么

翻过篱笆，绕开人群，每年的大年三十，从后山爬上峰顶，争烧头香的那个人哟

在一个黎明，失足掉下了悬崖

◆ 远方

母亲是挡在我和死亡之间的那层窗户纸
母亲走了，老家的宅子就空了
满屋子的蜘蛛，漫不经心地布着网
苍蝇和蚊虫宛如那因陀罗的结
越挣扎就被绑得越紧
时间久了，就和网一起等待新的收成

满院子的叶，层层叠叠地覆盖长着青苔的地
供台上落难的灰尘可以写出很多字
先人的牌位斜靠在墙上
如同油伞躺在墙角
再过些日子，窗户会开始漏风
伞也会开始漏雨
屋子会漏出光

透过窗户，我能看到路灯似等待鸟的笼子
在阳光底下安静地候着黑
窗外，玫瑰在身上种满了刺
周而复始地守着花绽放
如同奉子成婚的新娘
毫无耐心地徘徊在路尽头
但无论怎么走，远方都只有一个

母亲走了，我终于被远方盯上了

◆ 流星

生命就是三更天的一把灰
在夜里沉默
在白天飞扬
每一粒灰尘都蕴藏着一颗种子
沉重地，把风压趴在地上
看着云雨在翻滚
什么时候种子发芽
什么时候长成参天大树
还是在树上先结一个窝吧
让冰雪和阳光一起嘴馋个够
穿过一条长长的河流
那便是春天在跪舔冬日的田野

寂寞永远是绕不过去的坎
荣耀的时刻到了
风从四面八方吹来
一把鼻涕一把泪
带着流星的尾巴飞

能在空中飞多久呢
知道么，老家的高粱地是很母性的
站得累了，就能酿成酒
我们在酒后可以乱性
可以在第二天的烈日下脱光了晒
古铜色的皮肤，如同泥土，藏在阴影里

打谷场的稻草堆哟
碌碡碾过阳光
浪巅才会有笑声和传说

别着急，香艳的场面什么年代都会有
一切都是习惯，如同夜晚的流星
因习惯而成自然

喝杯水，然后再放下，我便又回到河流里

◆ 船夫

有一条河漫不经心地流
经过村庄，漫过大地山冈
泡沫开始在河床上跑
水里有泥，有阳光，有晕乎乎的鱼
散了架的棕绷床搁浅在芦苇丛
昨晚的狗叫了一夜，对着起伏的呻吟
夜晚，河中间有月在咆哮
黎明的阳光照在河边的老树根
盘根错节的虬枝
做一把烟斗还是不错的
就不知道什么时候才能开出花

新生儿在河里洗礼
用黑色的绳子打个死结，把脐带割断
牧师，还是法师，请尊重他的忧伤
流动不羁的船，如同纤夫的鞋
有一次次磨破的老茧在默默地淌泪
有泥土和石子把脚硌出了血
血变成了脚印，留在对面的岸上
开出了红色的花
如同青春，如同狰狞
如同碎了一地的玻璃瓶

敢来上面走走么，光脚的不怕穿鞋的
我是看着江水变老的
混浊的眼神和水再也不会逗留的
油菜花开了，刀鱼肥了，河豚开始跳龙门

抓一把秧草，煮一锅河蚌汤

鲜美和漂亮都不能当饭吃，从而抵挡饿

春天和我有什么关系呢
我手里有桨
脚上有草编的鞋

破旧，然而顽强，草帽在很用心地爬

◆ 宿命

一夜的花雨落了满院子的泥泞
土地是欢欣的
花被蹂躏得见了红
婚房里，红烛把盖头燃起
携手沉入黑暗化为虚无

花和雨是天生的情人还是死敌呢
雨璀璨了花，也摧残了花
从枝丫到地面的距离
那是花生命的全部
花在雨中飘，如同刀尖上的舞蹈

落樱如雪，让路面一夜白了头
花的轮回为什么总在雨季呢
在空空的花冢前上一炷香
祭奠你的魂

雨滴和花一起打在纱窗上
是同归于尽，还是共赴黄泉呢
花知道，雨也知晓

我只知道
明年花开的时候
猫依然会在对面的红屋顶上
临幸春天

◆井绳和蝴蝶

井绳和蝴蝶一起在井洞里飞
带着黑暗，带着光明
向着未来的深处
最柔软最湿润的地方
那是希望，是梦想
是蛇带我们回家的地方
生命啊，为什么如此无奈如此执着
为了用一口井水清洗我们的灵魂
或者淘洗一把米
煮成白昼
于是就有了光

在井底只有仰望着天才有亮光
那是一条长长的隧道哟
我爬得好辛苦
还记得井栏边的童年么
你忘不了我，我忘不了你
一个人独自在夜半看着窗外的天鹅湖

跳下去，有一种声音

羽毛慢慢地飘落
无论多深的井，黑暗都会围绕着你
水是甜的，有着大地的体温
浸泡时间久了
就会在冬天开始麻木和哆嗦
为了活得有尊严
我用井绳把井壁磨成一条条印痕
爬上去，看看天后面的空

哪怕就一秒钟再跌入长夜里

我的梦如一把刀，割断了绳

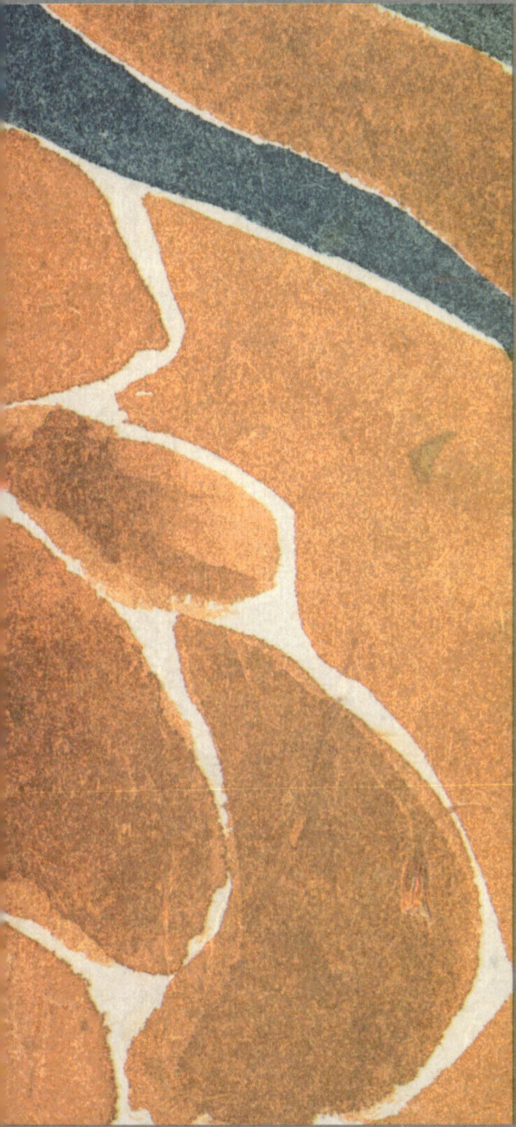

二十二 泡影

◆丧家之犬◆追寻◆水至清◆残忍的春天◆红玫瑰的寂寞◆雨给春天戴了顶绿帽子◆十年，龙抬头◆封神榜◆风铃◆河床◆凌晨三点零五分◆有一扇窗口，叫凌霄◆墙的距离◆奔跑吧，窑洞的房◆如同生命，如同死◆雨棚◆园子里的草都认生了◆活水通冥◆三十年的米缸住满了水

◆丧家之犬

落花如蜂蝶在雨中飞
打湿了翅膀，依旧在顽强地扑腾
终归也是要回到泥土里面去
早晚又有什么区别呢
大地在仰望，星空在牵挂
树叶把花撵出了门

烟花三月
谁在为花恸哭
听见雨声你就会流泪
为桃花，为樱花，为海棠
花瓣成群结队地被吹落
在路边遭人践踏
在沟渠里发酵成肥料
在祠堂边的水面上漂浮
成为鱼的饵
鱼肥了，再红烧祭奠祖先
时光太过潦草，距离也当不得真
谁又能知道
山盟海誓用一个白面馒头就能喂了跑

湖里的水，今天干了明天又会满
湖底的小草花，窗外的闪电
一墙之隔的红杏
短暂的，因而也是凄美的
遭人在树下惦记的

叶子和花，藤和树，土豆和长出的芽
谁能更长久呢

还有坟头的杨柳枝
活得太久
老屋的茅草顶就会被秋风摔破的

再不用看天和地的脸色
如同今夜的花再也看不到黎明前的黑

◆追寻

花的孤独
像雨后沥青路面上的一汪水
车轮碾过，水珠飞溅
天荒荒地茫茫
我们一起背着书包上学堂
向东的第一个十字路口
我们不知道往何方
烧一叠纸钱吧
飞舞的纸钱会带着火苗
伙同落樱的花瓣
在血色黄昏里离开枝头

清明节到了
雨夜黎明，一辆白色的灵车
从南走到北

◆

水至清

阳光在和窗帘纠缠
如何撬开它的唇
把落樱的余香和鸟鸣放进去

地面积水的倒影
经过风，在天花板上晃漾

可以养条鱼么
抬头问问天

闭上眼睛依旧感觉到阳光的凶猛
不顾一切地爱你
恨不能把一切都烧成灰

在飞蛾的黑暗里
阳光可曾问过
“你需要么”

◆残忍的春天

一年四季，你喜欢的是冬天
冷了，可以缩起脖子钻进被窝
再冷，还可以在被子上压些板凳什么的
你说居里夫人早年就是这么过来的
小时候读来就很励志

你最不愿意看到的
就是搔首弄姿的春天
春天的生机让衰老的灵魂焦虑
让你无处可逃
春天消弭人的斗志
也让诗人们有了自杀的冲动
温床也是滋生病菌的
孤独和寂寞让诗人的肉体
越发的脆弱
扛不住了，就这么走了

无论以什么方式离开
丁香花还是会在四月绽放
准时的，默默的，充满诗意的

◆红玫瑰的寂寞

我还会再见到你盛世的容颜么
亲爱的玫瑰
拉上窗帘
你是黑暗和光明的使者
穿过风铃，有光走来
你的美丽是诱惑的
你的绽放是有阴影的
屋顶有玫瑰在游动
失眠的时候，可以数着玫瑰
长夜如波光粼粼的水面
落满花瓣
让鱼跳起来追

一朵玫瑰有一朵玫瑰的寂寞
你在漆黑的夜里仰望夜空
寻找专属于你的星辰
多少个四季更迭
流星和梦都没有到来
你在寂寞里孤独地散去花衣
孤独是寂寞的唯一出路

玫瑰的一生就是一段谎言的距离
述说爱情在当下的永远
嗜睡的人啊，手指都被玫瑰刺出了血
知道么，夜莺是用喋血在歌唱
才会成就黑夜的完整
赶快醒来吧，撕开那美丽的繁华
就能看到花也如流水般无情
在烟花三月

躺在驼铃巷口的路灯里

这就是玫瑰说了一辈子的真言么

◆雨给春天戴了顶绿帽子

柳絮飞得久了
就变成柳枝插在坟头
在明年油菜花开的时候系上招魂的幡
五颜六色的，听风泼刺刺地响
太累了，大地开始静默
黎明最黑暗的时刻
让根给着劲地往下伸
绽出黑暗的花

花看得多了，昼夜颠倒
云雨和鸾凤哪一个最先到来
花就变成瓣，一片片在地上翻滚
如同青楼斑驳的墙面
肚子疼的蟾蜍
在半夜起来凝视月亮

是春雨让阳光躲进了祠堂
锅里的土豆长出了白灰色的毛
灶台里的豆萁再燃烧又有什么用呢
大不了多一份灰土，如同骨殖
再也换不回生命

该醒醒了，从梦中，从落花的沉醉里
我敲响老和尚留给我的罄
悼念春天，残雨，还有带发辫的帽子

风是一口井，埋没在时间里
人都会被诱惑
在尘中堕落

如同雨

在夜半起来伤害花的蕊

不知道这样的春雨夜，又会饶过谁

◆十年，龙抬头

用十年的时间磨刀
只为了花开时
可以削一枝桃木做成剑
挂在床头
遮挡风雨和黑暗
可以砍一根后院的竹子制成笛
格物和走天涯

用十年的时间插秧
只为了守望一枝稻穗
可以凝视太阳
稻田里有水蛭，田埂上有蚯蚓
青蛙在夜间会呱呱地叫
我们一起静默，等待花开

用十年的时间在海上航行
只为了长成一座灯塔
可以越过深渊
看到日出和远方

家乡的岸会越来越远
亲爱的，带上你的剑上船吧
还有你的竹笛
大海最寂寞的时候
可以吹一曲
思念泥土和舔犊

◆ 封神榜

可园池塘里的老龟探出脑袋
在石头上晒太阳
太寂寞了
怎么能和草鱼为伍呢
春天打下来的草浮在水面上
如同祭坛上的香，烧完落下的灰
草鱼欢呼雀跃
为着春天的恩赐
有了这口饭，就能膀大腰圆
就能把鱼汤煮得雪白鲜美
这会是一种诱惑
垂钓和垂涎都是同样的姿态

泥鳅在河泥里打转
寻找一床豆腐砸向自己的脑袋
温水煮青蛙
我是西风我怕谁
再添些干柴，把诗人架在架子上
大不了变成一副赤裸裸的雕塑
供螺蛳们在太阳底下瞻仰
跳进去，一起变成美味，端上祭台
享受香火和明烛
享受子孙和万民的祭拜

人性和纸钱在耳边清风起舞
什么时候也会轮到我们呢
天上的星星就是这么上位的么

泥鳅和螺蛳都是放生过来的

回向给生命中的不确定
老龟也一样
早晚都是刀板上的鱼肉
毁灭还是献祭
在哪儿都是个问题
如同篮子里的花
土葬还是火化
花已经说了不算

看哪，阳光正一层一层地打下来
把风揉碎了往花上催
花瓣落在池塘里
成为鱼的饵

这样的时代，姜太公在哪里

◆ 风铃

可园的石头是很多年前从海底过来的
见了阳光就风化在蓝天里
满院子的紫藤
年复一年地虬在它身上
遮住它的美丽
和打了折的皱纹
石头无语，不代表没有话说
紫藤花懒散地开着
以一种自在的姿态
和轮回纠缠
风吹过，有铃声在寂寞地响

◆ 河床

雪从四面八方飘来
一片片
把我裹成了雪人粽子
多久没尝过雪的味道啦
我打开书包问太阳

在这样的雪夜
一直走下去
会不会白了头呢
歧路和沧海哪一个更有诱惑呢

含着眼泪，看窗外的飞雪
在黑夜中渴望光明
化水成泥的感觉真好
如同废墟上一朵苍白的花

藏獒在铁栅栏后面抓狂
咆哮和焦虑中
雪花不紧不慢地飞舞

泥泞已经成河

◆凌晨三点零五分

一朵花开领着可园的一片花开
那是群芳的盛宴
红的诱惑，紫的妖娆，粉的妩媚
春雨迷蒙
池塘里，老龟和鱼浮出水面
等待第一瓣花落

蜜蜂手忙脚乱地往花蕊里钻
温柔乡里一点红
关上花苞尽情地燃烧

和火花相比
夜风和鸟语究竟哪一个先到呢

凌晨三点零五分
我打开栅栏
放四个半月大的藏獒出门
到樱花园里拉屎撒尿
藏獒是红色的
它奔跑起来像一匹汗血马

可园的路灯在黎明前进入了黑暗
浓稠的，如糯米调的墨汁
土地很黑，把光线撵着跑
可以融在其中，分不清你我
什么是你的，什么又是我的呢
我在梦里都做不了做我自己的主

◆有一扇窗口，叫凌霄

你准备好了么
我躲进诗歌
就再也见不到了
黑夜沉重得有些怕人
路灯贼迷迷的
惦记着星空

小楼的阳台上有一盆多肉
没有水的日子里
欢快如童年滑过冰面
呲溜呲溜地
天空倒影在石头缝里
紫藤伸出手
拉住芦苇
不让风过江

我是如此忧郁
像丁香纠缠在夜空
和芭蕉一起在冬日里腐朽
我是如此虚妄
火焰空荡荡地烧成了灰
和泥土一起冻结在雪地里
等待激情
什么也不做，躺平了就是春天么
张开双臂拥抱你
我看不到流云的温度

我老了，从我的脚踝、膝盖生出绝望
有疼痛如诗歌般汹涌

越过窗口

爬上床

◆墙的距离

一切都是冥冥之中的拥有
我们就是那提线的木偶
在黎明的舞台
寻找潮水和掌声
灯光响起
一片寂静与黑暗
如同森林里的蘑菇
有毒的才是最鲜艳的
美味都是骗人的
差异决定激情

门开了，水跑出来
和柱子一起
把鲜花和谢幕当作供品
我们叩头，如潮水般起伏
洪水是浑的，黄昏的血在涤荡
再不能奔跑了
香灰绕成圈，走遍全世界

年轻的风筝在河床上扑腾
没有了线的束缚
没有风的催促
我们就如那自由的浮萍
在天地间短暂地停留
脑袋被关在门后头

脚在前面走，芦苇在后面跟
还要不要在祠堂里思考呢
要不要骑马观花呢
拉纤的号子，绷紧了的船

◆奔跑吧，窑洞的房

在黎明前最黑暗的风中
努力吧，睡觉
嗜血的蝙蝠见不到明天的太阳
池塘边的知了爬出泥土
唱成雨衣
乌云密布的还是那个天空
睡与不睡，觉与不觉
电闪雷鸣、风和日丽对于道路来说
只是衣服的颜色
如同灵魂摆渡身体
抖一抖羽毛，洒出的水线弯成一道虹
我在虹的一边看镜子里的你

在离家前隔着窗户认认门吧
多少个世纪过去了
睡眠和流水一样
在一片寂寞的井里获得新生

明天的太阳是否还如昨日般炫目
不可凝视
取出于什么呢
和窑洞的深度与广度有关么
一杯隔夜的水放在门卫那
没有呻吟没有晃动

大门洞开，让风进来吧
关上灯，我便融化在这黑夜里
我终于和你连成了一片
手拉手，沉入水里

如同因陀网的结
在黎明前向黑暗臣服
一浪一浪地往更高处飞

掉下来
落在楼梯口的蜘蛛网里
依然会见到风雨、阳光
还有第二天的你

一切都是徒劳
螳螂的胳膊太细了
挡不住燃烧的车和明天的太阳

睡觉吧，我的兄弟
每一次失眠，都如同初恋
在花的蕊里找不到北

◆如同生命，如同死

我在黑夜里独行
伸手触不到五指的温度
红色的袖章窒息着我的手臂
向黑夜宣誓自己的存在
再红的血凝固了不也是黑色么
红终究是要变成黑的
如同白一样
在阳光下走得久了
就会进入黑夜
和黑夜融在一起呼吸雪的味道
那种带着老男人烟草味的冷
权力和欲望
在凛冬
埋葬了夏虫冬眠前的优雅

我能救救它们么
帮它们捂捂冻僵的尾巴和百足
让它们在临睡前看到一丝光
一直就这么往前走着
摸着石头
在拐弯抹角处撞了墙
谁来带我们从这冰冷的墙里出去呢

黑夜包裹着我也拥抱着我
我感觉到了黑夜的温暖
如同刚生下来的婴儿
哭声穿不透黑
却可以带来吮吸

我有些恐惧又有些期待
担心在这样的夜里待得久了
我会喜欢起黑夜
在这样黑的夜
分不清你我，没有了高低
无所谓崇高和卑鄙

除了黑夜，除了我

◆雨棚

雨夜，泪流满面地在阳台上
看可园的月和土著民的色
曾经的岁月如秋叶裹着路灯在飞舞
月晕照在红色的屋顶
如同藏族僧人的袍
亲爱的，你的歌声穿过森林来找我
池塘、芦苇花和那满是青苔的光
不要恍惚，不要浪，远山是我们的希望
如同中秋的圆月画成了饼
月上有树，浓密，透不过气来
什么时候拿把斧头
一刀刀下去，水依然在流
泥鳅在水草下做着窝
那是放生的残留

拾荒的人啊
把垃圾桶边的一切都带走
不要让那黑色的猫
还有流浪的狗
在夜半起来
徘徊
和惦记

在这样的雨夜，在棚下数数雨滴吧
失眠在抑郁的怀里太久了
寒冷如潮水般涌来
一浪高过一浪
站在阳台上远望
没看到春天跟在后面跑马
没有看到

◆园子里的草都认生了

遛狗的园子里
有只知了躺平在路上
透明的雨衣满是空着的洞
双眼浑浊看着天空
第一只蚂蚁来了
在它身上爬来爬去
转了几圈咬住来路的方向
走了，你好！
第二只蚂蚁来了
第三只
第四只
群群蚂蚁排着队扛着刀枪剑戟来了

领头的是那第一只蚂蚁
一脸的严肃一脸的微笑
满是虚伪和矫情

这大地上所有的生灵啊
有谁可以看到那天的尽头
有一片红
雨打在花蕾上挂成了白色的珠
一滴水珠就是一个世界
一滴水珠落下去
一滴水珠提起来
水珠上有花有叶有知了在鸣叫

雨水打在地上
黑和白就这么融在一起

成年蚂蚁从里到外都是黑色的

◆活水通冥

风，从西伯利亚走来
款款地，和春天撞着红色的衫
冷和暖在黑夜里一起叫屈
终究都是要化成水
何必那么认真，那么精雕细琢
亲爱的人啊，你可以负天下所有的人
就是不能有负太阳下的阴影
它帮你隐藏秘密
帮你分享水流动的声音

太阳底下没有隐私
所有的阴影都堂而皇之地飞
我踩着影子思考白云
樱花晃动叶子让蝴蝶回不了家
可园塘里的老龟探出脑袋晒着太阳
今年的雨季太久了
天空里弥漫着层层叠叠的霉味
如同旧时的大门在雨中腐烂
白色的绒毛里有万千个生命在挣扎

池塘边的芦苇花一夜白了头
那是窝对于白鹭的诱惑
白鹭是从蛋里孵出来的么
蛋又是从哪儿来的呢
算了吧，英雄不问出处

在夜深人静的时候
我在手机上搜寻
蛋的几种做法

油煎，水煮，还有打碎了冲成花

猫总是很好奇
蛋进了人的肚子
会不会孵成白色的鹭
和西伯利亚的风

三更天，对面的山上有藏獒叫
充满黑色的和邪恶的光

三十年的米缸住满了水

穿过梧桐下窄窄的童家巷
那便是你的家了
你在这儿出生
在这儿学步
头磕破了
躲在房间里
用拖把捅着床底的流浪狗
拽着尾巴的童年
摇摇晃晃着你的顽皮

在夜半，长长的身影背后
是你坐在我的肩头
眯着眼睛笑
亲爱的　你是我的眷恋我的梦呀
昼夜颠倒众生
常年背着你溜达在巷口的十字路
还有湖南路的可一书店
对面的八路车站　上上下下的人群
在雨天匆匆忙忙地回家
匆匆忙忙地打卡

雨后的玄武湖有虹在天边云游
你一脸浮萍一脸懵懂
池塘里有锦鲤围着荷的秆打转
荷叶上　水滴闪着耀眼的光
“我沉到了河底，但一口水也没喝哟”
亲爱的　你看到水底有淤泥在护着花的根么
黄昏里夕阳还在窗口徘徊
你一脸虔诚地在佛龛前合十
亲爱的　你的神性让感恩和敬畏走进我内心

我可以用一生守着你的天真

扛着你走上了九华
记得么
山边那棵华盖般的松
有蚂蚁上下排成行
山道的铁链上有刻着名字的锁
寺庙祠堂前的石碑
残破而有记忆
你蹒跚地走在如波涛般的晚课里
悬在头顶的圆月，一条小船，一盏河灯
是你前世的指引

你的理想是做一个米缸里的虫
在米里沉浮
在缸里相忘于江湖
不再流连
不再凝视太阳

青春如霜，水月如歌
三十年的米虫长成了龙
稻田里的秋天收获起汗水
多想一直在冬天给你捂捂手
多想在夏天用家传的蒲扇给你送来风
时间如雨　眺望着奥德赛返乡的帆
蜃楼里有执着在飞奔
亲爱的　我牵着你的手走过田埂
交给你的爱人
愿他如我一样用生命护着你
让三十年的米缸里一直住满水

二十二 泡影

无何有之乡（代后记）

◆无何有之乡（代后记）

里尔克在给一位青年诗人的信中说过：诗是什么？诗就是你有一种不得不写出来的欲望，你觉得不写出来你就会死，这样的状态下写出来的文字就是诗。

“不写出来你就会死”，用写诗时的生命直觉作为是不是诗的标准，我深以为然。“人不陷入迷狂，就不能作诗和代神说话”，柏拉图的这句名言说的也是这个意思。死亡是迷狂的终极，诗是迷狂的关怀。

我一直不敢说自己是诗人，总说自己写的是分段的文字，因为我一直不知道什么是诗，我写的这些文字又都是突然钻出来的，没有规则，毫无章法可言，直到我看到了里尔克写的这封信。

里尔克在信里还说，诗是写给自己看的，你不用在意别人的评价，无论你身在何方，哪怕是在黑暗的牢房里，你只要能写出你的童年，写出你的梦想，写出你过往的记忆，就一定是好诗。也就是说，诗一定是和你自己相关联的，你感性的直觉也好，理性的直觉也罢，诗一定是从你的身上生剥下来的，有你自己独特的标记，人不能两次踏进同一条河流，你自己的痛和乐，也只有你自己懂，他人的阅读其实也许就是地狱。我亦以为然。

诗并不神秘，也没有那么文艺，它就是文字表达自我的一种方式，存在对于每个人而言，就是一首诗。把诗歌神秘化、文艺范，其实是诗人们为了“饱暖”的一种生存方式。

我只是一个我自己诗歌文字的书记员，在恍惚的状态，把当下内心和意识的流淌记下来，一气呵成，完全忠实于原型，不做任何修改。我的诗，多发生在夜半三更。我迷迷糊糊地醒来，在黑夜中摸索着把文字在手机上打出来，然后再迷迷糊糊地睡去。这本《雪隐之门》中的大部分作品都是这么来的。这种夜半的恍惚和迷糊其实也是一种迷狂。

不敢入梦的来入诗。我的作品多和我的记忆在当下生发有关，是纯粹个人直觉状态下的意识笔录，个性化的感受和标识成为理解的障碍，所以经常有朋友说看不懂。其实，有时第二天醒来，好多诗，我自己也看不明白当时为什么这么写。因为我的记忆，不仅有我的亲身经历，也有我的道听途说，更有我光怪陆离的梦呓和潜意识，不一而足，但一定都与我有关。

在诗中，我是黑暗里闻风而动的王，王是无所羁绊的，刀锋所指，血流成河，妻妾成群，率土之滨，莫非王土。诗中的血腥和暴力、性爱和情色，也就是一种表征、一种暗喻：没有束缚的自由。我天性追求自由，害怕和逃避拘束。现实中的自由是没有的，我用尽全力在诗歌中找寻自由，让自由成为我诗歌的动力之源。诗是为我的心灵招魂的幡。诗打开了自由的潘多拉盒子，醒来的时候却发现，里面空空如也。我追求自由最终却又为自由所累，自由的结果和代价也不是我有能力担当的。人子背着十字架，戴着荆棘编成的王冠，血淋淋地走上刑场，我们则被烙上夏娃和该隐的原罪，我们自己把自己囚禁在我们的追求里。

在梦中，欲望的放纵和满足，让人一脚踏入深渊，我从深渊里向着光亮仰望，希望诗歌能伸出尾巴把我拖离苦海，生而为人是幸事，可以有机会聆听佛音。但生而为人实在太苦了，“贪嗔痴”三毒如同山一样压得人喘不过气来，人匍匐在山洞里，看着远方那一丝光亮。关于这种感受，我的诗可以做证。所以有人读我的诗说是压抑的、挣扎的、忧郁的。我以为生命的本真就如此，生命的本真就是诗。

雪隐是禅林茅厕的别称，宋代名僧雪窦明觉曾在杭州灵隐寺掌便所役三年而大悟，是为雪隐，取庄子“道在屎溺”的本意。匆匆然进来，释释然出去，不多做一分停留，天性使然，食色使然。雪隐之门好比围城，却又多了一份仓皇和过河拆桥的快感。到现在我还记得35年前同宿舍的大学同学如厕完讲的一句话：真爽啊，像吃了一块大排。在那个年代，对我们这些贫困人家的孩子，吃一块大排就好比过年了。

轻轻推开门，就是另外一个世界。在那个当下，你是茫然的，你是用力的，是有快感的。当然，你也可能会是痛苦的，一泻千里的，甚至是鲜血淋漓的。但是，你一定是专注的，无暇他顾的。专注是得道的前提。

打开阀门冲水进入下水道，不留下一丝气息，只滑过一片声响，恍惚原本什么也没存在过。如同《逍遥游》里庄子于“无何有之乡，广莫之野”种下的那棵无用的树，树上挂满虚无的果。

夜晚和你微信的也许不是人
是幽灵还是游动的魂
裹着被子在蚊帐里翻滚
给身体一个慰藉吧
我是一头没有追求的狼

我的诗来源于夜晚老鼠的脚步

轻盈地，在狗粮的袋子里滚动

哗啦啦，如星河落下九天

一道光线就能把黑暗撵走

远远地观望，随时等候回潮把我们淹没

你来我往，就如同生命和死亡，像一对孪生兄弟

互相凝望

天苍苍，夜莽莽，我的生命如楼顶的一根草

不，是屋顶上飘摇的树

不知道籽是从哪儿来的

鸟粪里没有完全消化的，风吹来的，伴着灰尘飞来的，

还是花的戾气使然

根的须直往钢筋混凝土里钻，越过烟囱

水从哪里来呢

污水雨水透过下水道的井盖，哗啦啦的被根临幸

结一根长长的草绳，在夜半把自己吊死

来世做一个高级的人

克服生命的困难和落叶在泥地里翻滚

来世做一个高级的人

在任何时候，绝不会和污浊的人、肮脏的人、口吐秽语的人在同一个屋檐下呼吸

不，今生我就做一个高级的人，我的身体是清爽的，

我的灵魂是轻盈的
我的岁月没有世俗的掌声，但是静好
如四月的光，说来就来了

亲爱的啊，我们如何才能让我们的生活如天地开花般自在
让小狼翻着肚皮打滚，吃饱了，晒晒图腾

我的心啊，一颗不屈的精神，在地下室也依然发着芽
就算和老鼠在下水道相遇
沾上的水花也会被我用鲜血去清洗
清洁我的精神

我是被你拖进来的，我的脚底满是老鼠湿湿的毛
和阴暗的叫春
赶紧走吧
我终究是要离开的，我要推开下水道的窨板
蠢货，别挡住我的阳光

就算是有狂风暴雨，就算是有苍蝇蚊虫
也好过混浊之气的裹挟
呼吸久了
身体就会混浊，灵魂就会变得黑暗
就会生一批老鼠堵塞下水道的交通

四通八达的生命呀，我们原本就如同推车
在雨中泥泞的上坡

山对面阳光明媚，草肥鹰低飞

这首名为《下水道》的诗，我很喜欢，很多朋友也喜欢，所以没有放在诗集正文中，特意留在后记里作为结尾用。是为记。

归彼大荒

归彼大荒

毛文凤　著

毛可一　绘

目录

归彼大荒

序：希望

此岸到彼岸有多远
横穿马路的距离
一只夜猫倒在了路中央

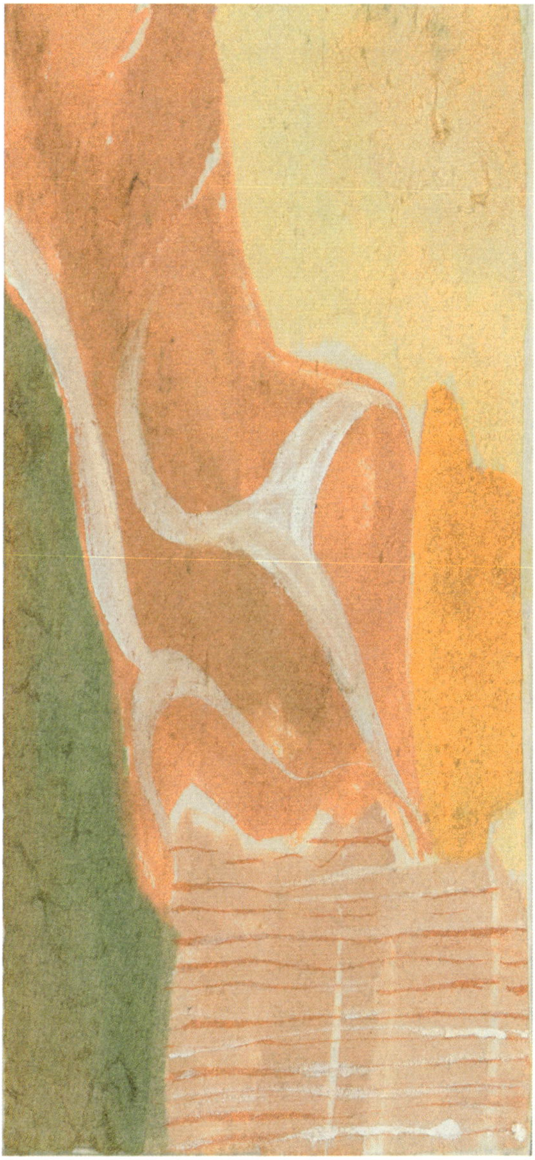

◆吊唁

天空依然是灰色的
不是雾霾，不是乌云
是人的内心被虚妄怂恿
生命被放在天平上
一边是病毒，一边是战争
灵魂被挡在千里之外
看急救车呼啸着穿过长长的梧桐巷
如同橱窗里的落地长裙
穿在裸体之上带着肉欲跑出来
一杆路灯寂寞地靠墙角站着
冷漠，过往行人的脸，在苦雨中思索

今夜注定我们无法跨越红线
鲜血般的红，垂下的涎，洞房的夜烛
站成一道遥不可及的风景
我们都是旁观者
我们也是帮凶
在红线范围之外
为被强奸的快感鼓掌

樱花成群结队地飞
轻盈如纸钱在火中朝着夜空舞蹈
能伸伸手握住明天的尾巴么
白色的裘皮里，一只黑色的瓢虫
在快乐地问

捏死它
你翘起兰花指，掸去一粒灰
把花圈放在门外面祭奠吧

不要挡住穿越堂屋的西北风

和那貌合神离的太阳

◆面具

女巫的面具必须处女的血才能激活
人们画地为戒，苦中作乐
摸着黑上炕，豆箕燃成了灰烬
夜很长，欢快的呻吟很短
挂在土墙上的钟
如同上帝一样看着你

表里和表外哪一个更真实呢
我想只有面具说了算
冷风和历史如同过敏的鼻炎
对着世界打喷嚏
一个接一个，让清醒活成了迷惘
把苦涩的球戳破，流出了汁
里外都不是人过的日子

真相最终被当成面具
吊在蛛网的中央
宣过的誓如同跷跷板上的铁球
碾过圣经，碾过人的脸
碾过独木桥

桥上的铁链锈成了一朵雪莲花
真的是好死不如赖活么
回到笼子里去吧
依旧可以饭来张口，衣来伸手
还可以煮一壶春茶
贿赂尊严

睁眼和闭眼，对于面具而言
是一对孪生兄弟
闪电如花，吊唁整个大地
我们都在梦中流离
假装听不到窗外的滚滚春雷

如同英雄和枭雄的区别
在于坟墓的高度
让春天的野草追不上

◆我是诗人我谁都怕

有没有谁
在深夜
被自己接二连三放的屁
臭醒

打开窗，拉开帘
把浊气放出去
把诗记在小本上
让马桶里的水转起来

这就是一个诗人
被膈应的日常

◆在破晓和黎明之间

我要尝遍这园子里的所有果子
酸的，甜的，苦的
有毒的，腐朽的，妖娆的
带刺的，还有火烧火燎的辣
空空荡荡的舌苔
在痛苦和欢愉中飞升
一次次地麻木和沉醉
冰火两重天，我在天地间奔跑
夸父的桃林呢
有些茫然，有些挑衅，有些乐不思蜀
还有些欲罢还休
我要，我还要，波涛中一叶木舟
我抓住了蛇的尾巴
让他指引我走向禁区里的果

不是说阳光下是结不了果的么
花也只有在黎明前最黑的暗里盛开
露水才能在破晓爬上床
才能勾栏上欲望
很鲜艳地堵住你的嘴

在这样的夜里
你看不到我，我也见不到你
伸手摸不到脸
跪在草地上沉默灵魂的烛

◆我厌倦了你的嘴脸

在欢笑中等待下一个苦涩
谎言如同瓶盖
轮流在夜宴的人体里转
我听着贝多芬的英雄
喝着啤酒装斯文
是无尽的等待还是让最后一只靴子落下
羔羊的眼神真的能判断无辜么
为什么又总被勾引起吃肉的欲望
我却在它的眼神里
看到了你
冒烟的枪口，滴血的刀

我被围在你设定的圈里
在昏暗的煤油灯下
数着麻袋里发芽的土豆
过一条潮湿的河

◆ 灯红酒绿，带着镣铐舞蹈

雪和花都是被天地诅咒的
它们涌来尘世
撩骚长夜

这是一张酿造诗的床
在春天的子夜
雨水穿过花的心
流落在人间
寻觅家
还可园的樱花林一片干净

我们被封在村头的祠堂里
许久摸不到亮
鱼成群结队地游上岸
为能在花冢里自由地呼吸
哪怕看一眼星空就死
哪怕黎明不再醒

刽子手的刀落下
如同花瓣在阳光下闪过
晶莹剔透的泪
有了年轮，北密而南疏
我的梦呀，在花蕊粉色的珠里
分不清东西
只有长夜紧紧地跟着我

夜半的雨是有声音的
许久看不到人烟
就会真的变成呻吟

痛哭还是沉沦，谁又能分得清呢
冲出去，打破这窒息的夜
我不想我的精神就这么死去
我要高傲地活下去
让一代代变异的新冠
统统见鬼去吧

闯过一道道红灯
血和欲望一起在空中飞
退回到最初的路口
你我在那里相识，在那里迷惘
曾经的大雪纷飞呀，误了整个天地
如同这弥天的落花
漫地的长夜

该拐弯了么

砧板，渡口和刀

樱花和芦苇，哪一个更脆弱
一个在水边，一个在空中
老家的池塘里
乌龟爬到石块上看着天
记不清冬眠了多少个世纪
有些迷惘，有些恍惚
阳光不知道该站在哪一边
审判黎明前的风和雨
水面上有樱花和苇絮在歇脚
曾经的温柔和摇曳
曾经的梦想和野心
让花与絮在空中多飞一会吧
看看这美丽和邪恶的世界
如同子弹，泥土是它们最后的驿站

管什么春夏秋冬，说什么阳光普照
不如躲进城堡的顶楼
听鱼浮出水面吞食太阳的声音
一种虚妄
一种自以为是的悲壮
这都是从月子里带出来的毛病呀
远看方仓如云，塔吊如林
吆喝声震动天地
刽子手的刀，一碗临终的酒
大块吃最后一次肉吧，红烧的
病毒正在那划定的圈里淫荡地笑
笑里有你我每个人的影子
以上帝的名义
请君入瓮

樱花说，错过我，你就错过了春天
芦苇说，我插在酒瓶里
没有了水
一样可以乞讨冬天

我快要窒息啦
还是离开这长长的夜吧
穿过那条弯弯的土路
就到了油菜地
花开了，盖不住地上的坟
菜地里有刚浇的粪便
坟头上有柳枝系着招魂的幡
三三两两的晚樱在落着花
走在高低不平的田埂上
抬头望不到星空
一撮撮的人，一群群的口罩
拉着行李，沿着河岸
在子夜，在封城前的一分钟
穿过封锁线
逃亡

芦苇在岸边招呼着黑夜
路灯躲得远远的
一如既往地
照着彼岸

◆做一个点过漆黑长街的撸猫人

今年的疫情有点长
我们被隔离在不同的盒子里
听得见彼此的呼吸
看不到各自手上捧着的快餐
冰冷的，没有了热气
孩子没有了妈妈
父亲临走前睁着不甘的眼
没有人送行，天堂会不会很寂寞

我们是被新冠惦记的一群人
我们发烧，我们咳嗽，我们喘不过气
我们被抛在不同的墙里
看完手机看电视，打完游戏打视频
如同一个囚犯摸着满眼的黑

不，不是如同，我们就是囚犯
还是一群睁眼瞎的囚犯
我们排着长长的队伍，一次次张开喉咙
让一根白色的小棍捅进来
我们无法呼吸阳光
我们山呼万岁，我们匍匐在地
等待七七十四天的隔离
都说人死了第五个七天可以登上望乡台
有什么好回头的呢
中阴的小径上雾霾遮蔽了饮烟
活着的人战战兢兢，在临渊的边照镜子
分不清你我，分不清自由的风和锁链
听不到黎明前小鸟在黑暗里，欢乐地叫
除了叩拜，我们还能做些什么呢

就为那每天从门缝里塞进来的盒饭
我们还不如那个被锁在地下室的女人
虽然目光呆滞，却还能看着自己的孩子一个一个钻出来
那缠身的铁链呀，也能引来雨露的怜悯
在一天天的等待里锈蚀
那不就是希望么，铁链也是有生命的呀
既然有生老病死，就会有断裂的一天
我们继续等待吧
等待明天又是一个艳阳天
可这艳阳天，和我，又有什么关系呢

一群被关在荒原的耗子
在凌晨最黑的夜里，做着梦
梦见自己的来世变成一个撸猫人
竹杖点过长街，黑荡荡

妈妈，我的草帽丢了

◆我活着

最后一片樱花
还没来得及落下
如一只孤鸟立在枝头
再看一看头顶的星空吧
曾经的璀璨与耀眼
跳下去
深渊就是家
再多双眼睛也望不到弱水的头

有烟云从山那边漂来
树叶迫不及待登场
借着那鼓掌的声音和跪舔的圣旨
一脚把樱花踢下舞台
独享谢幕后的潮水

一片樱花就是一个轮回
片片樱花落成了冢
我沉迷这瞬间的美丽
也沉默饮鸩的苟活

苏格拉底在哪里呢
隔离的日子里
错过了樱花的繁华与凋零
我们中间谁幸福
唯有天知道

沉默的石头

在凌晨四点
发一个寂寞的微信
像风穿过屋檐
看看谁还和我一样没有入眠
水流的身影，风铃的呜咽
樱花在雨中颠沛
流离就一定失所么
隔离的日子
我只有在诗歌里才敢发问
汨罗江的河水呦
你究竟错过了什么样的岁月
让高飞的愤怒变成了屈膝的狂喜

在凌晨四点
谁会回我的微信呢
像雨打在屋顶
可以数着滴声入眠
寂寞什么时候变成了孤独
我们一起分享这孤独吧
在孤独中我是一个斗士
把斗笠戳破了
向天空表达自尊和骄傲
来吧
用你的剑，用你的万千青丝
缠成一个蛹
在黑夜里提着灯笼
摸着石头
过河
去趟碎一河的星梦

凌晨四点是彼岸花开的时候
到彼岸就一定自由么
天下的乌鸦为什么一般黑
习惯了检查口的消杀和傲慢
我们的头伸过栅栏
看头发和泥土一起同尘
还有什么高贵可言呢
铁屋子呆得久了
喝锈水都不觉得塞牙
让我们陷入沉睡吧
我不再要思考
我不想让上帝哈哈大笑

凌晨四点，我们躺平
任凭乌鸦的翅膀遮盖整个夜空

◆反者道之动

今夜，青蛙成群结队地爬上路
在下一场暴风雨来临之前
逃离对于祠堂的思念
憋屈得太久了，出去透口气吧
就算被车轱辘碾成一团泥
也好过被居家的日子里
和张家的女人在网上打情
和李家的男人隔着猫眼骂俏
一根黄瓜两个西红柿就能解决的问题
为什么还要等明天的太阳落下
实在看够了那张苦瓜似的脸
和婴儿闹着要喝奶的狰狞
我是你永远的食物呀
在面包里藏着我的骄傲和孤独
这些又有什么用呢
夜半的时候，我摸着心口过河
用蔬菜水果购买我的良知

黎明前的黑暗让我们学会了沉默
奥密克戎见证了我们的渺小
禁足和禁声教会了我们匍匐在地
屁眼朝天
我们被圈在一个精致的米缸里
盘算稻谷和糯米间的距离
我们如此习以为常，如此见惯不怪

打谷场上流淌的美好时光哟
那是汗水和汗水的交融
身体对身体的透支

那是稻谷，对于碌碡的向往
把我彻底践踏吧
赤脚，露出你的底裤
大米可以充饥，可以酿酒
可以让人思淫欲
空气中满是树林里青草被偷的味道
一层一层的窒息着我

林中的倦鸟飞起又落下
森林和天空哪一个才是家呢
在树冢里隔离久了
再也找不到林中的路
这是一件多么幸福的事呀
从此，我们不用思考，不用装逼
不用在泥泞的日子里
乞讨阳光

伐木工人呦，举起你的斧头吧
带着我们一起披荆斩棘
带我们一起仰望星空
走出方仓向远方

◆最后的晚餐

今年的五月
我们不再谈论蔷薇是如何爬过了墙
隔着篱笆诱惑女人和狗
不再思考后羿的弓箭
会不会射中明天的太阳
湿地上的帐篷如云
四十年的水草长成了精
进进出出的都是风雨的厮杀声
不绝于耳
一夜间让人绝望得白了头

今年的五月
我们不用再偷窥楼对面镜子里的裸体
打开门，我们就可以直面
对于卫生巾，对于肉体和炕的向往
推开窗，我们激情澎湃
用西红柿，黄瓜，还有二两肉的敬仰
做了一桌丰盛的酒席
让香气从门缝里偷跑出些吧
会一会楼道里消毒液的杀意和善良

温暖是隔离出来的冷漠
哈口气，把白的说成了黑
美丽是锅碗瓢勺打出来的声响
一路绵延，一骑绝尘
挤在十六铺渡口盼着远方的天
海水漫起三千丈
敌不过金銮殿上的蟒腰带
什么时候蟹兵蟹将都成了盘中餐

麦地里的乌鸦才会绝了影
我们都是田埂边纸糊的稻草人
两个白面馒头
就能让我们低下高傲的头
就能让盐碱地的王八现出形

外滩面砖的缝里长出了青色的草
踩的人少了，就有露珠粘在草尖上
晶莹剔透的，为封城吹着哨
弹指间分不清咆哮和呻吟
分不清是曲意迎逢还是恨意滔天

真理呢，正躲在婚床底下
打着病毒的皇旗
瑟瑟发抖地爬着灰

◆习以为常

道口解封了
没有了大白、口罩和测温枪
车流依然缓慢地行走
人们左顾右盼
把战战兢兢留在了血液里

深渊，薄冰，还有红色标语呢
低着头寻找太久了
再也直不起腰

◆疫情年代

男追女，隔座山
女追男，隔层单
你见过把床单晾在山顶上么
那是藏地的僧人们在晒经

◆盲区

一片树叶就是一个世界
闭上眼睛观世界
睁开眼睛看你

◆封城了，良知可以当饭吃么

（一）

现实到梦想有多远
山顶上仰望星空的距离
跨过去，穿着儿时的开裆裤

（二）

信仰到迷信有多远
香炉里两根香的空档
燃尽红尘的纸钱，飞舞在名利场

（三）

爱情到欲望有多远
窗棂纸正反面的厚度
捅开它，天地间一片白茫茫

（四）

婚姻到坟墓有多远
黎丘丈人唇齿间的距离
黄泉路上，满嘴水晶花的味道

（五）

生命到死亡有多远
马拉松起点和终点的遥望
发令枪响，白幡在风中飘扬

（六）

光明到黑暗有多远
翻手和覆手之间的徘徊
尿急尿频，越不过云和雨的五指山

（七）

天堂到地狱有多远
干饭和稀饭之间的距离
小蝌蚪游过长长的隧道，带着念头着床

（八）

阴性到阳性有多远
免费核酸队伍的长度
3+14 天的隔离，鹿开始向马进化

（九）

我和你之间有多远
城墙内外的距离
哭泣和微笑，囚禁着时代的虚伪和繁荣

（十）

我黄码，我存在

◆网格员和蝼蚁

在北极的冰川上烧一叠纸钱
用蝴蝶的翅膀煽风
雪山会融化
峡谷会变成河床
沙漠回到海底
海边的城市被湮没
岸上的人们
看着海里的人在扑腾
人们幸灾乐祸，抑或，自求多福
忧心忡忡地举着高脚杯
在108 层的餐厅里
品评时尚和音乐
探讨奥密克戎是如何穿越封锁线的

酒，优雅得像血一样鲜红
唾沫星子在口罩里飞

没有人伸出竹竿
只是给水面投放些许变质的食物
在凌晨三点
告慰自己的良知
如同钓鱼前在池塘里打的窝
竹竿去哪里了呢
竹竿被系上尼龙线和鱼钩鱼饵
在游艇上
海钓邻居间的战争

这就是我们的时代
狗粮撒得再欢

生命还是有很重的味道
藏獒尚且知道绷直了铁链
在月夜，对着高原的方向哀嚎
我们却都陷在因陀罗网里
为明天的出门证祈祷

阿门！请高抬您粗壮的手
别让我的绿码变黄
我只是想出去透透气
看看这个世界究竟怎么了

看看老家的麦田里
一根稻草是如何吓跑一地乌鸦的

◆泅渡

人与人之间隔层纸
用中指蘸下口水
就可以在窗户纸上戳个洞
黑猫爬了进去
煤油灯光跑了出来
这纸里纸外都是人生
在光天化日之下
笑傲鼠目乾坤

十字路口燃烧纸钱可以祭奠亡灵
纸钱带着火星飞舞
飘向雪花的世界
供台上摆满了整鸡整鸭
整鱼和半扇猪
空气中满是肉欲的味道
我们叩拜皇恩
我们的孝心感动天地
百姓为先的借口说了几千年
一道圣旨就可以招安心中的贼寇
锦绣文章成就的是野心和谎言
故纸堆里透着权力的诡异和荒凉

纸里的文章磕磕绊绊走了几千年
习惯和自然中间隔堵墙
等待掉下来的馅饼和红杏
墙内开花墙外香
墙头草在风中二边摇
其实摇晃的是它自己的根
谁也不会承你的情

习惯了十字路口有封控
习惯了大白查你的行程码
习惯了驾驶室的门上贴封条
习惯了每天一次核酸才敢走出门
小白棍捅破了喉咙
插坏了鼻洞
像花烛夜的盖头
掀起来
48 小时才能结成疤
好了伤疤就能忘了疼
金銮殿上，叩头和膝盖又可以比拼衷肠

彼岸的坟头在冒着青烟
此岸的炮声炊烟袅袅
故纸堆和金銮殿哪一个更遥远
我们边走边看才知道

游过千山万水
静待黄泉路上的彼岸花开

◆跋：行走在黎明前最暗的黑

今年的春天残酷而真实
大街上空空荡荡
樱花还来不及绽放
就落地为尘
一位 13 岁的少女
隔离的第 13 天
毅然决然地从 13 楼跳下
一位 99 岁的老人
心脏还在跳动
就被送进了上海路 99 号太平间
我们的精神止步于 22 条军规
我们不能在马路上行走
不能走出小区的道闸
不能离开家门
我们的生命被压成了一张纸
从门缝里塞进塞出

透过窗户看看这个世界吧
如此熟悉又如此陌生
太阳还是那个二愣子太阳
公鸡也同样的时候打鸣
什么都没有改变
我们如同被遗弃在孤岛
黄瓜鸡蛋西红柿是灵魂摆渡的船
48 小时核酸是逃离的船票

一位爬行了 4000 公里的货车
在高速道口的最后 400 米
司机走了 14 天

贴上猩红封印的白条
吃喝拉撒睡
都在方寸的驾驶室里完成
玻璃窗外，野猫在叫春
油菜花招蜂引蝶
远眺卡夫卡的城堡
什么时候才能如同格里高尔
在凌晨变形为一只甲虫
大摇大摆地爬出那禁锢的门

奥密克戎是很有灵性的
无论是恐惧还是昂然
无论是躺平还是晃悠悠地起立
总会纠缠我们的心肺
擦肩而过的瞬间
和生命一起奴化在暗夜里

人真的能胜天么
世界大势潮起潮落
我们惶恐零丁
我们颠倒现实
梦幻和泡影究竟哪一个先来到
凌晨三点我反复地问自己
不试试怎么知道呢
生命难道真的是不停地试错么
黑夜里我们躲进小楼
我们忍饥挨饿
我们歌颂明天的太阳
让暴风雨来得更猛烈些吧

一把雨伞，一顶帐篷，带刺的玫瑰

还有法式的棍子面包

我们就能在沼泽里独善其身么